攀龍不如當高枝

4 完

風 文創 1279

小粽 著

目錄

第七十六章

朱紅的宮牆綿延不絕，遠處鴻雁由南飛往北，奔赴長空。

清殊照常唸書上課，窗外的夕陽斜照進屋內，她無法出宮，只能在心裡估算時辰，猜測隊伍已經出城了。

課堂上，夫子正搖頭晃腦地唸著。「昔我往矣，楊柳依依。今我來思，雨雪霏霏。」如今外頭正是楊柳青翠的時節，穿過湖面的風清爽宜人。

她托著腮，在紙上寫寫畫畫，樂綰湊上前，好奇道：「姊姊是在畫誰？」

清殊回神，這才發現自己不知不覺勾勒出來一個側臉，於是趕忙將紙揉成一團藏起來。

「沒，隨便畫的。」

可小樂綰好糊弄，她哥哥卻難打發。

七月初，玉鼎樓裡，晏徽容恢復得差不多，就作東擺了一桌。

席間，他瞧見清殊意興闌珊，也不參與他們的說笑，不由得挑眉道：「哎，好不容易放暑月假，妳不和我們快活地喝上兩杯，裝啞巴做啥？」

清殊瞥他一眼，輕哼道：「少來惹我，裴姊姊在來的路上了，你敢囉嗦，就別怪我不給你臉面。」

「喲，說兩句就惱，妳的脾氣越發像雲哥了。」晏徽容笑咪咪地搖著摺扇。「我專程為妳設宴，到底捧個場啊。」

清殊嗤笑，睨著他。「你拿我做幌子邀裴姊姊來，當我傻呢？我醜話說在前頭，這次就遂你心願，下回我可不幫你邀人了，若是好便罷了，若是人家不願，倒是我落埋怨。」

正說著，外頭傳來敲門聲，是酒樓的女掌櫃。「幾位貴主，客到了。」

玉鼎樓是全京城唯一一家女子開辦的酒樓，掌櫃姓趙，景城人氏，前幾年才在京城落腳做生意。玉鼎樓生意興隆，一則是因菜色獨特，且創造了外賣的風潮；二則是因它特別設立女子包廂，使得各處高門女眷也能親臨酒樓聚會。像今日這宴席，正是設在最頂樓的錦繡閣，若無掌櫃帶路，外人不得輕易相擾，充分保障女客的隱私。

掌櫃年約三十餘歲，外表極有風韻，待人接物很爽利。她往側邊挪步，露出身後的人，笑道：「客已帶到，我就不相擾了，貴主們吃好喝好，短了什麼只管打發人來尋我。」

「有勞趙掌櫃了。」

「公子哪裡的話，生意人全仰仗諸位捧場，自當盡心。」趙掌櫃笑咪咪地說，她目光移到窗邊，瞥見清殊，又道：「樓高風大，姑娘莫要站在窗邊，小心著涼。廚下還準備了糖蒸酥酪，正是姑娘上回誇過的，我這就打發丫頭送來。」

清殊彎起嘴角。「那就多謝掌櫃了。」
她適時離開，又貼心地帶上門，只留下剛到的客人站在原地。
「裴姊姊快坐！」清殊招手道。
「嗯。」裴萱卓目光掃了一圈，在晏徽容身上停留片刻，就近在盛堯身邊坐下，沒一會兒便問道：「找我何事？」
清殊和盛堯悄悄對視一眼，不約而同地端起茶杯喝茶。
許馥春見狀，在心裡暗罵一聲，知道又輪到自己說話了。「裴姊姊，這不是休暑月假了，正好殊兒也在，我們就想邀妳一塊兒聚一聚。城郊楓林山莊有處冷泉，一應吃食住處都齊備，不如和我們去玩兩天？」
裴萱卓沒有立刻答話，抬眸瞥了眼自她進來後便避開站在屏風外的晏徽容，才淡淡道：「多謝，不必了，妳們玩。」
她拒絕得太索利，以至於眾人不知從何開口勸說。
裴萱卓略坐片刻，便要告辭。
晏徽容躊躇半天，話還沒說半句，頓時急了。「姑娘留步，我有話和妳說。」
清殊等人見狀，忙找藉口出門離開，留他二人獨處。
裴萱卓仍然面無表情，眼神淡淡。「世子殿下，你是個聰明人，應該知道我的答案是什麼，即便如此，你還要聽嗎？」

晏徽容沒有料到她會如此直接地挑破窗戶紙，愣怔片刻，才扯出一絲笑。「是，上回我便猜到妳的心思，只是我還想問個緣由，為什麼？是姑娘早已心有所屬，還是我哪裡不夠好，不能入姑娘的眼？」他定定看著她。「姑娘從不肯認識我，又怎知我一定不是妳歡喜的人？」

裴萱卓迎著他灼灼的目光，其中的赤忱之意昭然若揭。她緩緩垂眸，淡淡道：「殿下很好，可惜我不喜歡。」

他眼底有一瞬間的黯然，轉瞬即逝。「……那是妳有心儀之人了？」

裴萱卓皺眉，搖頭嘆了一口氣，望向他的眼神帶著幾分無奈。「殿下知道我無心於你就夠了，又何必探問這許多？我喜歡何人，究竟與你沒什麼干係。」

「怎會沒干係？他若是個好的我便要知道他好在哪裡，要是不如我，妳又何必選他？若是不好，我也能替妳掌眼，妳及時回頭，也免去後半生的搓揉。」晏徽容徑直在她身邊坐下，坦蕩道。

裴萱卓差點被他的歪理氣笑。「照你的意思，怎樣才算好？論出身，普天之下有幾個人能比過你，旁人橫豎不算好，所以非要選擇殿下才是？」

「是。」他俐落道：「裴姑娘，我很好，也會對妳好。」

這話太直接，裴萱卓閉了閉眼，不去看他眼中的熱烈。

「殿下，我不是如你們一般的富貴閒人，更沒工夫陪你風花雪月。言盡於此，告辭。」說罷，她起身離去。

待到門扉快要合上，晏徽容突然伸手攔住。「裴萱卓，我是認真的。」

裴萱卓漠然回頭，掙開他的手。「可我不需要。」

聽見她漸行漸遠的腳步聲，晏徽容手指下意識地動了動，彷彿捕捉到了她離去時微弱的一縷風。

清殊默默走進來，逕自倒了一杯茶喝。

半晌，她才道：「裴姊姊和我們都不一樣，她無父無母，家裡只有一個兄長。你在玉鼎樓包的一頓宴，就足夠她過上一年。容哥兒，我雖知曉你為人，但也有一句要問你。你究竟是一時興起，還是真心對她？」

晏徽容仰頭喝了一杯冷酒。「妳也不信我？」

「說不上信或不信，你此刻的真心，未必就能保證將來。」清殊坦白道。

「正是呢。」許馥春跟著道：「你別嫌我們說話難聽，正因為是朋友，我們才說兩句真心話。不論旁的，只說門第，你們之間可謂天差地別。

「打個比方，我和殊兒好歹也算官家女，但要想登你們王府門檻，踮踮腳還搆不著，若是不得王妃青眼，怕是踩在凳子上也沒用。真要配，除非是阿堯這樣的出身，方能被你們選一選。而裴姊姊與我們，又是十七、八張凳子的區別，你好生琢磨，她要如何進你家門？」

「說話就說話，可別拿我做比較，誰都稀罕他們王府似的。」盛堯不滿道：「我瞧著裴萱卓也沒多稀罕你這個世子。」

「知道妳不稀罕，春兒只是打個比方。」清殊給她倒了杯茶，又和晏徽容碰了碰杯。「你咬咬牙，門第之間也就跨過去了，問題在於人家根本不喜歡你，強求也是無用。」

晏徽容挾了一筷子菜，卻沒往嘴裡送，腦子反覆咀嚼著那句「她不喜歡你」。

他抿著唇，下頷繃得很緊，悶悶道：「喜不喜歡，不試試怎麼知道？」

裴萱卓離開玉鼎樓時，正巧遇上趙掌櫃。

她略略頷首，便擦肩而過。誰知掌櫃卻喚道：「姑娘留步，正是午膳時分，廚下正好備了吃食，不如用兩口再走？」

裴萱卓搖頭道：「多謝，不必了。掌櫃想必是認錯人了，我不是那群貴人裡的。」

她一身素色衣裳，全身並無半點貴重首飾，若不是有張極出眾的臉，怕是扔人堆裡也發現不了。

誰知趙掌櫃卻逕自拉過她的手，笑道：「此言差矣，我玉鼎樓的貴人，豈是單用銀錢衡量的？我第一眼瞧見姑娘，便知妳的獨到之處。」

說罷，她將一個食盒遞來，見裴萱卓不接，又強硬地塞在她手裡。

裴萱卓遲疑地看了她一眼，問：「妳認得我？妳究竟是何人？」

趙掌櫃妝容精緻，打扮富態，她自認記憶超群，卻並不記得見過此人，故而猜不出她的好意從何而來。

「我不認得妳，我東家卻認得妳。」她唇角微勾，說話卻有深意。「姑娘不屑高門富貴，曾經數次推拒唾手可得的名利，想必是心有抱負。只是我瞧姑娘眉宇間尚有凝滯之色，怕是前路遇阻，是也不是？」

裴萱卓眼神漸冷，眸光微動。「我不過一介平民女子，何勞旁人惦記前路，妳東家是誰？」

趙掌櫃嫣然一笑，復又將食盒遞上，並拍了拍她的手背。「妳只管回去等，來日自會知曉，屆時，姑娘前路之惑可解。」

回去的路上，裴萱卓心事重重。她自小失去父親，由叔父教養，後來叔父身故，母親離世，只剩她和兄長相依為命。直到國公府夫人曲雁華伸出援手，資助他們讀書，這才來到京城落腳。

原以為曲雁華只是樂於助人，後來才知道，她是間接害死叔父裴蘊的凶手。她資助自己，也與曾經那段淵源有關。自從得知真相，裴萱卓便拒絕曲雁華的招攬，所幸對方也沒有刻意為難，仍然容許她在學堂裡唸書。

三年前，她從學堂結業後，便一心留校教姑娘讀書。

只是，還不算正式的執教。根據院裡的規矩，但凡任職教引娘子，須得是已婚婦人，並將家中來歷等一併登記造冊，呈於上頭過目。

為此，她也想過找個可靠的人湊合，只是後來又遇著許多陰差陽錯，這才作罷。一直捱到現在，學院明裡暗裡探問了好幾次，同時期執教的姑娘大多已經嫁人，只剩她一人還沒有著落。

其中有一個是好友展素昭，她鐵了心要跟著曲雁華做事，曾勸她道：「妳何苦守著一個學堂，說好聽了妳是為人師表，不好聽的，妳就是教書的奴才。貴女們在學堂尚且尊妳三分，來日做了夫人，哪個認得妳？裴萱卓，妳想清楚，我們能有機會從泥裡爬出來，就要往高處飛，而不是留在原地。」

彼時，她正在備課，頭也沒抬只淡淡道：「比起一折就斷的高枝，我願意留在原地。」

展素昭再沒有說話，就此離去。

後來，再次見展素昭，是在忠敬伯爵府上。經曲雁華搭線，展素昭嫁與忠敬伯做續弦，按照旁人的話說，是高攀。

伯爵府後院裡，展素昭捧著孕肚對她笑。「萱兒妳瞧，以我家泥瓦匠的出身，竟能嫁與伯爵府做正妻。如若不是託二奶奶的福，入女學讀書，又怎有這樣的運道？自然，還要感謝我的肚子爭氣，要不是這個孩子來得及時，正妻之位怕是輪不到我了。」

裴萱卓沒有笑，眼底一片寂然。

明明是摯交好友，她竟無端地覺出幾分陌生。曾經那個穿著粗布麻衣，卻絲毫不懼權貴，立志要做女夫子的姑娘早已遠去，如今只剩一位滿頭珠翠，衣裳極盡奢華的伯爵夫人。

她輕聲道：「妳大好的年華，嫁與一個花甲之年的人做續弦，是好運道嗎？」

展素昭的笑僵在臉上，她緩緩轉頭，又生硬地扯開嘴角。「為何不是？裴萱卓，妳還是天真，以為妳能當第二個趙錦瑟嗎？人家有皇后做靠山，才能不嫁人、不生子，長長久久地當大女官。而妳，偏偏清高自持，不願摧眉折腰攀附權貴，到頭來什麼也落不著好。」

「我不會後悔，永不。」她抬頭望天，平靜道：「我的孩兒不用再吃我吃過的苦、受我受過的罪，他不必當奴才，是正經的伯爵府之後。」

那日的煊赫，裴萱卓已然忘記，唯有展素昭望著天空時泛紅的眼角，深深烙在她心裡。

如今，她走上了展素昭預言過的路。清高自持，阻礙無數，便是想執教也不能了。而那位掌櫃不知什麼來頭，竟清楚她此刻的困苦。

不知不覺，她已經回到了天水巷。

第七十七章

天水巷位置偏僻，各家房屋緊挨著，平日連隔壁家吵嘴都能聽見動靜，一到飯點，還能聞見菜香。尋常人家幾口人住在一處，裴家卻只有兄妹二人，因此雖只有一處破落小院和幾間房舍，也算夠住。

掏出鑰匙打開院門，見東邊屋子沒有動靜，心知裴松照不在，便將食盒裡的東西留一份放在他桌上。

昏暗的裡屋裡突然傳來窸窣聲，有人帶著鼻音道：「萱兒回來了？」

裴萱卓回頭。「你在家？」

「嗯。」裴松照趿拉著鞋子，披衣下榻倒水喝。「昨兒喝多了，頭疼，睡會兒。」

「沒吃東西？」裴萱卓打開食盒，裡頭的芙蓉糕還熱著。「墊墊肚子吧。」

裴松照吃了一塊糕，品了品滋味，才細看食盒上的招牌，眉頭一皺。「玉鼎樓？」

玉鼎樓的東西不便宜，知道妹妹一向節儉，必不可能為此破費，他神色一變，冷聲道：「是不是游闕征又來纏著妳？上回被我趕出門，他竟還不知怕！既是個負心漢，如今倒來惺惺作態。」

裴萱卓神色淡淡。「不是他。」

裴松照狐疑。「那是何人？又有登徒子獻殷勤？」

餘光一掃，只見食盒裡面還躺著一封花箋，他展開瞧，上頭寫著寥寥數語：八月初九未時，天水巷。

裴府？這明擺著是約定登門的書信。

裴松照臉色越發難看。「妳不必怕，我如今多少算個舉子，倘若真有仗勢欺人的，只管告訴我，就算要拚盡我的命，我也不會叫他得逞。」

見他胡亂猜測，裴萱卓嘆了口氣，隱去實情。「都不是，是殊兒擺的宴，她讓我帶回來的。」

「曲家姑娘？」裴松照的懷疑散去幾分。「當真？」

「當真，她邀我八月初九去聚一聚。」

裴松照不再探問，只是心裡卻暗暗打定主意，那一日他要在家好生守著。

「你只問我，我倒還沒問你，昨兒喝了酒，可溫書不曾？」裴萱卓岔開話題。「來年二月就是春闈，如今是首開寒門科舉之先河，誰知來年還有沒有，你必要抓著這次機會才是。」

「放心吧。」聞言，裴松照笑了笑，尚帶著酒暈的臉透出幾分俊朗。「妳兄長我是文曲星下凡，來年必高中。」

裴萱卓撇了撇嘴，不理會他的胡言亂語。「少說大話，說多了就要反著來了。」

裴松照忙塞了一塊糕堵住嘴，表示自己投降。

兄妹倆各自安靜片刻後，裴萱卓回到自己屋內，順手拿出一本遊記翻看。窗邊有落葉飄來，正好飛到書頁上，成了一個書籤。她沒有看書，反而凝神在樹葉的脈絡處，神思漸漸飄遠，她想起晏徽容熱烈而誠摯的眼神——

「裴姑娘，我很好，我也會對妳好。

「裴萱卓，我是認真的。」

少年的勇敢，竟讓她在某一瞬間不太清醒。她讀過「蒹葭蒼蒼，白露為霜」，她見識過太多詩詞裡的情愫暗生、相思斷腸，可她從不像旁人一般與詩中人共情。

裴萱卓想，自己實在是個冷淡過頭的人。即便是此刻，她腦中思緒萬千，卻無一是為情所困，那一瞬間的不清醒，也只是在冰冷地思考未知的前路。

在暑月假開始前，掌教娘子已經選好了另一個助教，言外之意，是不能再留她。

她與清殊等人交好，強行留在學堂自然沒人驅趕，只是她若想成為正職、乃至以後的升遷，心中醞釀許久的變革，都沒有著落。草草找個人嫁了固然可行，只是未免太不周到，要是又遇到游闕征這樣的人，反倒麻煩不斷。

如果她按照展素昭所說，放下清高自持，走下神壇，那麼晏徽容也不失為好的選擇。他出身高貴，相貌、才學樣樣不差，倘若她點頭，不也能像展素昭說的那樣，飛上高枝？

不，是飛上更高的高枝。

她的目光落在陳舊的書頁上，上面還留著曾經的字跡——千磨萬擊還堅勁，任爾東西南北風。想當初，還以為自己會如二叔形容的那樣，即便是一株野草，也能堅韌而生，風吹不倒，雨澆不爛。

她自嘲一笑。「裴萱卓，妳也不過如此啊，才颳多大的風，就搖擺不定。」

說完，她索利地將落葉拂去。

野草就該扎根泥土，不必攀附高枝。

晨時，流風院。時值暑月伊始，清殊的假期旅遊計劃就已經開始施行。

這個時代交通不便，從京城到潯陽，路上就要花費十天半個月，又加上女子出行不便，所以姊妹倆自五年前上京後，竟一次都沒回過外祖家。

這回正好趕上曲思行赴南邊出差，恰好要經過潯陽，清殊便尋思著跟哥哥一起回去。

清懿原本也要去，只是因手頭還有要緊事沒有處理，才打發妹妹先走，她延後幾天跟上。送走兄妹二人，清懿立刻備車往城郊去。

袁兆留下的那個農莊位置偏僻，用來建置女子工坊再合適不過。經過數年的發展，這裡已經被清懿打造得井井有條。

織錦堂作為販賣店面，吸引不少高門合作，拓寬了商品的出貨渠道，也讓它的名聲越發響亮。而女子工坊作為後備生產基地，能為織錦堂提供穩定貨源，相關製造技術與創新工藝也能得到保護，這也讓織錦堂的貨品更具競爭力。

經過數年發展，女子工坊開展出不同路線，種類繁多，有製香、刺繡、紡織等等。女工們在這裡製作的東西經由專人送往織錦堂旗下的各處商鋪販賣，所獲利潤按照章程規定分配，儼然形成了完整的僱傭體系。

最開始的女工大多由流民組成，後因織錦堂聲名大噪，吸引了不少窮苦百姓，因此規模越發龐大。四之有三的平民女子在工坊做活計，有的是臨時工，有的是長期工，如若表現突出、工齡又長，在薪資待遇上便優厚些。

女子工坊的發展像是蝴蝶扇動翅膀，初時看，眾人只覺得是多了個做活計的莊子，也就是只招女子這一條規定稀罕些，並沒有高明到哪裡去。

等到時日漸久，不知不覺間，風氣變了。

從前只能依附男人生存的女子有了謀生的手段，家裡多了經濟來源，變得富裕。與此同時，那些說一不二的「一家之主」猛然發現，自家婆娘性格越來越潑辣。

原來忍氣吞聲的良家婦女們一個個都像炮仗點了火，不再做受氣包。連京兆尹都撫著鬍鬚嘆息，這幾年的休夫、休妻案比以往多上數倍不止。

這幾年，女人們做買賣的做買賣，進工坊的進工坊，一個個都嚐到了自食其力的好處，哪裡還肯過原來的日子？再受閒氣，大不了和離走人，反正織錦堂能供她吃住。

有織錦堂做靠山，女人們越發有底氣，於是也更加忠心。許多人尚且沒見過大東家的真面目，卻打心底愛戴織錦堂這塊招牌，它為所有女子提供了停靠的港灣。

東街口的徐二丫正是受過好處的一員。

二丫從小沒了娘，長到十六歲，被酒鬼老爹以兩吊錢的價格賣給西街的王二麻子做媳婦。王二麻子好賭又好色，打光棍到四十來歲還討不到老婆，是個人見人厭的傢伙。二丫自知嫁給他這輩子就毀了，於是終於硬氣一次，在上花轎的頭天晚上逃走。

酒鬼老爹找了三天三夜，揚言只要她敢露面，就一根繩子勒死她這個討債鬼。那時，她慌不擇路地逃到城郊，躲在農莊薯窖裡不敢出來，直到餓得奄奄一息才被莊裡的婦人發現。

那個婦人高鼻深目，異族人長相，卻能說中原話。「不得了，這兒怎麼藏了一個人?!」

她喚來另一個主事人，二丫迷迷糊糊睜眼，看到的就是這個女子。

後來，這女子成為了她的大掌櫃，二丫也知道了她的名字，趙鴛。

彼時，趙鴛用一碗米粥吊住了她的命，問她來處，又問她將來的打算。

二丫撐著氣力給她磕了一個頭。「謝姑娘搭救，我賤命一條，倘若您不嫌棄，就留我做個粗使丫鬟。倘若您為難，我明兒便回去，買包耗子藥，讓那老不死的見閻王！總之我必不會遂他的意！」

趙鴛沒有立刻回答，只是攙她起來，待她躺好才道：「我既不留妳做丫鬟，也不讓妳去買耗子藥。」

「這是何意?!」二丫瞪眼。

趙鴛這才微勾唇角。「尋死算什麼本事？真厲害，就去他眼皮子底下，好好活給他看。」

自此，二丫開始跟著趙鴛做生意，學出幾分名堂，她便自己支了一個攤子，正好坐落在東街口。

按趙鴛教的，酒鬼老爹再來鬧時，二丫比他更橫，一張斷絕父女關係的文書直接甩到他臉上，隨後就是一柄苕帚劈頭蓋臉地打，怒斥再來吵她就往官府衙門敲冤鼓。

她將一個潑婦的模樣扮了十成十，周圍人指指點點，她便一個唾沫星子啐過去。

「去你的文雅賢慧！去你的端莊淑女！做個潑婦暢快極了！」

二丫的威名越來越響亮，二丫的生意也越來越紅火。旁人只知道她是個撞了財運的小商販，卻沒人曉得她身後站著織錦堂。

而她就是雨後的第一叢春筍，自她伊始，四處星星點點地開始冒尖，不只於京城一處，連周邊城池乃至天下各地，都有女游商的蹤跡。她們到了哪裡，就意味著一縷微光點亮了哪裡。

不過，此時的二丫並不知道自己在歷史的長河裡扮演著怎樣的角色，她正牽著小毛驢趕路，顛顛地去工坊進一批新貨物。

因近日生意好，二丫幾乎每個月都要來進一批新貨物。工坊裡各項流程皆有制度，因織錦堂旗下的加盟商戶眾多，有不少是外人，所以商家只需在莊外院子裡登記名姓和貨物種類，自有管事將所需物品帶過來。這樣一來，既可讓商家們省去許多工夫，又不必叫人摸清工坊內部的玄機，一舉兩得。

頭回來此地的商家探頭探腦，四處張望，眼睛裡充滿了對這座女子工坊的好奇。

二丫卻熟門熟路地往登記處一坐，大剌剌地道：「嬸子賞我口茶喝，死熱的天，走這一路快渴死我了。」

一向好說話的崔六娘給她倒了一碗茶，嗔道：「妳今兒來得不巧，怕是要等上一會兒。坊裡說是有貴客來，幾個大管事都去作陪了，小管事也在整理這一季的帳目，都忙得團團轉，約莫還要兩刻鍾才得空。」

「那我師父可也來了？」二丫問。

崔六娘笑道：「我沒留心，妳待會兒領了貨自去莊外等。」

二丫喜笑顏開。「多謝嬸子！我也不白吃妳的茶，來，新鮮的喜餅，多吃兩個。」

「喲，喜餅？」崔六娘詫異道：「妳這丫頭，瞞得倒緊，有好事了？」

二丫臉上難得見到害羞的神態，一雙眼睛卻十分清亮。「是，下月初七，嬸子記得來東街吃我的喜酒。」

「是哪家的好小子？快跟嬸子說說。」崔六娘拉著她的手。

二丫咧嘴笑道：「不是什麼好出身，窮當兵的，現下在巡防營守城門樓。」

崔六娘眼底滿是欣慰，連聲道：「出身是最不要緊的，待妳好才實在。好姑娘，快去和妳師父說，她必定高興。」

「嗯！」二丫笑著點頭。

等拿到貨物，她又牽著毛驢出了莊子，挑了一棵老槐樹遮蔭。

沒多久，莊子裡駛出一輛馬車，有人正在相送。以為是哪家大主顧，二丫正要回避，恰好瞧見有熟悉的身影。

「師父！」她高聲喊，生怕人聽不到，跳高了揮手。

不遠處，趙鴛循聲抬頭。

「既是找妳的，妳就去吧，我這裡也沒旁的要緊事。」車內，清懿擺擺手，笑道。

趙鴛本想找個時機引薦自家小徒兒，只是見她咋咋呼呼的模樣，怕惹得清懿不喜，又躊躇了一會兒。二丫卻不知她的猶豫，把毛驢拴在樹上，興高采烈地奔來。

「師父！我有大喜事要和妳說！」

她來到近前才發覺車旁圍著一圈人，趕忙停下腳步。除了趙鴛外，還有幾個陌生女子，她們俱是穿著工坊統一的淺綠色窄袖立領對襟薄裙，容貌各有千秋，氣度卻是如出一轍的不凡。

「什麼喜事？」趙鴛哭笑不得。「這大熱天，莫要著急忙慌的。」

二丫如此這般一說，趙鴛果然又驚又喜，連帶著周邊一圈姑娘臉上都帶著笑意。甭管此前認不認得，都道了一聲恭喜。

「鴛姊，這就是妳說的小徒兒？」碧兒笑道，順手將手腕上的手鐲脫下。「今兒出門得急，倒不曾帶個像樣的見面禮，這就當是給二丫的一點心意。」

「啊，使不得、使不得，姑娘，這太貴重了。」二丫嚇一跳，忙推辭。

只是她這處還沒推開，那頭又有人遞來一支金簪，調笑道：「妳瞧碧兒，是個手最快的，她都遞了我們少不得也要添上，好姑娘，妳既願意收她的，就沒有推我們的理！」

「紅菱真是一張壞嘴！」碧兒又笑又氣。「自己手慢倒怨人家機靈，我的好意都被妳說岔了。」

二丫被金簪晃了眼，背後又有人塞了一串珊瑚珠，聽見是個和藹的聲音。

「來，二丫姑娘，我的一點心意還請妳收下。她們是嘴上打官司慣了的，別真就嚇著不敢收了。我們都聽鴛姊提過妳，妳是個極好的，我們都想見妳，只是妳師父寶貝得很，一直捨不得讓我們瞧一眼。」

二丫被這陣仗嚇懵了，無措地看向趙鴛。

趙鴛無奈一笑，點了點頭，嗔道：「愣著做啥？收下吧。妳要成親，這是好事。來，這是咱們織錦堂的諸位管事，她們年紀都比妳大，只管叫姊姊就是。」

第七十八章

二丫在趙鴛的帶領下一路打招呼，將眾管事認了一遍。

碧兒和紅菱她已認得，另一個送珊瑚珠串的是翠煙，後面幾個年紀更輕的是茉白和綠嬈。

最後只剩馬車裡的人尚未見蹤影，趙鴛正猶豫著要不要開口，紅菱就搶先對著裡面笑道：「姑娘，我們幾個都送了好的，您可不能落下了。二丫新婚大喜，咱們織錦堂可要給她添妝。」

翠煙啐她，笑道：「呸，妳這些年在北地跟著蠻子混野了，才回來幾天，主意就打到姑娘頭上。妳們聽聽，姑娘添了妝，好名聲卻是妳得了！」

眾人哄笑成一團。

二丫聽得明白，這是她們相熟的人在各自打趣，只是她還有些好奇，管事們已然氣度不凡，裡面那位被她們眾星拱月的姑娘，究竟是何方神聖。

猜測時，馬車裡傳來輕笑，初聽其聲，只覺如夏日的溫柔涼風，叫人心曠神怡。

「說得在理，合該為新人添妝。」

旋即，車簾半挑開，纖細的手遞出來一個錦盒，空氣裡帶著幾分玉蘭花的清香。她沒有特意避開外頭的視線，卻也沒有露臉的意思，只是自然地送上一份禮物。

「二丫姑娘，新婚大喜，祝妳與郎君百年好合。」

目光穿過車簾縫隙，二丫瞥見了一抹姝麗亮色，她愣愣地接過錦盒，遲鈍了兩秒才咧嘴笑道：「多謝姑娘。」

她不知對方年紀和身分，只能草草稱之為姑娘。

等到馬車遠去，二丫還沒有回神。

趙鴛順著她的視線望去，唇角微勾。「傻孩子，妳見到了咱們真正的貴人了。」

二丫懵懂道：「師父何意？織錦堂起初不是國公府二奶奶創辦的嗎？後來越做越大，現在各家高門都有參與，應當不算獨屬於誰吧？」

趙鴛輕笑，只搖搖頭，不願多言。二丫最不耐煩師父賣關子，鬧了好一會兒也沒探出究竟，只得作罷，遂又問起旁的。

「師父，玉鼎樓生意怎麼樣？最近不常見妳回工坊，今兒回來是有大事？」

趙鴛眸光微動，淡淡道：「嗯，是有樁要緊的事，不過現下還不好說，之後待塵埃落定了妳自會知曉。」

倒不是趙鴛刻意賣關子，只是茲事體大，不好透露。如今清懿手底下最得力的就是幾位女子，分別掌管各項事宜。

翠煙和彩袖負責上傳下達，輔佐一應內外事務，清懿的大小事宜都會經過她們的手；碧兒掌管鹽鐵商道兼織錦堂這兩個最重要的樞紐，是清懿不可或缺的股肱之臣；紅菱盤踞北地商道，以鳳菱莊為掩護，把持著北地鹽鐵；而趙鴛作為後起之秀，以突出的才幹被清懿所看重，如今她明面上是玉鼎樓的掌櫃，實則還兼管女子工坊的事宜。她們幾個各自事務繁忙，鮮少能聚在一起，一旦被清懿召喚，就是有大變動要發生。

趙鴛想起在玉鼎樓遇到的那個姑娘，文弱、冷清、孤傲，是她對裴萱卓的第一印象。如果說要吸納商道的人才，或許二丫都比她更合適。

趙鴛有些不明白姑娘的心思。

清懿這回來到工坊，只是細細察看了戶籍數目，還要了近幾年幼兒學院的名冊，旁的一概沒管。聯想到她早早吩咐自己留意裴萱卓……

趙鴛覺得，姑娘在下一盤很大的棋，只是她看不分明。

八月初九，天水巷。一大早，裴松照便等在院子裡，想看是哪個登徒子約自己妹妹。等來等去，只見拐角處出現一頂烏青軟轎，幾個小廝、丫鬟隨侍而來。

「哥，你怎麼還沒去溫書？」裴萱卓從屋子裡出來，挑眉問。

裴松照抱胸守在門口，目光緊盯著那頂轎子，頭也不回地道：「妳當我是這麼好糊弄的？那天分明有人給妳遞了邀約。倘若是游闕征或哪個孟浪之徒，我非把他們掃地出門不可！」

聽說了兄長之前在玉鼎樓的豐功偉績，裴萱卓很相信他能做出這種事。

轎子果真停在裴家小院的門口，左鄰右舍的婦人紛紛探頭張望。只見一個頭戴紗帽的女子在兩個丫鬟的攙扶下出現。

裴松照在看到來人的第一眼，就愣在原地，剛剛那「誰來就把誰揍飛」的氣勢蕩然無存。

「曲……」他瞠目結舌，話未說囫圇，便見紗帽下的女子豎起食指放在唇邊，是個噤口的手勢。

白紗飄飄，她輕挑眉頭，沈靜的眼底難得帶著盈盈的笑。「還不讓路？」

裴松照一剎那紅了臉，匆忙讓開道，等人進去後，又將大門緊閉，隔絕外頭張望的視線。

「姑娘坐吧，妳們聊。」

清懿身後跟著翠煙和綠嬈，小小院落一下子就裝了四個姑娘，他一個大男人不好杵在這裡，只能找個藉口回了屋。

裴萱卓坐在院裡的石桌旁，聽見動靜，抬頭望去。「是妳？」

清懿自然地在她對面坐下，微笑道：「是我，只是瞧著裴姑娘的臉色，並不如何意外？」

裴萱卓垂眸，替她斟了一杯茶，不動聲色道：「那日在玉鼎樓，和我交情匪淺的只有殊兒一人，想用我的人必然與她脫不開干係。不過，我原想著是曲二奶奶，並不曾猜到是妳。」

清懿聞言笑了笑。「此番我倒是避開了姑母。」

裴萱卓眸光微動，眼底藏著試探。「妳知道她曾經招攬過我，那麼妳必然知道她涉及的生意。」她沈吟片刻，目光鎖在清懿的臉上，像是要觀察對方表情的變化。

清懿輕呷一口粗茶，閉眼嗅香，晃了晃杯盞，笑道：「雖是雨前茶，卻別有一番風味，我喝著尚好。」

見她不答話，裴萱卓移開目光，也擺出若無其事的模樣。「不過粗茶罷了，姑娘平日喝的茶矜貴，乍一嚐不同的風味，自然新鮮。若是喜歡，一會兒讓我兄長給妳帶幾份回去。」

「那就多謝裴姑娘了。」

清懿抬了抬下巴，翠煙會意，旋即便將一個食盒呈上來，笑道：「來而不往非禮也，知道姑娘愛吃玉鼎樓的芙蓉糕，我們便帶了幾盒來，還請笑納。」

裴萱卓意外地看著眼前的食盒，良久，才看向清懿道：「姑娘當真是妥帖人。」知道她一向是拒人於千里之外的性子，因此對方反倒先開口討東西欠人情，而後再送出自己的東西，這樣倒讓她不好推辭了。

這般想著，裴萱卓略揭開食盒一看，卻瞧見最上頭不是芙蓉糕，而是一封寫著字的紙張。她展開細讀，神色漸漸冷凝。

「聘任書？」裴萱卓抬頭望向清懿，唇邊笑容收斂，竟然顯出無端的冰冷。「敢問姑娘是何來頭，要另起爐灶開一個女學？」

清懿有規律地輕敲食指，坦蕩直視她的目光，笑道：「這不是剛好解決姑娘的燃眉之急，成全妳的夙願嗎？」

「我的夙願？」裴萱卓發出短促的笑，審視著她。「玉鼎樓的幕後之人想必也是姑娘吧？妳當真是神通廣大，讓我猜一猜，妳既然知道我的底細，那就說明妳與曲二奶奶，也就是妳親姑母並不只是表面上的關係。

「妳們既有這一層關係，那麼自然知道她曾經也招攬過我。我不關心妳們在做什麼生意，也不在意妳們籌謀多大的買賣。我當年不插手曲雁華的事，這一回，我也不會插手妳的事。姑娘是聰明人，早知答案，何必白費工夫？」

清懿聽了這番話，神情未有變動，確實如她所言，像是猜到已知的答覆，她淡淡道：

「敢問姑娘，對於我們的生意又知道幾分？」

裴萱卓道：「今日姑娘的到來本就叫我意外，我看不透妳手裡掌握了多少東西。曲雁華曾說，她在做鹽鐵買賣，她有膽子插手這個，就證明她野心極大。」

裴萱卓眼底透著思索。「就像我猜不到今天是妳來，我確實沒有料到，如她這般的女人竟然會臣服於妳。」

清懿挑眉。「說不上臣服，各取所需罷了。」

裴萱卓輕笑，緩緩搖頭。「她這個人我最瞭解不過，野心勃勃，不擇手段。數十年來，她所做的哪一樁不是為了填滿自己的野心？而我沒有興趣做她野心路上的墊腳石。

「曲姑娘，妳說成全我的夙願，那麼想必妳清楚我只想做一個簡單的教書匠。如今妳下這樣的聘書，自以為解了我的溫飽之急，可妳應當知道，我如今遇到的些許坎坷並不能成為妳要脅我的籌碼。」裴萱卓直視著清懿，平靜道：「教書也好，種田也罷，我一介平民，做什麼不是做呢？倘若姑娘是想以這樣的方式招攬妳所需要的人，那麼妳來錯了，我不是姑娘所求之人。」

她說罷，便將食盒推開，這便是拒絕的意思。

清懿挑了挑眉，又將那張書信重新展開，自己端詳了一遍，復又笑道：「姑娘不妨再仔細看看，這紙上寫的到底是什麼。」

裴萱卓眸光微動，眼底閃過一絲疑惑，她接過紙張，卻並不如對方所言細看。

「我雖才識淺薄，到底認得幾個字，不至於認錯。」

「白紙黑字寫的，姑娘當然不會認錯，可是沒有寫在紙上的，姑娘卻看不明白。」清懿笑道：「實打實的給姑娘交底，我這份聘書，並不能許妳錦繡前程。妳來我這裡也是教書，可妳教的孩子。既不是達官，也不是顯貴。

「在女學，掌教娘子所教的學生大多是高門之後，今日之師恩，來日就是反哺之情，妳不能不承認，妳的許多同僚都是抱著這樣的心思去教書的。而我這裡的孩子，都是貧苦出身，從前在家都是扛鋤頭、打豬草，大多目不識丁。妳教她們要費上許多工夫，將來也並不會得到多少好處。」清懿緩緩抬眸，與她對視。「這樣的去處，姑娘願不願意？」

「妳竟然是要我去教書？僅僅是教書？」裴萱卓眼底閃過不可思議。

「對，僅是教書。」清懿點頭。

「教什麼？」

「貴女學什麼，她們就學什麼。」她頓了片刻，說：「不僅如此，男子學什麼，她們就學什麼。」

裴萱卓心臟慢了半拍，瞳孔微縮。「《孫子兵法》、《九章算術》、《論語》、《大學》、《中庸》……」

「都要學。」清懿輕描淡寫地打斷她，眼底的堅定卻叫裴萱卓愣了好久。

「妳在女學所不能教的東西，在這裡都能教。」她緩緩道：「裴姑娘，我敢說，天底下只有我這裡能實現妳的抱負。如妳所言，教書匠去哪裡都是教書，可妳不同，妳是女人。」

清懿湊近，輕聲重複。「妳再清楚不過，妳是女人。因為妳是女人，妳教的也是女人，所以妳永遠不可能在公府學堂傳授妳的學生除女德、女訓之外的東西。

「清閒貞靜，守節整齊，行己有恥，動靜有法，謂之婦德……」清懿背誦女德原句，這也曾經是她烙印在心底的警句，如今讀來，心中卻泛起密密麻麻的疼痛，叫人喘不過氣。

在這唸誦聲裡，裴萱卓狠狠閉上眼，眉頭緊皺，像是在阻擋某種不可違逆的魔咒灌入耳中。

「妳教她們時，心裡在想什麼？」她沈靜地問：「水源村的草屋裡，裴蘊教出來一個曲雁華，又教出一個妳。可世上有幾個男子如裴蘊，能將滿腹才識傾囊相授給女人？又有幾個女人能如妳們這般幸運，知曉博學審問，慎思明辨篤行？」

她不斷地問著，最後語氣卻漸漸平靜。「裴姑娘，妳究竟是想在女學教衣食無憂的貴女刺繡插花，還是要來我的茅草破屋，在一張張白紙上畫妳畢生所學？」

一張張白紙，意味著一群尚未開蒙的孩童。就像當年二叔手把手地教她與兄長，彼時，她不明白什麼是女子該學不該學。

小小屋舍裡，她跟著兄長搖頭晃腦地唸。「天行健，君子以自強不息。」時過經年，她早就明白自己沒有自稱「君子」的權力。

可那句自強不息，卻深深鐫刻在靈魂裡。這就是教育的力量，這也是教師的意義。

當她長大，她才知道唸過《易經》的自己是個異類，原來女人們從不讀四書五經，修身齊家治國平天下那都是男人的事，而她們畢生所學無非是成為一個合格的賢內助。

裴萱卓從來沒有將自己的慾望宣之於口，她踽踽獨行太久，曾經的曲雁華短暫地成為她的依靠，在發現對方道不同後，她毅然與她決裂，於是又重歸孤獨。

某種程度上來說，她執著地想成為掌教娘子，歸因於她想找到一個知己。不同尋常的教導讓她成為異類，如果用同樣的知識澆灌出同樣的花朵，那麼是不是意味著會有人懂得她的心境？那些不屬於女子的開闊眼界，應該傳授下去。

清懿所說的每一個字，幾乎都敲打在她的心上。

裴萱卓緩緩抬眸，袖中的手指緊攥，骨節泛白。

眼前這人的攻心之計，太過毒辣。也許她經過了縝密的盤算，才說出這番話，可裴萱卓不得不承認，她動搖了……能夠教出一群志向相同的孩子，這樣的誘惑太大，比任何財帛富貴都要打動她的心。

「妳贏了，倘若當真如姑娘所說，只是教孩子們唸書，那麼我願意去試一試。」

「應該的，裴姑娘試過之後倘若覺得不妥，隨時可以反悔。」清懿粲然一笑。「明日辰時，會有馬車來接姑娘。多有叨擾，我先告辭了。」

「慢走。」裴萱卓起身相送。

清懿重新整理好紗帽上轎，直到烏青轎子消失在拐角，裴家小院才又傳出動靜。

「人呢？就走了？妳不是答應給人送茶嗎？」裴松照拎著布袋子急急出屋子，朝妹妹說道：「妳看，我特意挑揀的品相好的葉子。」

裴萱卓皺眉回視。「你在偷聽？」

裴松照臉一紅，頓時有些不自在，含糊道：「嗯，牆壁隔音不好，我就聽了一耳朵。聽曲姑娘說茶好喝，我就去揀茶了。」

裴萱卓狐疑。「……當真？」

「嗯……」裴松照撓了撓頭，咕噥道：「還有妳教書的事，我聽著倒還好，反正妳也喜歡教孩子。」

裴萱卓略感頭疼，擺擺手道：「行了，我的事你不要管了，自去溫書吧。」

裴松照卻沒有照辦，他在她對面坐下，猶豫片刻才問：「曲姑娘究竟什麼來頭？瞧著並不像尋常貴女。」

「你打聽她做啥？」

裴萱卓聽出兄長的不對勁，蹙眉打量他，好半晌才意識到什麼。

「你別對她有旁的心思。」

第七十九章

次日一早，裴萱卓坐上馬車前往學堂。到了莊子外頭，管事崔六娘領著她進去，一路上有不少做工的婦人好奇地打量她，不時投來友善的目光。

裴萱卓同樣也在觀察她們。

她注意到，這裡的婦人精氣神都很足，說說笑笑十分爽朗。沿途的屋舍嚴整乾淨，一看就是有人用心打理過的，可見這裡的人都很愛護莊子。

除此之外，還有一個細節叫她有些驚訝。

領頭的崔六娘是個管事，路上遇著普通工人卻沒有派頭，工人們也自自然然地打招呼，好像並沒有上下之分；但真正做活計時，她們都很聽頭兒的話，真正做到了齊心協力。

來到學堂，裴萱卓才發覺清懿說得太誇張了，這裡雖不如公府女學富麗堂皇，卻也算寬敞明亮，並不僅是幾個草棚茅屋。

清蘭先前就接到信，說是今日有新老師要來，於是一大早就等在學堂門外，甫一瞧見裴萱卓的身影，她便笑著迎上前道：「裴姑娘好，打今兒起就是同僚了，我先帶妳認認地方還有學生們。」

「有勞了。」裴萱卓頷首。

隨後，清蘭領著裴萱卓進了學屋。一雙雙充滿著懵懂好奇的眼睛望向裴萱卓，孩子們中最大的十四歲，最小的七、八歲。她們穿著學堂統一做的衣裳，書本也是由書坊印刷而成的。

裴萱卓眸光微動，視線凝在課本上，難言內心的震撼。也許她們的吃穿比不上高門貴女，但是，單論那薄薄的課本，價值就遠勝過黃金萬兩。

「這是……有句讀的書？」裴萱卓翻開書頁，詫異地問道。

清蘭點頭笑道：「是的，孩子們太小，我這個做老師的也沒有多麼淵博，咱們小地方也請不來大儒，不分好句讀，哪裡能教得了她們？」

「誰編纂的書？」裴萱卓又問。

草草翻開幾頁，她便發覺著書人的高明。作者並非一味照搬四書五經，而是整合了前人大儒的解析，從易到難，劃分等級供不同階段的孩子學習。

除此之外，九章算術、農耕四時經、天文地理等科目又分門別類整理成書，學生可以根據興趣與特長選擇課本。而這些科目的老師，有的是莊子裡經年的老農，有的是司蠶桑的婦人，他們不識字，就由清蘭將書中的知識與實踐結合，再傳授給孩子們。

清蘭似乎沒料到她會問這個，愣了一會兒，才反應過來，笑道：「啊，編纂人是我大姊姊和四妹妹。起初我拿到課本，自己都學了好一陣子才敢教給孩子們呢。

「裴姑娘，這麼多書初看是覺得難，可若要真照著學了，才會發覺此法的妙處。」清蘭見她不語，解釋道：「我原是一點也不通農桑，可我照著書學，又親自去地裡瞧，先前似懂非懂的地方，立時就通曉了，用我四妹妹的話說，就是學以致用。」

「好一個學以致用。」裴萱卓唇角微勾，淺笑道：「曲家姑娘果然都是妙人，受教了。」

「不敢不敢，早聞裴姑娘才識過人，今後我還要向妳多多請教。」清蘭笑道：「從今兒起，我只管聽妳的，妳瞧著現在的學堂可有要改的地方？」

裴萱卓環視一周，沈吟片刻才道：「蘭姑娘是爽快人，那我也不扭捏。旁的不打緊，只一樁，孩子們年紀差得太大，日後可分做兩個學屋，以十歲為界，十歲以下為一屋，十歲以上為一屋，如此方可因材施教。」

清蘭想了一會兒，眼睛亮了。「正是呢，前兒我們已經把七歲以下的分了出來，只是教了幾天還是覺得不對，就按妳說的，以十歲為界吧。」

「不僅如此，我會細化課本的內容，年紀小的不能學得太高深，要循序漸進。曲姑娘雖未雨綢繆，只是她到底沒有親自授課，還需我們查漏補缺，不必一味照搬。」

裴萱卓一來就雷厲風行地革新了許多地方，清蘭一樣一樣照著做，發覺她提的都是有理的，於是不再疑心，只管去辦。

很快，不出半個月，學生們對這位陌生的老師的感情從好奇到驚訝，再到如今的敬畏，裴萱卓與清蘭輪流上兩個學屋的課。只要是裴萱卓來，她們就像耗子見了貓，說話聲音大點都不敢。

其中，只有一位特別的學生並不怕她，那就是成瑛。她不僅不怕，甚至還敢挑釁師長的權威。

課上，裴萱卓為學生解析《左傳》名句，正色道：「國之興也，視民如傷，是其福也……」

她任由孩子們爭相舉手，表達自己理解的意思，哪怕錯漏百出也無妨。

正熱鬧時，卻有人冷聲道：「國並未視我如子民，它的興亡與我無關。」

前排有人不熟練地反駁。「國之興亡，匹夫有責，怎會沒干係？」

「是啊是啊，阿瑛，妳連前兒學的仁義禮智信都忘了嗎？」

學生們群情激憤，成瑛卻閉口不再言語。

「肅靜。」裴萱卓淡淡道：「成瑛，說說妳的看法。」

成瑛冷哼一聲，挑眉道：「裴老師傳授高尚的學問，可惜我是不受教的。您說道德經有云，治大國如烹小鮮，可我一介女子，談何治國，談何仁義之道？男子滿腹經綸，學成自可投身帝王家，我們學了這些，卻只能讀給灶臺聽。您不妨說說看，我們這些投錯胎的人，怎麼心平氣和地讀四書五經？」

她這話太尖銳，像一隻困在籠中的幼虎，借著機會狠狠撕咬。裴萱卓靜靜看著她，看著她眼底故作頑劣，實則躁鬱到了極致的掙扎。

這個孩子像極了曾經的她。

「成瑛，」裴萱卓緩緩道：「老師沒有辦法解答妳的問題。」

學生們都愣住了，包括成瑛，她眼底閃過一絲錯愕，像是沒有料到裴萱卓這麼坦然。

「您不是滿口仁義道德的師長嗎？您的職責就是傳道授業解惑，為何無法解答？」成瑛語氣是控制不住的衝動。

裴萱卓垂眸，想了片刻，才抬頭看著她，平靜道：「無法解答，是因為困住妳的問題，也曾困住我。這個世道，沒有女子的晉升之梯，即便有一肚子學問，也是紙上談兵，無有作為。」她的目光掃過一張張渴望知識的臉，眼底卻有幾分寂寥。「過去，現在，這樣的問題還會困擾更多的女學生。」

「所以，您來教書，就是為了讓我們像您一樣為此痛苦？」成瑛問得越發刺耳。

裴萱卓輕笑。「痛苦之餘呢？成瑛，我問妳，妳痛過之後，還想回到蒙昧無知，連疼痛都不懂的時候嗎？

「不知者，自然不畏懼，不痛苦。隨著妳閱歷增長，妳視野越廣闊，就越會發覺自己的不足和與旁人的差距，這種差距叫人痛苦不已，猶如天塹的階層即便插翅也難飛躍。可即便如此，妳也不會想回到最初愚昧的時候。」她猶如長者說故事，娓娓道來。「孩子們，成長是不可逆轉的過程，誰都要經歷陣痛。」

有個叫巧鳳的孩子怯怯問：「老師，那俺們學的一切都沒有意義嗎？」

裴萱卓目光難得柔和，她莞爾一笑。「嗯，讓老師想想要怎麼和妳們解釋這個問題。」她想了一會兒，問道：「妳們見過疊羅漢嗎？」

「見過！」孩子們齊聲道。

「好，那妳們不妨理解成，我們現在就在疊羅漢。」她笑著將左手搭在右手上，反覆幾次，模擬疊羅漢登高。「妳們瞧，老師是底下的手，托著妳們升高。若干年以後，妳們會成為另一群孩子的老師，托著她們升高。我們傳道授業的過程，就是薪火相傳，羅漢疊高的過程。」

許多孩子還是一臉懵懂，唯有成瑛眸光微動，眼圈漸漸泛紅。

「過去，現在，我們見不到那條屬於女子的梯，那是因為我們自身的力量不夠強大。當年，老師的老師只教過我一個人。現在，我又將所學傳授給妳們這三十個人，若干年以後，妳們又會有更多的學生。

「即便我們見不到女子入朝為官的那一天，可是妳們的學生，學生的學生，會在我們的托舉下，看到那樣的時代。」她緩緩道：「所以，妳們仍舊覺得這是沒有意義的嗎？」

一時間，學屋裡安靜許久。

學生們各自沈默，以她們如今的閱歷，很難表達此刻的感受。

若干年後的某一天，當千帆過盡，她們從記憶深處撿起這段足以改變人生軌跡的話語，或許能夠形容心頭的百般滋味。

成瑛緩緩坐下，埋著頭趴在桌上，不再言語。

裴萱卓的視線緩緩掃過，她沒有出聲驚擾這個幡然悔悟的孩子，而是轉頭看向其他學生。

「好了，不說題外話。今天就以此為題，每人作一篇文章，課後交與我。」她冷淡吩咐。

學生們立刻從方才的情緒抽身，想哀號又不敢。

清蘭站在牆邊，捂嘴偷笑一會兒，忽然想到裴萱卓方才的話，心裡同樣震撼不已。

薪火相傳，生生不息，原來這才是為人師的道。

半月之期很快就過去，嘗試期結束，裴萱卓要正式給清懿答覆。

天水巷，同樣的時辰，烏青軟轎又停在裴家門外。

清懿微笑著，開門見山道：「裴姑娘考慮得如何？」

裴萱卓垂眸，先替她斟了一杯茶，才道：「在回答姑娘前，我想先問妳一個問題。」

「妳說。」

良久，裴萱卓緩緩抬眸，眼底翻滾著狐疑。「妳為何要收留這些窮苦孩子？

「我冷眼瞧著，女子工坊井然有序，製作銷售自成一體，已經能為妳盈利，且能維持許久。不過，要形成更完善的環節，還差一樁，那就是人才。」她說道：「原諒我疑心重，商人無利不起早，妳養大她們，是為了培養得力的心腹，用以維持妳的工坊，對嗎？

「吃妳的，穿妳的，甚至連課本都要用妳的，這樣教出來的孩子，怎會不忠心於妳呢？」裴萱卓的目光帶著審視。「高門馴養佃戶，只用土地和契約束縛。妳更高明，也更捨得下血本，可是究其根本，妳和那些人沒有區別，只不過是換了一個說法，用更豐厚的糖來引誘他們。實際上，泥腿子還是泥腿子，妳照舊做妳的雲上貴人。」

清懿輕笑，並不反駁，點頭道：「妳要這麼想也無可厚非，我確實需要很多忠心的人加入。」

她沒有反駁，裴萱卓眼底仍帶著警惕。「姑娘應當明白，我的道，永遠不在高門這邊，即便如此，妳也放心讓我教她們嗎？」

清懿抬手喝茶，頓了半晌，才看向她，淡淡道：「妳為何篤定我和妳是不同的道？」沒等對方回答，她又道：「只因為我的出身，和我手中掌握的權力，所以妳認定我的利益和妳是衝突的。

「但是……裴姑娘，」她抬頭。「妳看清楚，我也是女子。只要根本的源頭不改變，無論我站得多高，擁有多少財富，男人永遠會將我踩在腳下，這個道理，妳比我清楚。

「再者，有句話不知當不當講，說出來或許會刺妳的心。」清懿挑眉一笑，眼底帶著幾分興味。

「大可直言不諱。」

清懿替她斟了一杯茶，隔著裊裊茶煙，她道：「裴姑娘，許多事情並不是黑白分明的。在妳看來，先教她們高尚的道理，再讓她們做個寧折不彎的女君子，就是踐行妳的道。可有一句話是，倉廩實而知禮節，衣食足而知榮辱。倘若她們連基本的吃穿都無法保證，又談何仁義道德？

「所以妳啊，才是真正的雲中貴人，不肯為俗物折腰。」她將原話奉還，帶著揶揄的口吻。

裴萱卓眉頭微蹙，半晌不曾答話。

「設立女子工坊，妳覺得是我私心也好，博愛也罷，這個我並不爭辯，畢竟我不在乎人後的名聲。若妳需要的是純粹的奉獻和沒有瑕疵的道德，那我坦白地告訴妳，我不是。工坊和商道，乃至學堂，都是我磨好的刀，我既用它，也愛它。」她淡淡道：「男人的世界陰謀詭計那麼多，太乾淨，怎麼進得去？不進去，怎麼爭？」

話至此刻，茶已涼透。

清懿撫了撫裙襬，望向院牆外的垂柳，平靜道：「裴姑娘，我用了五年的時間讓她們吃飽飯，現在，想請妳為她們授詩書，妳可願意？」

裴萱卓端起涼透的茶，喝了一口。涼水順著喉嚨流進胃裡，安撫在某一刻奔流的熱血。良久，她呼出一口氣，輕聲道：「我願意。」

清懿粲然一笑，頷首鞠躬，行了一禮。

「替孩子們，多謝裴老師。」

「不必如此。」裴萱卓緩緩搖頭，目光帶著些許複雜。「我還有最後一句話想問姑娘。

「常言道，以史為鑒，輪回百轉自有規律可循。但我書讀百卷，翻遍史冊，從未找到過女子掌權的痕跡。沮喪時，我會想，自己一直妄想的目標究竟是不是無法實現的幻夢。

「妳呢？曲姑娘。」她眼底帶著少見的迷茫。「當妳走上這條路，是否覺得前路渺茫，我們當真能有那樣的一天嗎？」

清懿眸光微動，眉宇間帶著幾分溫和。她靜靜地看著眼前的女子，這是即將與她並肩而行，殊途同歸的戰友。

「妳讀的史書，都是男人寫的。」她緩緩起身，拂開衣上的落葉，笑道：「世上的變革沒有自上而下的道理，與其妄想既得利益者施捨肉骨頭，不如我們從底下爬上去，掙出一條通天梯，寫我們自己的歷史。」

良久，裴萱卓緩緩舉杯。「以茶代酒，敬姑娘。」

清懿頷首回禮，將杯中涼茶一飲而盡。

這時，院門外傳來腳步聲，是裴松照回來了。他甫一瞧見清懿，脊背不自覺地繃直，卻又很快地擺出一副笑臉。「喲，曲姑娘來了。」

不待清懿應答，裴萱卓便道：「兄長回屋去吧，你是外男，不好在曲姑娘面前久留。」

作為一母同胞的親妹妹，她清楚裴松照的性子。自那日被戳穿心思，他就恢復從前的模樣，每日喝得酩酊大醉才回家，煙花柳巷不時傳出他所作的風流詩詞，花魁娘子爭相傳唱。

裴萱卓從不勸告，也從不探究兄長的心事。他們兄妹倆互相扶持長大，清楚彼此堅守的底線。就像現在，她看出裴松照眼底一閃而過的愕然，也看得出他強裝的自在。

裴松照避開清懿的視線往屋裡走去，上揚的唇角在轉身的那一刻才落下。

臨到進門，後面卻傳來一道女聲。

「裴郎君，留步。」

裴松照以為自己聽錯了，猶豫回頭。「姑娘喚我？」

清懿垂首。「是，我此次叨擾，不僅為了裴姑娘，也是為了裴郎君，還望郎君賞個臉。」

翠煙伶俐地將另一個木凳擺在桌前，又沏上一壺新茶。

隔著熱騰騰的茶煙，裴萱卓看了清懿一眼，疑惑道：「姑娘找我兄長有何貴幹？」

裴松照已經坐下，他盯著翠煙點茶的手，很好地將眼底的驚訝隱藏。

清懿並未正面回答，反而問道：「裴郎君可有意中人？」

「噹啷」一聲，裴松照將將端起茶盞的手忽然一抖，不小心碰倒另一只空杯。他緩緩抬頭，短促地笑了一聲。「姑娘這話問的……妳竟不知我的名聲？十二坊的花魁娘子有半數都是我的紅顏知己。」

第八十章

翠煙彎著眼笑。「裴公子，我們雖在深宅大院，也是長了耳朵的，自然聽過您的詞曲。」

裴松照垂眸。「濃詞豔賦，污了姑娘的耳。」

裴萱卓聽出了他的自嘲，思索了片刻，才道：「曲姑娘到底是想問我兄長什麼？」

清懿笑了笑，直言道：「好吧，雖然這話由我一個姑娘家問出口不大好，我就是想知道，裴郎君可有成婚的打算？」

如驚雷炸響，裴松照猛然抬頭，他知道不會有人無緣無故地打聽這種問題，一定是有用意。

那麼，難道是她……不可能！

幾乎是一瞬間，裴松照立刻制止腦中那不切實際的幻想，他反覆告訴自己，別妄想，別妄想。

看似漫長，卻只在片刻。裴松照穩住心神，狀似調笑道：「曲姑娘打聽我的終身大事，是想替我作媒？」

清懿直視著他，坦蕩笑道：「是，若郎君沒有意中人，又不介意成婚，我就替你作個媒。」

「誰家姑娘？」裴松照的心如墜谷底，卻強裝不在意。青瓷茶盞被骨節分明的手攥住，指節隱約泛白，等待她回答的時間如此漫長，足以敲碎微不足道的奢望。

他聽見她說：「我。」

像是剛從水裡打撈上來的溺水之人，他驚詫地忘記了呼吸，心臟狂跳。

「妳說什麼？」

裴萱卓也皺眉道：「曲姑娘，別開這樣的玩笑。」

清懿收起唇邊的笑，緩緩道：「並非玩笑。我邀妳時用了幾分心思，現下也就用了幾分心思。」

裴萱卓不答，只定定望著清懿。看得出來，對方所言非虛，她的確是真誠的。只是恰恰因為這份真誠，她才越發難以置信。

同為女子，裴萱卓很清楚清懿的想法，她絕不會拘泥於兒女情長，突然提出婚約，決計不會是一見鍾情之類的緣由。心下這般狐疑，對方似乎料到她所想，適時道：「二位玲瓏心竅，我也敞開了說明話。

「我已到適婚之齡，倘或打定主意做孤家寡人當然遂了自己的心意，只是難免要成為眾矢之的。為大局著想，我不能將自己架在火上烤。」清懿看向二人，知道對方能聽懂弦外之音。「裴郎君若是願意，你的抱負和志向，我都會竭盡全力助你實現，將來若有了心上人，我也願意和離，成人之美。總之，你們無須立刻答覆我，無論答應或拒絕，都不必有負擔。」

裴家兄妹都聽懂了她的意思。說白了，這是一樁假婚約，二人只做表面夫妻。

平心而論，一個一窮二白的寒門子弟，能娶清貴人家的嫡長女，是占了大便宜。今時今日，他尚未考取功名。對方承諾的「竭力相助」，代表的是身處寒門無法獲取的資源和人脈；甚至，他還能在將來另娶旁人，任誰來看，都會覺得這是穩賺不賠的買賣。

裴松照勾出一個笑。「好啊。」

他抬頭，眼底還是那副遊戲人間的神態。

「聽起來，這是打著燈籠也找不到的好事。何必等來日，我即刻答覆姑娘就是。」

清懿有些意外，頓了一會兒才笑道：「裴郎君坦蕩心性，不過，你還是再考慮考慮。那麼多紅顏知己，興許就有你情不自知的。千金難買真情在，莫要錯過眼前人，日後可就追悔不及了。」

裴松照撫著額角，渾不吝地道：「妳都說了，將來有了意中人還能和離，有什麼打緊？」

清懿挑眉，搖頭失笑道：「好啊，你既然想好了，我便再問裴姑娘的意思，終究是要你們二位都點頭才行。」

裴萱卓的眉頭自始至終都沒有鬆開，她眼神複雜地看著兄長，又轉頭對清懿道：「既然他答應，我也沒有二話。」

比起兄長品出的意思，她明白清懿更深的用意。這是用姻親關係，將她們牢牢地綁在一塊兒。也許是覺得裴松照合適，於是順勢而為；也許是先起了念頭，再擇裴松照。

總之，這是一舉兩得的買賣。

裴萱卓並不崇敬婚姻，即便目睹眼前的交易，她想的也只是權衡利弊。此前，她提防兄長泥足深陷，也是不想他自找麻煩，只是她沒想到形勢會演變成這樣。

她不得不提出內心的疑慮。「曲姑娘和我兄長訂下婚約，不怕有更大的麻煩？我聽聞，袁小侯爺與姑娘頗有淵源，倘若他回京，姑娘不也是引火焚身？」

未盡之言，清懿已經明白。

權貴人家的霸道行徑，他們都見識過。雖然袁兆的名聲尚好，可知人知面不知心，誰知道他會不會衝冠一怒。

裴松照垂眸，他知道，妹妹這話也在點他。

六年前，他得罪了京裡有名的紈袴衙內，被打個半死，差點一命嗚呼，那時正是袁兆救了他。後來他還能安穩唸書，有穩定的收入買下這座宅院安置，都賴袁兆的提攜。

裴松照繃緊了唇角。

「妳說袁郎君啊……」忘了多久沒有提到這個名字，清懿垂眸，語氣平淡道：「我和他有幾分交情，卻無關風月。」

「姑娘對袁小侯爺無意，卻不代表他對妳無意。」裴萱卓皺眉道。

「他是個君子，不會做失態的事。」清懿把玩著茶盞，突然覺得有些好笑，於是挑眉看向裴松照。「還是說，你怕了？」

裴松照脊背僵直，愣怔一瞬，才輕笑道：「捨得一身剮，我怕什麼？」

「姑娘不過是借我做擋箭牌，又不是真的鍾情於我。」他毫不在意地笑著。「替姑娘擋一擋，換取諸多好處，有何不可？」

清懿認真地看了他一眼，說道：「於我而言，裴郎此舉是大恩。」

最重要的事料理完畢，次日一早，清懿準備回潯陽。

因為前些年的教訓，只要出門在外，翠煙便時刻繃緊著弦，光是隨行的護衛便足足有三十來個，即便遇上山匪也有一戰之力。

茉白上回出遠門還是數年前，從潯陽上京。那會兒路上太平，並不曾見過這樣的場面，不由得好奇問了。

翠煙道：「現在可不比從前，這幾年到處都有災禍，收成不好，百姓就吃不飽飯，沒了出路，自然就落草為寇，所以常有山匪劫道的事。」

「我怎麼沒聽說過？」茉白疑惑。

「妳在京裡，自然不曉得外頭的事。」翠煙笑道：「我要不是幫姑娘理帳，也不清楚裡頭的門道。」

哪處年景不好，哪出收益銳減，都表現在帳目上。

京中歌舞昇平，少有人知道城外的事。朝堂之上都有人粉飾太平，更何況消息閉塞的民間，不是嗅覺敏銳的人，根本察覺不到風向變了。火沒燒到自己身上，高門便照常揮霍無度，賞花賞景。

一連行進了十來天，隊伍路過江夏城。

江夏前些年遭了蝗災，如今得了一個能幹的知府才好上許多，只是境況到底不如鄴城，連道路都不甚平整。許多人為了趕路，都選擇抄近道小路。

「翠煙，吩咐車隊走大路，天色暗了便就近歇下，不必趕路。」車內傳來清懿還帶著睏倦的聲音。

興許是勞累過度，猛地放鬆下來，清懿就覺得格外疲倦。自出發到現在，她每日都要睡上許久才醒。

「姑娘放心，早就安排妥當了。」

天色逐漸昏暗，領頭的李貴瞧見不遠處有間客棧，便想招呼著車隊往那處去。

翠煙不敢擅自作主，正想請示清懿，掀開車簾卻發覺姑娘又睡著了。

「怎麼？姑娘睡了？」李貴還在等候回覆，想了想便道：「咱們在路邊歇下，還不如去客棧呢。我瞧著倒不必打擾姑娘，自去了便是。」

翠煙看著清懿眼下的烏青和疲憊的睡顏，猶豫了片刻，也就答應了。「客棧開在這裡也蹊蹺，你先領著幾個人去打探，要是不妥，咱們還是往附近的村裡去。」

李貴領命去了，不多時便帶著人回來。「姊姊，是附近的村民開的客棧，供過路的歇息，裡頭就只有一對老夫妻。」

茉白餓得肚子咕嚕響，啃著半塊糕怎麼也嚥不下去。「那咱們就去吧，好好生火做飯，我吃了半個月的乾糧，嘴裡淡得沒味道。」

江夏這幾年的收成尚可，想來治安也不會太差。

這麼想著，翠煙心下稍定。「罷了，就去客棧。」

烏壓壓四十來號人，甫一進客棧就幾乎將堂屋塞滿。

老夫妻以為是劫道的，嚇得不敢動彈。「英雄饒命！」

李貴鑽出人群，笑呵呵拎出錢袋子。「大爺、大娘，我們是正經人，不是山匪。來，這幾吊錢你們收下，好生做些菜飯給弟兄們吃，酒水只管搬，少了我們再添銀錢。」

老夫妻聽見不是劫匪，大鬆一口氣，連聲答應著。

身後突然傳來嬌喝。「酒水不必上。」

翠煙蹙著眉上前，瞪了李貴一眼，後者縮著腦袋笑。「姊姊來了，哎，就聽我們姑奶奶的，酒水不必了，肉菜多上。再者，做幾份清淡些的小菜，我去後廚端。」

見這小子機靈，翠煙便不多言，只道：「自去吃你的，姑娘的那份我來。」

李貴笑呵呵地招呼著護衛們坐下。他們人多勢眾，並不曾瞧見角落裡還有兩桌客人。

一個絡腮鬍男人朝同伴使了個眼色，用口形道：「肥羊。」

同伴一副老實莊稼人打扮，眼底卻透著精明。「人多，不好下手。」

兩個人沈默了一會兒，瞧著不遠處付錢的女子一身打扮不菲，心裡癢癢。

「你留在此處，我去叫老大。」絡腮鬍像是下定決心，眼底閃過狠戾。

莊稼人不大情願，可也沒法子，咕噥道：「叫老大來，咱們就是喝湯的命。罷了，你去叫吧，他不來，咱們連湯也喝不著。」

說著，絡腮鬍便從側門溜了。

角落裡，另一桌坐著四個穿著短打的黝黑漢子，他們也不說話，只悶頭大口吃肉。

有個矮個兒漢子猶豫道：「方才那個絡腮鬍，好像是鳳頭山的人。這車隊怕是要有難了，咱們要告訴他們嗎？」

領頭的刀疤漢子低聲道：「不要多管閒事，柳兄還在江夏城等我們……更何況，郎君也來了，咱們耽擱不起。」

一聽這話，矮個兒不敢再說話，趕緊啃饅頭。

入夜，江夏城。

領頭的刀疤漢子終於帶著弟兄趕到城內，匆匆奔進一處府衙，就被門外的士兵攔住。

「什麼人?!膽敢擅闖！」

刀疤漢子猛地擺手，示意其他人不要輕舉妄動。「軍爺，都是自己人。我家主子正在裡頭和知府大人商議要事，還望軍爺通傳。」

領頭的士兵狐疑地打量他們。「你們是……袁公子的人？」

刀疤漢子道：「正是。」

士兵略收起敵意，打發人前去通傳。

此舉倒並非士兵故意刁難，今夜府衙外重兵無數，乃是因為裡頭有大事發生。

江夏城近兩年雖恢復幾分生機，但是仍有一塊頑疾難除——匪禍。

自從府衙裡來了一位軍師後，城外幾股山匪勢力皆被剿除，如今只剩兩處最為猖獗的山寨：鳳頭山和鹿鳴山。

原本互為對手的兩幫山匪在見識了官府的雷霆手段後，突然有了聯合之心。他們仗著易守難攻的地勢，龜縮在山林裡，且又占據著要道，官兵一時進退維谷，拿他們沒辦法。

為此，那位被知府大人奉為座上賓的軍師，又出了一計：離間。

一山不容二虎，當慣了老大的匪頭，即便為了大局願意容忍一時，也決計忍不了一世，堆積的矛盾越演越烈，終於在官府退兵後爆發。他們對外雖仍打著聯合的旗號震懾官府，實則內裡早就分崩離析，只需旁人小小推一把，不甚牢固的同盟自然倒塌。

在這個恰到好處的時機，一封招安的書信遞上了鳳頭山大當家常山虎的案頭。而今夜，正是常山虎前來赴宴的日子。

不多時，一個灰衣青年跟了出來。

刀疤臉眼睛一亮，立刻拱手。「柳兄！」

柳風也不囉嗦，一見到刀疤臉等人，只略點頭回應。「進來。」

一路穿過亭臺水榭，常山虎帶來的山匪與府衙官兵十步一人，彼此對峙，把守著出府的路。刀疤臉眼觀鼻、鼻觀心，只跟在柳風背後，沈默前行。才走到前院拐角，幾人便聽見一聲暴喝。

「放你娘的屁！」

院裡，兩方人馬分坐對峙，常山虎目光陰沈，他摩挲著刀柄，眼底露出邪性的笑。「知府大人，我常山虎今兒可不是來做奴才的。既是招安，那我們就得拿好處，可你們方才提的條件，分明就是把我們當猴耍！」

曹知府隱晦地往身側看了一眼，不知得了何種暗示，他心下一定，沈聲道：「放肆！常山虎，官府招安，豈能容你講條件？能留你一眾性命，有個飯碗，已是格外開恩，你還待如何?!」

說罷，他身後的官兵紛紛亮刀。

與此同時，常山虎身後的眾匪也一副劍拔弩張的架勢。

眼看衝突即將爆發，卻是常山虎先擺手，示意弟兄們後退。他面帶狠戾，一雙虎目直直看向知府身旁的男人。「姓曹的，你閉嘴，我在和你主子說話！」

他視線的盡頭，坐著一位青年。那青年一身黑衣，恰好融入夜色的黯沈，唯有髮間一支白玉簪，泛著瑩潤暖光。在眾人皆是緊繃著神經之時，只有他兀自悠然品茶，左手把玩著一串紫檀佛珠，端的是不將在座的放在眼裡。

常山虎很清楚，對面真正做決定的不是曹知府，而是此人。

數年前，江夏城還是官匪勾結的局面，他常山虎可謂呼風喚雨。那時，朝廷命官也會和他談條件；不過，那時是官員奉上大把的好處，換他高抬貴手，讓他們的年終奏報好看一些。直到這個青年來了……

常山虎眼底閃過憤恨。

如今雖也是對坐談判，可他心裡清楚，在接過那封招安文書時，無論他裝得多麼氣勢十足，都意味著鳳頭山撐不了多久了。

「常大當家要和我說什麼？」青年撐著下頷，手裡仍把玩著珠串。

他看著青年平靜如寒潭的眼，心底暗罵：該死！還是中計了！

儘管是這麼想，但常山虎仍然不動聲色，冷喝道：「我勸官老爺們別逼得太狠，泥人尚有三分性呢，真要半分好處都不給，那不如今夜就血濺府衙，倒是死個痛快！如何？」

曹知府強裝的鎮定瓦解，驚惶地看向青年。

暗處的刀疤臉忍不住擔憂，卻聽柳風低聲道：「莫急，郎君心裡有數。」

第八十一章

知府與常山虎身邊都護衛著不少人，唯有黑衣郎君身邊空盪盪的。

「血濺府衙？」青年終於撩開眼皮，冷淡地看向對方。「常山虎，你該不會以為鳳頭山真的配被招安吧？」

眾人一愣，尤其是鳳頭山眾人，驚愕過後，俱是面紅耳赤，怒不可遏。「大哥！還等什麼？殺了這個小白臉！」

常山虎本該怒髮衝冠，可是一種不好的預感令他後背發涼。「姓袁的，你什麼意思？」

青年閒適地斟滿一杯茶，遙遙舉杯。「多謝常大當家賞臉，費了這麼久口舌，想必鳳頭山已經空了。」

是時，柳風帶著刀疤臉漢子上前，躬身道：「郎君，一切都安排好了。」

幾乎是同一時間，常山虎終於明白所有關節，渾身的血液彷彿凝固，他不敢相信地抬頭，一字一頓道：「我知道了……你招安的根本不是我常山虎，而是……鹿鳴山！」

說到最後三個字，他目眥盡裂，咬牙切齒。

這個小白臉假借招安鳳頭山之名，行招安鹿鳴山之實，趁著他赴宴的關頭，夥同鹿鳴山剿滅他的老巢！好啊，真是好一齣調虎離山，挑撥離間的毒計！
常山虎胸膛劇烈起伏，拔出九環彎刀的手都在顫抖，他猛然暴喝。「弟兄們！今夜，我只要那小白臉的項上人頭，誰能得手，賞一百金！」
話音剛落，早就蠢蠢欲動的匪眾紛紛上前拚殺，官兵立刻圍攏抵擋。
刀光劍影裡，黑衣郎君緩緩起身。似乎是隨意地將茶盞拂落，瓷器發出碎裂的聲響，埋伏在暗處的影衛從天而降，呈拱衛之勢。
隔著重重人群，耳邊是兵器交接的噹啷聲。
常山虎看見黑衣郎君勾起唇角，眼底卻是漠然而無情的冷意，他睥睨而視，輕輕抬手。
「殺。」
訓練有素的影衛聞聲而動，如利刃直入羊群，砍瓜切菜般收割生命。不多時，院落裡血流成河，刀劍捅進身體發出的「噗嗤」聲不絕於耳。
震天的砍殺聲裡，黑衣郎君轉過身，拾級而上。手裡把玩的紫檀珠串圓潤飽滿，即便身後慘叫連連，他卻似閒庭漫步，像在欣賞一場聽覺盛宴。
一步，兩步，三步。
不知是從哪個倒楣蛋脖頸裡噴出的熱血，飛濺到青石臺階上。他絲毫不避，踩著尚且溫熱的血繼續往前，臉上掛著淺淡的笑。

不知過了多久，外頭的打殺聲聲漸漸止息。

「吱呀」一聲，柳風帶著刀疤臉推門而入，恭敬道：「郎君，照您的吩咐，放常山虎跑了。」

他緩緩睜眼，不帶感情地「嗯」了一聲。

柳風遲疑片刻，心中有疑問，躊躇半晌卻沒有說出口。放在從前，他自認有從小一塊兒長大的情誼，略微逾矩的話也並非不敢說。

只是……柳風偷偷打量著自家公子，眸光微動。雖還是那張清俊的臉，可不知是從幾時起，他眼底的笑越來越少，取而代之的是如方才那般漠然而無情的神色。

又比如現在，換作從前的郎君，計謀到此處便結束了。鳳頭山大勢已去，鹿鳴山被震懾，匪禍自然能根除。畢竟，大多數的山匪小嘍囉都是活不下去的難民落草為寇，雖有可惡之處，可是能免的殺孽，郎君也絕不會趕盡殺絕。

「你想問我，為何要放走常山虎。」黑衣郎君似乎有讀心術，平淡地將柳風心裡的話問出口。

「不敢。」柳風紅著臉道：「小的不敢揣測公子的用意。」

「就是你想的那樣。」黑衣郎君淺淺瞥了他一眼，淡淡道：「我既沒有招安鳳頭山，也不曾招安鹿鳴山，可經此一役，常山虎絕不會再信白玉龍。」

那麼，被刻意放歸且保存部分力量的常山虎，此次回去第一件事是做什麼，就不難猜到了。用不了多久，鹿鳴山也要血流成河，兩股山匪不攻自破。端的是省心省力的好計策，從頭至尾只花費兩封書信：一封鳳頭山的招安書，一封告知鹿鳴山的密信。

柳風立刻垂眸，眼觀鼻、鼻觀心，掩飾心底的驚訝和膽寒。郎君沒有說透，可他已然明白，這是又添了一計：借刀殺人。

「可是，白玉龍身邊有高人指點，並非常山虎那等莽夫。倘若他們識破計謀，豈不越發擰成一股繩，難以攻破？」柳風到底還是忍不住問道。

黑衣郎君眼底仍帶著疏離的神情，似乎對這事並不如何上心，他微側頭，自然道：「那就都殺了吧。」

緩了這麼久，再如何易守難攻的地勢，早就有了破局之法。只是那語氣之冷淡，像是在說捏死一隻螞蟻。

窗外冷風颳過，柳風下意識地打了個寒噤，後背隱隱發麻。

就是這麼一晃神，跟在後面的刀疤臉頓時忘了要說什麼，囫圇彙報了一番就退下。臨到出了小院，跟在柳風身後走了一會兒，他猛地想起客棧裡遇到的山匪。

雖說常山虎如今是落水狗，可保不齊他在逃命的路上順便幹一票呢？

不再猶豫，刀疤臉簡要地將此事稟報。

柳風眉頭微皺，想了想卻嘆道：「若是從前，我倒能叨擾郎君一二，只是你也瞧見了，這些年郎君的性子越發叫人琢磨不透，不好叫他拿主意。」

刀疤漢子沒再說話，後面的矮個兒卻咕噥了兩句。「那一隊人裡頭還有好些姑娘家呢，聽著是京城的口音，許是郎君的熟人也說不定。」

熟人？柳風眸光微動，心裡不免略過幾分隱憂。

「既如此，我領著影衛和你們去一遭，別管是不是，救人一命也算積德行善。」

清懿這一覺睡了很久，醒來時，已是月上柳梢頭。

「吃食溫在灶上，姑娘餓不餓？用一點，胃裡好受些。」翠煙一直守在床邊，見她醒了，一面吩咐茉白，一面將現下的情形說與她聽。

清懿太陽穴還是隱隱作痛，胃裡翻江倒海，暈眩感一陣一陣襲來。

聽了翠煙的話，她沒有出言反駁，只是閉著眼，思索一番才疲憊道：「現下什麼時辰了？」

翠煙瞧了一眼客棧的漏鐘。「還有一刻就卯時了。」

清懿輕喘了一口氣，勉強起身穿鞋。「妳行事仔細，只告訴李貴，讓他悄聲叫醒護衛們，咱們現在啟程。」

翠煙一驚。「外頭天還黑著，怕是不好趕路。」

「不，咱們進江夏城。」清懿搖頭。「荒郊野外的客棧，八成是山匪踩點的幌子。離這裡最近的就是江夏城，疾行半個時辰就到了，暫且去那裡落腳。」

茉白不解道：「姑娘，這裡還有山匪？我聽碧兒姊姊說，江夏知府剿匪名聲頗大，年年奏報都好看，商道也安全。」

清懿雖胸口憋悶，卻仍耐著性子道：「面上光鮮，裡子不知如何。以防萬一，還是進城為好。」

這一家子大大小小，還是小心為上。

一行人很快踏著黎明前的昏暗趕路。即便再如何仔細，馬兒到底不是人，發出的動靜不算小，響鼻聲吵醒了留在此處盯梢的莊稼人。

見到嘴的肥羊提前溜走，莊稼人卻只能乾著急，心裡憤恨不已。眼看車隊已經離開一刻鐘有餘，原想放棄，不遠處卻有一大批人馬趕到。

定睛一瞧，正是前去報信的絡腮鬍，後面跟著的是常山虎和弟兄們。

莊稼人又驚又喜，趕忙迎上去。「大當家！那隊肥羊剛走不久，現在追……」還未說完，便收穫當胸一腳，飛出去老遠。

「滾開！」

常山虎面帶戾氣，他被那小白臉算計陷害，猶如喪家之犬逃竄，心裡自然一百個不痛快，現在唯一的想法就是衝上鹿鳴山，活剮了白玉龍！

絡腮鬍扶起莊稼漢，對他搖了搖頭，他也是在報信的半路正好瞧見逃出府衙的常山虎，見情勢不對，他便沒有開口。

知道來龍去脈，莊稼漢眼珠一轉，心下有了盤算。他大著膽子跟著常山虎進了客棧。

「大當家，如今咱們鳳頭山傷了元氣，不如先幹一票，填飽弟兄們的肚子，也能提振提振士氣，屆時再攻上鹿鳴山豈不比現下更好？」

常山虎剛想發怒，虎目一瞇，卻瞧見掛彩的弟兄們都看著自己，眼底分明是想做這一票的意思。

比起硬碰硬火拚，攔路劫財綁票才是美差呢。因為官府的雷霆手段，鳳頭山已經很久沒有劫道，習慣來快錢的山匪哪裡忍得住。

江夏城的富戶快被薅禿，漸漸沒了油水。聽莊稼漢子描述，那隊是北邊來的肥羊，丫鬟、女婢皆是好顏色，身家豐厚非比尋常。

「況且……」莊稼漢子壓低聲音湊上前道：「我瞧著裡頭還有個小娘子，美若天仙，正好給大當家您做個壓寨夫人。」

常山虎眉頭微挑。「哼，你見過什麼好貨色？村頭的寡婦也是你眼中的天仙了。」

他常山虎可不是沒見過世面的，江夏城裡水靈的閨女可沒少被他禍害，連首富之女都叫他嚐過滋味。雖不以為意，他還是動了心思，振臂一揮。「罷了，弟兄們都憋久了，今日就幹這一票，吃個飽飯！」

「大當家威武！」眾匪齊呼。

不多時，馬隊齊往東邊去，鋒利的彎刀在夜裡反射出銀光。

躲在角落裡老夫妻長嘆一口氣，心裡落忍。

車隊一路疾行，馬車顛簸，清懿強忍著不適，吩咐道：「不許減速。」

翠煙心疼得緊，替她擦拭額角的汗。「唉，怎麼偏生出門在外就病了，姑娘枕我腿上，再睡一會兒，進了城找郎中瞧瞧。」

清懿搖了搖頭，她胸前的白玉墜滾燙了一路，種種症狀也許是它的緣故。是在提醒自己有危險嗎？她晃了晃腦袋，昏沈之意卻洶湧襲來，她強打起精神道：「我覺得不好，若是我沒醒，妳隨機應變；倘若有難，切記，旁的都不重要，保命要緊。」

翠煙緊抓著她的手，還沒答話，就見姑娘昏睡過去。不好的預感越發強烈，此時，身後突然傳來一陣轟隆馬蹄聲，間或夾雜著呼喝大叫聲。

旋即，馬車外傳來驚叫。「啊！是山匪！山匪來了！」

李貴蹙眉，急急吩咐護衛擺好防守的陣型。他們到底是訓練過的，雖有一時驚慌，可守衛的本職卻沒忘。

一時間，擺好陣型的護衛竟抵擋住了第一波洶湧而上的山匪。

見這群肥羊居然沒有嚇得抱頭鼠竄，常山虎笑了。「果真是有點底子的富戶。」

常山虎眼底的興味越發濃厚，他看向被拱衛在中心，正在準備後撤的馬車，揮手道：「弟兄們，上！」

車裡，茉白已經嚇得面無人色，翠煙卻越發鎮靜了，她快速脫下清懿的外衣和釵環，又給她換上自己的，竟是對調了裝扮。

「夜色重，他們看不清模樣，只會盯著主家。一會兒我假意出逃，引走他們，妳帶著姑娘跑。」

茉白大驚，緊緊拉住她的手。「翠煙姊姊！」

翠煙皺眉拂開。「休要哭哭啼啼，妳忘了姑娘說的？活命才要緊！」說罷，她立刻出了馬車，翻身坐上早已準備好的馬，揮鞭疾馳。

眼尖的莊稼漢立刻喊道：「大當家！就是那個女子！我記得！穿的白衣！」

「你帶著一隊人去追！」

這一時刻，茉白本該驅車逃離，可她的手怎麼也不聽使喚，發抖得厲害，她暗恨自己沒用，辜負姑娘的信任。若是換作彩袖姊姊或碧兒姊姊，現下一定比她冷靜。

就是耽擱這片刻，常山虎領著人殺到近前。

李貴在車外大喊。「茉白姑娘！不要出來！」

外頭慘叫聲不絕於耳，還有山匪尖利囂張的笑，鼻尖能聞到濃重的血腥味。

茉白深吸一口氣，顫聲道：「李貴，一會兒我出去，你能騎馬，由你帶著姑娘走。」不等對方回答，她握緊懷中的匕首，打開車門往外探身。

常山虎微挑眉，眼底閃過淫邪的笑。「喲，好俊的小娘子。」

莊稼漢諂媚道：「大當家，這個想必是她家的婢女，等您嚐過鮮，再疼疼弟兄們。」

常山虎一邊走向馬車，一邊笑道：「等我玩完，自有你的好處。」

茉白還未跑出多遠，就被一隻強壯的胳膊抓回來按在地上。

「放開我！」她不停掙扎，卻被狠搧了一巴掌。

「臭婆娘，閉嘴！老老實實讓爺爽快，還能留妳一命。」常山虎惡狠狠地道。

李貴流著眼淚衝上前。「畜生！我跟你拚了！」

常山虎回身一腳將他踹遠。他鬼迷心竅，一心只盯著眼前的女子，並未察覺情勢悄然轉變了。

遠處，一隊人馬突然出現，攔住了追趕翠煙的山匪，在對方人數的壓制下，鳳頭山的匪眾很快敗下陣來，屍體躺了一地。近前的山匪忙著翻箱倒櫃，搶奪金銀珠寶，一部分還在與負隅頑抗的護衛對戰。

常山虎獰笑著撕扯茉白的衣裳，揮手打開她懷裡的匕首。「妳這樣的貞潔烈女我見多了。」

見匕首掉落，茉白眼底閃過絕望，眼淚順著臉頰流下。黎明前的昏暗裡，誰也沒有瞧見，一隻纖細的手撿起那把匕首。

下一刻，常山虎身形一震，難以置信地回頭。

他虎目圓睜，布滿血絲的眼睛裡倒映著一個女子的身影——眉目如畫，帶著絲許孱弱的病氣，眼底一片清明與冷漠，與病氣不符的是她果斷而冷靜的動作。

「噗嗤」一聲，匕首再次捅進他的身體，然後是第三刀、第四刀。

血液噴濺在她臉頰上，殷紅的血，潔白的臉，在沈暗的天色下顯出詭異又駭人的美麗。

常山虎嘴角流出一絲鮮血，喉嚨裡發出咯咯聲響。

遠處趕來的一群人，正好目睹這一幕，領頭人笑道：「好凶悍的小娘子！」

清懿將茉白扶起，又好生用外衣將她攏住，這時才撩開眼皮看向來人。面前的隊伍足足有數百人，看服裝並非官兵，瞧著那通身的煞氣，也像一群匪類。

像是印證她的猜想，領頭人揚眉喝道：「我乃鹿鳴山白玉龍是也，姑娘臉生，不像江夏城裡的富庶人家，還請報上名來。」

清懿緩緩挑眉，眼底的防備轉為狐疑。

方才那人說話聲音小，沒聽真切，這回卻聽清了——那白玉龍，分明是個女子！

不等清懿回話，白玉龍又道：「你們今兒可算走運，遇到我們鹿鳴山。」她翻身下馬，嫌惡地看了常山虎一眼，又狠狠踩上兩腳。「居然還有氣，真是人賤命長！」

「玉龍！」有人喝止道：「留著他還有用，休要衝動。」

「哼，那便聽兄長的。來人，先將他捆了。」

清懿抬頭，瞧著那人普通文士打扮，雖被白玉龍稱作兄長，可他混在一群匪人裡，絲毫沒沾染凶悍之氣。

那人發覺清懿的注視，頷首道：「鄙人白玉麟，不知姑娘哪裡人氏？」

清懿不答話，只看向他身邊。「白公子，你們鹿鳴山既與這幫匪類不是一路人，便沒有這樣問話的道理。請先將我的人放了，我再回答你。」

翠煙習馬的時日尚短，方才下馬的時候拐了腳，現下正被白玉麟攙扶著，聽了清懿的話，她不顧傷處，便想過去。

白玉麟眸光微動，扶著她胳膊的手卻緊了緊。「姑娘莫急。」

因方才的救命之恩，翠煙不好橫眉冷對，只沈聲道：「公子自重。」

白玉麟勾唇一笑，鬆開手，轉而卻虛扶在她腰上，明擺著是不放人的意思。

清懿的臉色冷了下來，沈默片刻才道：「你們想做什麼？」

白玉麟不語，性急的白玉龍擺擺手，不耐煩道：「自然是綁票嘍。」

第八十二章

緊趕慢趕，天矇矇亮的時刻，柳風一行人抄小路終於趕到客棧。

「人呢？」矮個兒漢子狐疑打量。「糟了，難道已經……」

刀疤臉比他細心，瞧著地上的車轍與馬蹄印，嘆了口氣道：「十有八九遭遇不測了，常山虎應該已經到過此地。」

柳風眸光微冷，他逕自走進客棧問道：「老丈，你可瞧見那主人家的模樣？姓甚名誰？」

老頭哆嗦地從櫃檯底下探出頭。「只……只聽見那婢女說是姑娘，旁的小老兒一概不知，還請英雄饒命。」

柳風皺眉，急道：「你再好生想想，有沒有提到姓什麼？」

見他這般急切，老頭越發不敢多言，怕惹事端。

「罷了，柳兄，還是打道回府吧，京城人氏那麼多，興許不是舊人。」刀疤臉勸道。

柳風搖頭，不欲多言，只嘆道：「不是倒罷了，如若真是，叫郎君知道咱們懈怠，那十條命也不夠賠的。」

雖這麼說，卻也沒有更好的法子，柳風打算循著車轍一路找，客棧裡卻衝出來一個老婆子。

「英雄，英雄留步。」老婆子揮開老頭阻攔的手，低喝道：「死老頭子，救人一命勝造七級浮屠，你就知道膽小怕事！」

待到近前，老婆子掏出一塊碧綠的墜子說道：「英雄，那家借我的灶臺做飯，順手給了我這個，老婆子我從未見過這般俊俏的小女子，出手還忒大方。

「那幫賊人在他們離開不久就跟去了，英雄現在啟程不知來不來得及。」老婆子嘆道：「唉，都是和我女兒一般的年紀，英雄且看看，能不能認得上頭的字，能救一命是一命。」

柳風接過碧綠的墜子，借著熹微晨光，定睛瞧著上頭的花紋，繁複古書字體勾勒出一個字：曲。

霎時間，柳風彷彿全身血液都沖上頭頂，駭得差點魂飛魄散！

「快！來不及報信了！快追！」

矮個兒還沒弄清情形，就見柳風翻身上馬，疾奔離去，後面跟著一眾影衛也追得飛快。

「柳兄！等等我！」矮個兒大喊，急得滿頭是汗。「娘的，這是有鬼在追啊?!」

雖說是綁票，清懿一行人卻並未真的被粗暴對待。除了馬匹被收繳，還有李貴等護衛們被捆成一串跟在後頭，連隨身帶的財物都沒動。

清懿和茉白被送回馬車，不多時，翠煙也被白玉麟攙扶進來。

「腿傷得重嗎？」清懿安置好茉白，又扶著翠煙坐下，轉身翻找藥膏。

翠煙輕輕擺手。「姑娘先顧著自己，我瞧您臉色不見好。」

馬車外傳來一聲笑。「我已經替她包紮好了。」

隔著車簾，能瞧見白玉麟唇角微勾的側臉。

翠煙眸光微動，又斂下眼底的情緒。她一向重規矩，只是方才情急，才讓外男脫了她的鞋襪。現在想來，心裡五味雜陳，又是羞惱，又是無奈，更不欲瞧見那人的身影。

清懿仍取了藥膏，細細為翠煙塗了一層，又混合著紅花油揉搓。「還是用家裡的藥。」

馬車的窗戶在打鬥中碎了，迎著外頭明晃晃的視線，翠煙有些難為情。

清懿側眸。「還請玉龍姑娘命妳的手下走遠些。」

正在偷看她們的白玉龍被抓個正著，臉一紅，乾咳兩聲道：「都走開！」揮退左右，她又咕噥兩句。「真麻煩！京裡來的就是不一樣，叫什麼玉龍姑娘，妳要叫我大當家。」

清懿上好藥，掃了一眼白玉龍。

後者像被踩了尾巴的貓，揚著聲調道：「看什麼看！」

清懿並不移開視線，定定看了兩眼，才垂下眸子。

端看模樣，白玉龍是很有英氣的長相，也許是見過血，比起尋常女子，她身上多了幾分狠辣的氣勢。只是此刻的白玉龍卻覺得自己在那女子輕飄飄的眼神裡，失去了這股銳氣，像被戳破的皮鼓。

「喂，你們京裡的人，都這樣嗎？」白玉龍故意抬起下巴，睥睨著她，像在模仿著誰。「都這樣看人。」接著，她又比劃著方才清懿給翠煙上藥的動作，刻意地捻起蘭花指，掐著嗓子道：「玉龍姑娘。」

周圍匪眾哄笑一片，喝道：「大當家，妳怎麼娘兒們似的。」

白玉龍啐了一口。「呸，放你爹的屁！我本來就是女的！」

清懿神色未變，翠煙的眉頭卻皺了起來，正要開口時，白玉麟似乎察覺她的不高興。「玉龍，少說兩句。」

白玉龍輕哼一聲，到底沒再揪著她們打趣，打馬往前去。

清懿暗暗瞧著路線，發覺這是往江夏城的方向。她垂眸思索，鹿鳴山這幫人並未劫財，卻要綁著他們……這是要拿他們做人質，去要脅誰呢？官府嗎？

清懿心底尚在猜測，腦子卻逐漸混沌，方才的一口氣終究撐不了太久。外頭形勢不明，她不能暴露虛弱的一面。

翠煙不動聲色地替她遮掩。「姑娘靠著我。」

從外頭看，只能瞧見清懿在閉目養神，並不知她背後冷汗涔涔。

不知行了多久，白玉龍又蹭到窗邊，磨磨蹭蹭地驅馬，欲言又止，又偷偷看她。

清懿撩開眼。「姑娘有什麼話，只管說。」

白玉龍先是虛張聲勢地睨了她一會兒，半晌，才不大自在地咳了一聲。「喂，你們京裡人都是怎麼養的，白白嫩嫩，卻病懨懨的。高興了不笑，難受了不哭，假人似的。」

說罷，她又模仿清懿輕勾唇角的樣子，旋即打了個寒噤。「還有那個眼神。」她不知想到什麼，垂著眸冷哼。「妳和那小白臉一樣討厭。」

清懿不曉得她說的何人，卻也沒力氣理會這番沒營養的話，瞥了她一眼便再次閉目養神。

「對，就是這樣的眼神！」白玉龍叫道：「那小白臉每次瞧我都是這個鬼樣子，真是白長一副好皮囊。哼，總有一天我要扯開他的嘴笑給我看！」

接下來，白玉龍就這個小白臉有多麼可惡嘮叨了一路。

清懿被吵得睡不著，淡淡道：「妳喜歡他。」

叨叨聲戛然而止，白玉龍臉色鐵青，旋即又脹紅。「妳……妳胡說什麼?!」她強壓下亂如麻的心，大聲道：「呸，我和他是不共戴天的仇！妳不知道他有多壞！」

接下來，清懿又被迫聽了一耳朵小白臉和鹿鳴山的恩怨情仇。

據她所說，那小白臉是個狠角色，原本設下離間計，要借鹿鳴山的手剿滅鳳頭山，害他們自相殘殺，但是被英明神武的軍師白玉麟識破計謀，於是將計就計毀了鳳頭山老巢。

本來白玉龍早看常山虎不順眼，這傢伙姦淫擄掠無惡不作，根本不是一路人。原本迫於形勢才聯合，現在能痛打落水狗自然好。他們鹿鳴山可是響叮噹的義匪，才不想和鳳頭山那群真正的賊寇混在一塊兒。

只是，他們前腳滅了鳳頭山，後腳必定輪到自己被官兵收拾，為了避免這樣的局面，軍師白玉麟拍板主動投誠！

這話一出，別說弟兄們，就連白玉龍都不痛快。

鹿鳴山再怎麼當義匪，到底有個匪字，當初可沒少和官兵過招，其中十有九輸，都是因為那個老謀深算的小白臉。要不是憑著地勢躲進山林，今日哪裡還有鹿鳴山這三個字？

早看小白臉那冰塊臉不順眼，現在主動投誠，她白玉龍的臉往哪兒擱？

清懿聽至此，才緩緩抬頭。「不投誠，就是死局。那小……那人的目的無非就是剿匪，至於你們誰死誰活，怎麼活，他都不管。你們若不投誠，他有的是法子對付你們。」

白玉龍啞然，半晌才古怪道：「乖乖，妳怎麼和我兄長說一樣的話。」

此話剛落，便引得清懿露出一個真正的笑，淺淺淡淡，一閃而逝。

白玉龍以為她是嘲笑自己，立刻鼓著臉道：「當、當然，我們可不是怕了他才投誠的。

常山虎不是個東西，只要自己能活命，他才不管手底下的人呢。可我們鹿鳴山的弟兄情同手足，落草前都是苦命人，原就是為了吃口飽飯才上山，如今換了個官老爺，有活路，何苦再做掉腦袋的買賣？」

白玉龍學著兄長說文謅謅的道理，原以為那女子還是那副漠不關心的樣子，卻聽她道：「嗯，妳說得有理。」

聽得出來，語氣並非敷衍。緊接著，那女子又對她綻開一個笑。

白玉龍撓了撓頭，咕噥道：「怎麼老是笑？我可分不清你們這種人是真笑還是假笑。我爹說，越好看的人越會騙人！」

清懿扶著額，有些好笑。「嗯，我要賣了妳。」

白玉龍皺眉，愣了一會兒，彆扭道：「妳居然也會開玩笑，搞清楚，妳現在是我的肉票，一會兒是我賣妳！」

清懿眼底掛著揶揄，被這位大當家一鬧，原本的不適倒消散了不少。先前她顧忌這群人是山匪，不曾卸下防備，如今看見白玉龍的赤子心腸，她便有了幾分成算。

「既是投誠，為何綁我們？」

白玉龍剛要竹筒倒豆子，卻見白玉麟淡淡道：「玉龍，回去。」

白玉龍見到兄長，不由得訕訕，對清懿道：「妳一個肉票，我和妳說什麼！」

清懿見白玉麟出言阻止，只垂著眸，笑道：「白軍師，你怕官府不接受你們的條件，對嗎？」

白玉麟沒料到她一個閨閣女子竟有這麼深的洞察力，一時倒躊躇了。

「姑娘究竟是何人？」

清懿笑而不答。「白軍師還是先擔心自己的計策吧，我聽令妹所言，並不覺得那位大人會為我們妥協。」

白玉麟臉色微沈，良久才嘆了一口氣。「成與不成，也沒法子了。觀他行事，確實不是顧忌旁人性命的。倘若談不成，刀劍無眼，姑娘請當心。」他說完這話，又隔著簾子看了翠煙一眼，遞來一個瓷瓶。「這是南蠻來的白藥，拿著。」

翠煙遲疑片刻，終究還是接過。「多謝。」

車輪轆轆，清懿替茉白掖了掖被角，又擦盡她臉上的淚水，才輕聲道：「不該帶妳們出來，叫妳們受委屈了。」

茉白鼻子一酸，淚水從緊閉的眼角滑落，她趕忙埋進清懿的懷裡，小聲道：「不委屈。」如果不是她，那就是姑娘。可如果是姑娘，她寧願是她。只是雖未成事，可到底噁心。

清懿眸光漸冷，輕拍她的脊背。「放心，我會讓他們付出代價。」

說了這麼一會兒話，翠煙替清懿擦了擦額角的汗，擔憂道：「姑娘還是再躺一躺，額頭燙得很。」

清懿閉著眼，長出一口氣。「好。」

天光大亮，鹿鳴山綁著人質的消息傳進了江夏城。

曹知府急得像熱鍋上的螞蟻，不停地踱步。眾幕僚大眼瞪小眼，都沒有遇到過如此棘手的事情。匪徒的書信正躺在知府案頭，上面寫了會面的地點，是城門口的一處荒地，光禿禿一片，根本無法設防。除此之外，還寫了鹿鳴山列出的歸順條件，每一條都恰好卡在知府略肉痛，卻又能答應的界線上。

按理說，這應該是一場很順利的招安，雖然有損官府顏面，像是屈服於匪徒的威懾。只是從實處看，知府並不吃虧。只略施好處，就能根除讓他頭疼許久的匪患，為他的政績添上光彩的一筆。他是很想要答應，可在點這個頭之前，還得看另一位大爺的眼色。

「郎君意下如何？」簡明扼要地說了綁匪的來意，曹知府冷汗直冒，忙擦拭乾淨。

青年郎君今日換了一身玄色雲緞衣裳，只是顏色還是一貫的暗沈，上面繡著銀線雲紋。他正舉箸用膳，吃飽了才道：「走，出城吧。」

曹知府琢磨不出意思，只能跟在後頭出城。

到了荒地，就見鹿鳴山匪眾已經到齊，被圍在中間的是數十個被綁的人質，還有一輛馬車。

領頭的白玉龍騎在高頭大馬上，甫一瞧見某個身影，眼底閃過光亮，卻又趕忙壓制住雀躍的神色，高昂著頭道：「小白臉！可還記得我？鹿鳴山白玉龍！今兒特來和你們談判，若有誠意，你便親自過來！」

青年郎君胳膊撐在城樓上，就這麼好整以暇地看著對方，表情似笑非笑。

曹知府覷著他的臉色，品出幾分意思，於是清清嗓子喝道：「大膽賊匪，休要口出狂言！豈能容你們和官府談判?!」

白玉龍柳眉倒豎，剛想對罵，便被白玉麟拉到身後。

他直望向城樓之上，那個玄衣青年。「敢問郎君，我鹿鳴山提出的條件，官府是一條都不答應嗎？

「一，不再追究我鹿鳴山過往所犯之事；二，為我鹿鳴山所有弟兄落民籍，分田地；三，放我鹿鳴山老人、孩童、婦女歸原籍，收留無自給能力者。」白玉麟沈聲道：「我們沒有哪一樁是為自己謀官位，謀錢財，即便如此，大人也不應，非要徒增殺孽嗎？」

曹知府嚥了口唾沫，拿眼偷覷身旁的人。

比起常山虎昨兒提的狗屁條件，鹿鳴山可謂是仁義之至。只是青年郎君連眉頭都沒動，仍是那副懶散的模樣，只冷冷地望著正中央那輛馬車，看了好一會兒，才勾唇道：「這回綁了何人？」

白玉麟皺眉。「不煩勞郎君費心，倘若郎君應允我們的條件，她們自然無恙；可若不允……」

「嗯，我若不允呢？」不等他說完，那人便笑著說：「你要將他們全殺了？」

白玉麟沈默片刻，冷聲道：「是。」

像是聽到好笑的事情，青年郎君唇邊的笑越發濃烈，眼底帶著幾分戲謔。「白玉麟，你們鹿鳴山自詡義匪，當真沒做過一件錯事？要我既往不咎，便要你們都坦坦蕩蕩，問心無愧才是。」

第八十三章

論道理，白玉麟並沒有輸過誰，可這回他心底卻凝重了幾分。因為，他看得出來，這個人根本不想和他們談條件。他看穿了鹿鳴山的虛張聲勢，也看穿了他們山窮水盡。一個勝券在握的人，永遠不會聽弱者談判。

白玉麟眼底眸光漸冷，他深吸一口氣，緩緩道：「既然郎君不答應，那麼，我們鹿鳴山只好玉石俱焚了。」

說罷，他緩緩解開衣裳，只見腰間赫然綁著一圈火藥，見此情形，眾人都駭了一跳，不自覺地往後退。

火藥難製，可一旦做成，殺傷力就極大。

曹知府嚇得趔趄，臉上的肌肉都在抖。「這、這廝好……好大的膽子啊！郎君，不然就答應他吧！」

不只曹知府，連白玉龍都不知自家兄長有如此計策，驚駭道：「兄長……你這是做什麼？」

白玉麟頭也不回，壓低聲音道：「一會兒對方若要動手，我會攔著他們，妳帶著弟兄後撤……還有人質，妳也帶走。」

白玉龍難以置信地看著兄長，又看了一眼城樓上的那個人，紅著眼眶道：「當真談不成嗎？」

她以為可以的。她以為那個人再如何，也會留他們性命的。

白玉麟嘆了一口氣，摸了摸妹妹的頭，似乎看穿她所想。「在我做這件事之前，也許他會放過我們，可現在……」

城樓之上，青年郎君終於正眼看向白玉麟，眼底翻滾著黯沈之色。彼此的眼神隔空對峙，火花迸濺。

「玉龍，我們不能圖自己苟活，咱們手底下的兄弟或多或少犯過錯，按照他的鐵律，少有人倖免，妳願意看到那樣的場面嗎？」白玉麟道。

白玉龍含著眼淚，抬頭盯著城樓上的人，心臟不斷往下沈。

良久，只見那人緩緩勾出一個笑，似乎是嘆息，又像在陳述。「威脅我？」

輕輕抬手，城樓之上出現一排弓弩兵，銳利的箭頭對準了城下之人。

「記得上一個威脅我的是什麼下場嗎？」他笑問。

白玉龍怒喝道：「姓袁的！你要趕盡殺絕嗎？我手裡還有人質！」

「哦，人質。」他有些意興闌珊，像是才想起有這麼回事，頓了頓，才淡淡道：「關我什麼事？」

白玉龍憤恨地盯著他。「你這個冷血王八蛋！」

「我給過你們機會。」對方任她罵，並不動怒。俊逸的眉眼帶笑，唇角微勾。他歪了歪頭，又撐著胳膊靠在欄杆上，眸中浮上陰冷。「我只是……不喜歡被人威脅。

「很不喜歡。」他一字一句重複，誰也不知道這勾出了怎樣的回憶，竟讓他的臉色如寒潭。

白玉龍被他的神色震住，喃喃道：「你真要殺我……」

白玉麟視死如歸。「無須多言，動手吧。」

青年郎君緩緩垂眸，手中把玩著紫檀木佛珠，曹知府立時寒毛直豎，心知他殺心已起。

就在這當口，一匹快馬急衝而來，同時傳來的還有一道高喊聲——「郎君！住手！住手！」一馬匹衝過人群，停在城樓下，柳風連跌帶爬地跑上去，幾乎沒了半條命。

面對著郎君臉上的不豫之色，柳風氣喘如牛，說不出一個字，只來得及拎出一條玉墜。

曹知府急得拍大腿。「這是何物？柳小哥倒是快說啊！」

柳風喘不上氣，一邊指了指下面，一邊指了指玉珮，像個家裡著火的啞巴，又急又憋屈。

曹知府剛想奪過玉墜，卻見一隻骨節分明的手先他一步接過。透著青色血管的修長指節細細撫摸碧綠的紋路，輕輕摩挲，最終停在那個古樸花紋處：曲。

他似乎愣怔片刻，旋即，視線緩緩挪到場中央那輛馬車——那輛從頭至尾，都不被他放在眼裡的馬車。

「是她？」他聽見自己聲音帶著啞意，是極力克制情緒後偽裝的平靜。

柳風終於緩了一口氣，點頭，鄭重道：「是她。」

曹知府不明所以，渾濁老眼裡倒映著他的神情。「郎君……這是怎麼？」

青年郎君扯開一絲笑，笑意卻未達眼底，像是在嘲弄這場鬧劇，又像在掩飾心底深處的某種悲哀，誰也不知其中醞釀了怎樣的雷霆暴雨。

一眨眼的工夫，情勢陡然發生轉變——弓弩手突然全部撤退。

鹿鳴山眾匪面露疑惑。旋即，只見那人突然走下城樓。

劍拔弩張的對陣之中，他手無寸鐵，就這樣施施然在白玉麟面前站定。因為離得近，還能聞到濃厚的火藥味。如若此刻點燃，他就真正和他同歸於盡了。

白玉麟直覺是柳風的話起了作用，可到底是什麼話，他卻猜不到。

「郎君這是做什麼？」

那人撣了撣衣襬的灰塵，緩緩抬眸。「來談條件。」

白玉龍瞪大雙眼，立刻翻身下馬，兩步跑到他面前。「喂，你要我們呢?!方才還不肯，現下又肯了？」

對方不答話，直直望著白玉麟，眼底閃過不耐煩。「你說的那幾條，我全都應了。」

白玉麟尚未開口，白玉龍當先驚訝道：「你願意給弟兄們原籍，分田地？」

他點頭。「嗯。」

「你願意既往不咎，不追究他們的罪責？」

「嗯。」

她接著抛出一連串的問題，語氣越發雀躍，都得到了肯定的答覆。

與頭腦簡單的白玉龍不同，白玉麟敏銳地察覺不對。「那郎君想要什麼？」

那人靜了片刻，用腰間的佩劍指了指他。「把火藥卸了。」

白玉麟遲疑一瞬，還是將火藥解開，小心遞給屬下放到遠處。

「我既卸下，郎君也請將配劍解了。」

沒有猶豫，「噹啷」一聲，名貴的配劍被索利地扔在一邊。

「還有何要求，現在一次說完。」他眼底的不耐煩越發明顯。

饒是白玉麟再機靈，也琢磨不透眼前的狀況，只得吶吶道：「沒有了。」

話音剛落，青年抬腿便往馬車走去。通身貴氣的郎君，走在一眾凶悍的匪群裡，顯得格格不入。可他所經之處，人群卻自動分出一條路，一時間，場面鴉雀無聲，只餘不遠處風吹曠野的呼嘯。

車內，清懿尚在昏睡。半路上，她的不適感捲土重來，又讓她陷入昏沈直到現在。所以，她並沒有察覺胸前的那塊玉珮越發滾燙，散發著灼灼熱意。

像是，在提醒它的主人。

風從曠野邊際吹來，透過空洞的車窗，輕拂她的髮絲。

車內忽然照進大片的光——有人輕輕打開車門。

翠煙和茉白見到來人，俱是一驚，剛要出聲，卻被他示意噤口的手勢打斷。

清懿睫毛微顫，她似乎陷在不大美妙的夢境裡，眉頭緊蹙。直到光線照在眼皮上，她才緩緩睜開眼。

剛睡醒時，那雙眼眸中尚帶著茫然的水霧，這一點兒也不像平日裡的她。興許是因為思緒還在夢裡，當她看到來人，短短的一瞬間，她竟然有些分不清是現實還是幻境。

前世，她出嫁那天也是這樣的情景。

俊美的郎君撩開車簾，眼眸裡倒映著盛妝的新嫁娘，身後是吉時的晨光，他就那樣逆著光俯身看她，叫她一生也難忘。

「袁兆。」夢裡，她這麼喊。

也許夢境總是擷取片段的記憶，這一刻的她並不記得那些離愁別緒，只記得嫁給心愛之人的歡欣鼓舞。原來，她是有過心動的。

曠野又颳起盛夏難得的涼風，這風吹散了眼底的迷惘，也讓四散的思緒重回軀殼，她終於清醒，想起自己身處何方。「……袁兆？」

清懿不知袁兆站了多久，只捕捉到他轉瞬即逝的眸光。

「是我。」他伸出手，示意她下車。

清懿環視一周，很快便清楚眼下的情形。

眾人目光彙聚處，她擺手，搖頭道：「多謝袁郎君，不必了。」

翠煙和茉白都受了傷，清懿強撐著昏沈的身子躬身出車門，扶著門框的指節泛著白。一時不察，腳下趔趄，差點摔倒之時，一隻有力的手及時將她穩住。

倏然，胸口的玉墜猛然發燙，她腦中轟鳴，猝不及防地陷入黑暗。

「姑娘！」翠煙和茉白驚叫。

同一時刻，袁兆迅速將她接住，打橫抱起。

在眾人的注目下，他抱著人原路返回。玄色的衣襬與碧色的裙角在晃動間彼此糾纏，沈暗的顏色在此時變得明亮。他的臂彎裡，清懿的髮簪緩緩滑落，青絲如瀑傾瀉而下，映襯得那張臉越發嬌柔。

袁兆的眸光悄悄滑過她的眉眼，視線在觸及不小心露出的物件時，微微凝滯——那是徹底碎裂的無字白玉。

入夜，突然下起了瓢潑大雨，顆顆雨滴砸得窗外那棵芭蕉樹抬不起頭。

外頭疾風驟雨，室內卻一派靜謐，緊閉的門扉隔絕了雨打芭蕉聲，只剩微弱的殘響，恰到好處地點綴了此刻過分寂靜的氛圍。

袁兆撐著下頷，沈默地看著躺在床上的人，眼尾帶著疲憊的紅。

昏睡中的清懿相較於平日，少了幾分拒人於千里之外的淡漠冰冷，多了幾分柔軟脆弱。可即便在意識不清醒時，她的眉頭仍皺著，像是夢裡也有解不開的心結。高燒來勢洶洶，去得卻算快。她的臉頰泛著燒退後的潮紅，汗濕的鬢髮黏在額角，唇角有些乾裂。

見她難受得發出無意識的輕哼，袁兆托著她的脖頸，扶著人靠在自己的懷裡，餵她喝水。沾濕手帕，替她擦掉滿頭冷汗，又將她的手腳放回被裡，壓住被角，防止涼風灌入。這一切做得很熟練，若讓柳風瞧見，定會驚訝於他主子什麼時候學會照顧病人了。

昏暗的光線下，袁兆定定地看著她憔悴的面容，眼底好像沒有情緒。等她重新安穩睡著，他才輕輕抽回自己的手臂。

良久，他又探出手，將要觸碰她的臉頰，卻突兀頓住，指尖微顫。

維持著這樣的姿勢，沒有人能看穿他眸光深處的暗色。那是麻木冷漠的人尋回失而復得的珍寶，小心翼翼，卻帶著悲愴的隱痛和恍惚。隔了兩世的光陰，僅僅只是這樣看著她，如此平凡的場景，卻覺得是一場虛幻的夢。

他扯開嘴角，明明是笑，眼尾的緋紅卻像極了落淚。

「纖纖。」

沈睡的女子並未聽見這聲沙啞的輕喚，也沒有看見黑暗裡，他眼底翻滾的灼燙。

即便入夏，暴雨傾盆的夜晚也足夠寒涼，柳風跺著腳驅趕久站後的痲意，不多時便見熟悉的人終於從屋裡出來，趕忙上前撐傘。

「郎君仔細腳下。」多年的習慣讓柳風很懂事，他隻字不問旁的，即便自家主子正在做夜探姑娘閨房這等孟浪事。

早在莫名其妙接到支開翠煙和茉白那兩個丫鬟的命令後，他就曉得主子不對勁，果然，這是要親自來照看。不過，他以為要在門外守到天亮，沒想到這麼快就出來。雖有不解，到底不敢問，只默默打著燈籠開路。

「柳風。」

柳風周身一凜。「在！郎君有何吩咐？」

袁兆撐著傘走在雨裡，驟雨磅礴，他的步伐卻不緊不慢，玄色衣裳融入夜晚的天幕之下。

「常山虎在何處？」

柳風思忖片刻，道：「稟郎君，那老賊受了重傷，不過……正被白玉龍的人看守著。」

常山虎吃了熊心豹子膽，動了屋裡那位姑娘，他琢磨著自家主子是要收拾人了。

隔著重重雨幕，袁兆淡淡瞥了他一眼。「不管是誰看守，明日不必叫我聽見他還活著的消息。」

柳風悚然，立刻垂首。「是。」

「還有。」他頓了頓。

以為又是血腥命令，柳風繃緊了脊背，卻聽他道：「替我採買幾身衣裳，一早我便要穿。」

柳風一愣，遲疑道：「衣裳？」

自家主子這幾年品味突變，長年累月只穿黑衣裳，性子也如衣服一般越發暗沈，喜怒不形於色，哪裡還有從前半點冠絕京城的清俊公子的意思。難不成曲家姑娘一來，他就好打扮了不成？

想歸想，倒沒膽子問。袁兆側眸看了一眼，像是看穿他的心思，卻沒點破，把人嚇得一激靈才緩緩收回視線。

「敢……敢問郎君，買什麼樣式的？」柳風嚥了口唾沫。

袁兆已經走遠，只餘淡漠的聲音穿過雨簾。「白的。」

柳風暗暗吃驚，忙跟在主子身後，幾步踏上臺階，替主子收好傘。接傘的那一瞬間，他看見主子手裡捏著一件熟悉的東西。

好像是……一塊碎成兩半的玉？

醒來時，外頭的陽光照在眼皮上，於是睜眼便瞧見窗外雨後初晴的風光。

清懿定定看了一會兒，將昏迷前的種種事情在腦海裡過了一遍，才真正清醒。她忽然伸手探向胸前，熟悉的白玉尚帶著體溫，安穩地藏在懷裡，上面還有那道陳舊的裂縫。恍惚間，她有些懷疑那陣猛烈的灼痛從何而來。

難道是幻覺？那麼……昏迷前看到的那個人呢？

「姑娘醒了？」

翠煙端著藥碗走進來，腿腳沒好索利，步伐略慢。

「您昏睡了兩天兩夜，還發了好幾次高燒，讓我們提心弔膽的，今兒可算醒了。」

清懿喉頭乾澀，只好勾起一個歉意的笑。「叫妳擔心了，是我不好。」

翠煙餵她喝藥，中藥苦澀的滋味叫人難以下嚥，她卻面不改色。

見清懿垂著眸沈思，屬於主僕間的默契讓翠煙立刻明白她在想什麼，頓了頓，才道：「是他，是袁郎君。」

清懿沈默片刻，說道：「他怎會在此？」

如果沒記錯，這個時候的袁兆應該已經啟程回京了，不久後的瓊林宴，他就會正式出現在京城，那也是……他們前世初見的日子。

「我打聽過了，他這幾年都在南邊幾個城池打轉，這回來江夏，是為了剿匪。」翠煙嘆了一口氣道：「他一個天潢貴胄，如今卻在一個府衙裡做著小吏的事。」

清懿聞言輕笑。「知府定然曉得他的來頭，雖是小吏，卻無法確定是哪個作主。再者，他不做出成績，怎麼回京？」

如果是這個理由，那麼也能解釋袁兆出現在此地的緣故。

正說著，門外卻傳來一聲輕笑。

「在編排我？」白衣郎君帶著一身光風霽月，坦坦蕩蕩地走進來。

清懿目光微怔，片刻才揚起一抹笑。「袁公子，數年不見，你倒沒怎麼變。」

五年前，那道不曾回頭的灑脫背影，與面前笑容滿面的人重合，當真還是那副清俊出塵的模樣。

袁兆未接話，只隨意拎過一張矮凳，往她面前一坐，笑道：「可好些？」

清懿頷首。「嗯，才剛吃了藥。」說來也巧，她向來吃不得肉桂，以往備藥總會提防這一點，這回裡頭正好沒有這味材料。

「妳尚未好全，不如在城裡多休息幾日，省得路上顛簸，倒叫妳病情反覆。」袁兆狀似不經意地提道。

清懿尚未答話，翠煙卻看出她的猶豫，先開口道：「是這個理。姑娘，身子是大事，馬虎不得。」

清懿一向是識時務的人，知道自己帶著病，回了潯陽也是徒惹家人傷心，不如在此地休養好。她抬眸看向袁兆，只見他還是從前那副帶笑的模樣，心中的異樣和警惕不由得放下了。

他掀開轎簾時，那還未收斂的陌生氣勢，大概只是錯覺，白玉也還好好的……前世和現在，是不同的袁兆。這是在五年前就想通的，沒有必要過分警惕他，就當面對一個尋常友人。

「也好，那叨擾袁公子了。」

「客氣了。」

見她應下，袁兆並未表現出過分欣喜，只擺手吩咐柳風留下照顧，隨後便俐落地離開。這一舉動，正合清懿的意思，也叫她徹底卸下隱隱的防備心。

第八十四章

目送袁兆的背影，翠煙攪動著勺子，若有所思。瞧見清懿尚有疲憊之色，到底沒有將心頭的困惑說出口。

這兩日裡，一入夜她便沒什麼精神，因此只有白天偶爾見到袁兆，次數不算多。可即便只是寥寥數面，也瞧得出他氣勢冷然，比之從前，要多幾分居高臨下的冷淡。府上丫鬟嘴巴緊，平日也沒幾個人能近袁兆的身，探聽不出什麼消息，翠煙也就作罷，只當是自己風聲鶴唳，琢磨錯了。

今日見袁兆，身上沒了那種異樣，這才是她們熟悉的那個人。

翌日一早，清懿才撩開眼皮，便發覺有人站在床邊，直勾勾地看著她，是白玉龍。她難得穿著尋常女子的裝束，頭髮綰成髮髻，多了幾分嬌俏。

「妳總算醒了。」白玉龍挨著床柱子，小聲抱怨。

清懿咳嗽了兩聲，守在屏風外的翠煙立刻上前扶起她，拍了拍背。

「姑……大當家有何貴幹？」清懿看向白玉龍。

對方眉頭一皺。「妳……妳就叫我姑娘吧，別叫我大當家了，如今我們收歸官府，不算山匪。」

翠煙橫眉冷對。「妳守了一早上，有什麼話就快說。如果只是想道歉，我先前就說不必了，綁票也綁了，現在裝什麼好人？」

不怪翠煙心中不忿，他們這一遭本就是飛來橫禍，好不容易拚殺脫身，又落到另一夥山匪手中淪為人質，其中那個瘋子身上還綁了火藥，如果不是柳風報信及時，他們早就見了閻王爺。姑娘的身子就是被這些雜事拖累的！

白玉龍雖然自知理虧，可被翠煙嗆了兩句，還是不痛快，回敬道：「妳們姑娘這不是好好的嗎？如果不是遇到我們，鬼曉得你們還有沒有命在！」

翠煙氣得想咬人。「妳！」

見兩個人要吵起來，清懿突然輕拍了拍翠煙的手，安撫道：「有些餓了，可有吃的？」

翠煙只好嚥下火氣，軟聲道：「有，等我去廚下端。」

臨走前，她冷冷地瞥了白玉龍一眼。白玉龍看見她的視線狠狠地翻了個白眼，一回頭，才發現清懿正安靜地看著她，臉色不覺一紅。

「嗯，剛被妳家丫鬟打岔，差點忘了。」她方才吵架的氣勢全收斂了，囁囁嚅嚅道：「我兄長要我來向妳道歉，是我們不對，不該牽連無辜的人。」

清懿輕笑，反問道：「當真是妳兄長要妳來的？」

觀白玉麟前日的言行，他雖知道此舉不義，卻是鐵了心要做。他們是為了鹿鳴山的利益，清懿能夠理解，可被迫成為案板上的魚肉，即便沒有真的出事，她也不可能完全沒有芥蒂。尤其是……白玉麟還帶著火藥。

如有萬一，後果不堪設想。

「好吧，不是他。」白玉龍洩氣，旋即想到什麼可怕的，臉色暗沈道：「是姓袁的。」她沒有說的是，袁兆哪裡只是要她道歉這麼簡單。收歸的第二天，鹿鳴山所有人就被發配到最苦最累的羊角灣修防禦工事，連夜趕路不帶歇的。

自家兄長白玉麟更是不見蹤影，不知被那個活閻王關在哪裡。沒了軍師，白玉龍無頭蒼蠅似的亂轉，靈光乍現，想了個歪招，覺得只要給曲家女道歉，袁兆的怒火是不是就能解了？

清懿略略思忖，便將她的想法猜個七七八八，不由得哂笑。「妳覺得袁兆是因為我才遷怒你們？白玉麟有製火藥之能，焉知不是這個緣由？」

袁兆向來愛才，京中寒門子弟受他協助的不知凡幾，這回想必也是覺得白玉麟的才幹能為他所用。

聽她說完，白玉龍古怪道：「妳當真與姓袁的是舊識？」

清懿不知她為何有此一問，心中升起淡淡的狐疑。「怎麼說？」

「沒什麼。」白玉龍抿唇。

這姑娘口中的袁兆，與自己認識的那個，完全兩模兩樣。也許，自己瞧見的不是袁兆真實的那一面。思及此，她心裡沈甸甸，深吸口氣才勉強擠出一絲笑。「總歸是我們對不起妳在先。」

說著，她拎出一個布袋放在桌上。「喏，這是給妳的補償。」

翠煙端著湯進來，正巧與走出去的白玉龍擦肩而過。

等人走了，瞧見袋子裡的東西，她有些稀罕，逐一扒拉。「野山參、鹿茸、阿膠……」藥材補品品相上佳，可見是精心挑選的。雖不算頂頂稀罕，卻最適合病人補足氣血。翠煙臉色稍霽，挑了幾塊阿膠出來，對外頭的侍女道：「勞駕這位姊姊，我們姑娘氣血不足，要麻煩妳打點廚房的師傅，往羹裡添點補品。」

說罷，又從袖中悄悄漏了幾塊銀錠子，卻被侍女推辭回來。「不敢不敢，主家吩咐過，給姑娘的膳食都是上好的，方才那碗就有阿膠，小火燉得滾爛，姊姊只管給姑娘喝，旁的就不必了。」

銀錠子又回到翠煙手裡，她有些意外，這府裡的丫鬟竟如此妥帖，倒像是有人特意吩咐過的。

為了賠禮道歉，白玉龍的確費了心思。午時一過，她又守在門外，期期艾艾道：「我瞧妳家姑娘氣色不錯，想是大好了，總躺著沒的躺出病，不如……由我盡地主之誼，帶妳們逛一逛江夏城？」

此話一出，翠煙柳眉緊蹙，雖未反駁，可那表情又讓白玉龍不高興了。

「不去就不去，擺什麼臭臉？」白玉龍咕噥。「我樂得清閒！」

翠煙懶得和她拌嘴，只將她的話當屁放了，回頭卻見清懿望向這邊。

「姑娘想去？」

「江夏城……」清懿眸光微動，不知想到什麼。「躺了太久，骨頭都脆了，出去走走也無妨。」

白玉龍立時得意地瞪了翠煙一眼，後者不搭理她，逕自替清懿準備出門的東西。

「翠煙，不必忙活，就在近處走走。」

大戶人家的姑娘出門一向麻煩，遠的不說，單馬車上備的吃食、坐墊、擺設，各色更換的衣裳、香料、汗巾子就拉拉雜雜一堆。倒不是擺架子，只是出門在外為了避免失儀，便要做好十足的準備。

翠煙有些意外。「姑娘，咱們不坐車？」

「不坐。」清懿笑道：「妳和茉白都去換身輕便的衣裳，咱們去坊間逛逛。」

不多時，幾人打扮一新。

清懿換了身尋常襦裙，鴉青色雲緞襯得膚色如雪，像雨中翠竹尚帶水氣，靈秀中帶著孤高，壓下幾分病氣。

出門時，白玉龍不住瞄她，引她笑道：「白姑娘為何看我？」

白玉龍臉一紅，移開視線。「沒、沒有。」說罷她便快走幾步，在前頭領路。

「我們江夏可是南邊第一大城，你們京裡人從沒見過楚江吧？今兒正好帶妳們見識見識我朝第一長河！」白玉龍顯然是做足了功課，一路上滔滔不絕。「我可以騎馬帶妳去，再慢慢一路散步回來，沿途風光可美了！」

清懿含笑聽著，捧場問：「沿途有什麼景？」

白玉龍如數家珍，聽她一邊念叨，眾人一路出了府門。

這時，她的聲音突兀一收，眉頭擰著。「他怎麼在？」

清懿側頭望去，只見白衣郎君站在府門前，身後跟著柳風和幾個下屬。

「我不能來？」他淡淡地道，又看向清懿。「柳風來江夏日久，不曾到周邊賞玩，今日正好沾姑娘的光，搭個伴走走，免得說我這個當主子的不近人情，連一天假也捨不得給他放。」

白玉龍瞪大眼睛，目光在滿臉無辜的柳風身上繞了一圈。「你主子吃錯藥了？」

旁人雖未將這話說出口，可眼底暗暗打量的視線都透露著同樣的意思。

袁兆涼涼的眼神掃過白玉龍，又瞥了一眼柳風，臉不紅、氣不喘。「我一向關愛下屬，妳有意見？」

白玉龍震驚。「啊呸！你問問你真下屬有沒有意見吧！」

眾人看向柳風。

通宵工作直至凌晨才瞇了一會兒，緊接著又被召喚來此的柳風，頂著兩個碩大的黑眼圈，微笑道：「啊，我家郎君宅心仁厚，知道我沒逛過江夏城，特賜恩典，如果姑娘們肯讓我沾光那可就太好了，我一定感激不盡！」

袁兆環著手臂，懶懶問：「聽完他的肺腑之言，可以動身了嗎？」

白玉龍咬牙切齒，還想再爭辯，冷不防聽清懿道：「那就一起走吧。」

今日天氣晴好，連帶著清懿的心情也不錯，不想為了雞毛蒜皮耽擱遊興，她率先往外走去。袁兆索利邁開步子跟上。

江夏城民風開放，前些年多災多難，到如今才好不容易恢復元氣，所以不如京中規矩嚴苛，女子出行更為隨意。

大街上人流如織，道路兩旁不時傳來商販吆喝，有丫頭、媳婦們手挽著手挑選貨品；高門大戶的馬車經過一處糖水鋪，丟下一串銀錢，小販熟練地打包遞到馬車裡。

茉白湊在清懿耳邊小聲問：「姑娘，她們怎麼不戴紗帽？」她按照習慣隨身帶著的紗帽反倒成了累贅，戴了覺得格格不入，不戴心裡又彆扭。

清懿笑道：「江夏女子大方，咱們也不必小家子氣，且入鄉隨俗吧。」

白玉龍聽了很得意，牽著馬跟在後面道：「正是呢，搞不明白你們京城人戴著帽子出門算怎麼一回事，別人瞧不著妳，妳也瞧不著風景，個個弱柳扶風，我們江夏人可看不慣這一套。」

翠煙和茉白對視一眼，暗暗撇了撇嘴。這白玉龍什麼都好，就是一張嘴叫人冒火。

「江夏從前並不如此，是這兩年才變了風氣吧？」清懿突然笑盈盈道。

白玉龍一愣，聲音低了幾分。「嗯？妳怎麼知道？妳來過江夏？」

話音剛落，清懿只覺另一道視線落在她的身上，淡淡的，卻不容忽視，像在關注著她的回答。清懿回望，正對上斜後方袁兆的目光。

「沒有。」她不動聲色道：「我不曾出過遠門。」

白玉龍戲謔。「唉，真不知道妳們這些大家閨秀是享福還是受罪，我長這麼大已經走過五州十三城了。後來還是覺得家鄉最好，於是又和兄長一起回了江夏，就此扎根。要說江夏前些年倒也沒這麼好，世道亂得很。」她隨手一指。「喏，就這些坊市，都是小白臉來了以後……」

話說到一半，意識到正主就在眼前，就硬生生吞了回去。白玉龍偷偷捂了捂嘴巴，含糊道：「總之，那個誰多少做出貢獻，江夏能有今天的風氣，姑且算他一份功勞吧。」

她彆扭地誇完人，偷覷了袁兆一眼，卻見他沒什麼反應，倒是柳風不樂意了。「我家郎君的功績豈是妳兩、三句話能講明的？說得倒像得妳施捨，郎君才有幾分好名聲似的。」

白玉龍扠腰。「呿，也就你覺得他是天下第一好人吧？頂著一副冰塊臉，心狠手辣殺人如麻……」

柳風鄙夷。「女土匪！也不知是哪個綁了人質來投誠。」

「你！」

兩個人你一言、我一語地吵了起來，袁兆卻充耳不聞，將這群人扔在後頭，逕自接過柳風手裡的韁繩，將棗紅馬牽了過去，慢悠悠地跟上早就走遠的清懿。

清懿正在賞玩一盞茱萸圖案的花燈，燈罩上寫著數道燈謎，她生出幾分興味，因此駐足。

「老伯，這個燈怎麼賣？」

攤主大爺見她面善，熱情笑道：「姑娘是外地人吧？今兒是重九節，這都是我自家做的燈籠，喜歡就挑一個去，過了今天就不值幾個錢了。」

清懿也不推辭，笑著接過大爺遞來的花燈，又挑了好幾樣看著價高的簪花、香囊等物，權當添補。一面笑道：「我是潯陽人，原也是要回家過重九，路上耽擱了。」

「那敢情好啊。」大爺笑呵呵。「今晚是重九祈福夜，熱鬧得緊，姑娘既來了江夏，必得逛逛這滿武朝獨一份的楚江夜市。」

袁兆站在清懿的側後方，剛好是能將她的一舉一動盡收眼底的位置。

清懿手裡提著花燈，輕鬆神情尚未褪去，唇邊掛著笑。她從前也笑，只是那笑意總是帶著三分疏離和淡漠，端莊有禮之餘，誰都能看出其中並沒有真意。而此刻，她眉眼靈動，眸光都透著歡快和愉悅。

說笑間，又挑了幾樣東西，正在掏錢，卻發現不夠，出門在外，銀錢都由翠煙保管，她身上帶得不多，這會兒興沖沖的，竟全忘了。

清懿難得面露窘迫，正躊躇時，有人遞來一只錢袋。

「結帳。」

老伯一愣，旋即樂呵呵道：「好，客官。」

清懿怔了片刻，眸光微斂，笑容疏離。「多謝袁郎君。」

袁兆將她神態的轉變看在眼裡。

「不必謝。」他突然自她手裡勾出一只香囊，晃了晃。「就當給我買的。」

清懿的視線追隨著那只香囊。他好像只是為了替她解圍，隨口一說而已，並不見多珍重，只勾著絲帶在指尖晃蕩把玩。這般無所謂的態度，在尋常女子眼中或許覺得冒犯，可清懿卻鬆了一口氣。

也許是放鬆的表情太明顯，瞥見這一幕的袁兆垂下眼眸，眼底神情不明。

楚江碼頭距離甚遠，白玉龍一早就準備騎馬前去，誰承想臨到出發，又遇到了難題。

原本計劃好會騎馬的白玉龍、柳風和刀疤臉裘威，正好一人帶一個不便騎馬的清懿、茉白、翠煙三人，剩下的袁兆則是獨行。

白玉龍剛要敲定，就聽見閒閒靠在角落邊的人發出一聲咳嗽。

「莫名其妙地咳嗽什麼？」白玉龍皺眉望去。

袁兆抱著手臂，懶懶回視。「偶感風寒。」

就在這當口，裘威不知道接收了哪位神仙的指示，突然叫說肚子疼，嚷嚷著騎不了馬了，急著打道回府。

白玉龍陷入沈思。「你吃壞肚子了？不如就地找茅房？」

裘威捂肚子的手上移幾寸。「也不一定是肚子，別的部位也開始疼了。」

白玉龍道：「腎虧？」

裘威深吸一口氣。「是。」

白玉龍同情地看著他。「年紀輕輕怎麼就虛了呢？既然虛都虛了，何必急於一時，不如騎完馬再說？」

「不了。」裘威額角青筋直跳。「我悲痛過度想找塊豆腐撞死，別勸我，天王老子來了這馬我也一定不騎！」

說完裘威就撒丫子跑了，甚至帶走了自己的馬。白玉龍震驚，指著滾滾煙塵問：「這八百里加急的速度，這小子跟我說腎虛？」

甭管裘威有沒有腎虛，總之騎馬載人的任務又要重新分配。這回袁兆被草草安排載腿傷的翠煙。

袁兆仍站著不動，像是老老實實地等待安排。

白玉龍見狀，不再疑心他鬧么蛾子，剛想招呼清懿上馬，後者卻擺擺手道：「玉龍姑娘，要煩勞妳帶茉白。」

茉白年紀尚小，經過之前那件事以後，心裡到底是存了幾分陰影，不愛與男子接觸。清懿見她躊躇著不肯上柳風的馬，便知她的念頭。

「去吧。」她摸了摸茉白的頭，安撫道：「我和妳換。」

柳風見清懿朝自己走來，腿肚子直打哆嗦，眼神下意識往一旁瞄。電光石火間，他急中生智，摸著腦袋道：「哎，我的馬呢？我那麼大一匹馬呢？誰看見我的馬了？」

眾人看著他拙劣的演技無言以對。終於，一直靠在角落裡好整以暇的某位白衣郎君，施施然牽著棗紅馬出場。

「來吧曲姑娘，上馬。」他輕抬下巴，淡笑著。

清懿緩緩挑眉，目光滑過他帶笑的眉眼，又看向身後忙不迭地推翠煙上自己馬的柳風，面上難得閃過堪稱無奈的神情。兜兜轉轉一大圈，原來在這裡等著。

她倒不扭捏，借著袁兆的攙扶翻身上馬背。

袁兆牽著馬走在前頭，白衣郎君步伐悠哉，卻透著一股愉悅。

冷不防，馬上的姑娘開口，似笑非笑地問：「郎君感染風寒，腳下倒健步如飛。」

袁兆坦蕩點頭。「所謂人逢喜事精神爽。」

話音剛落，只聽旁邊傳來白玉龍的冷哼。「心機鬼。」

第八十五章

楚江不愧為武朝第一長河，幾個沒怎麼出過遠門的姑娘都被眼前的景象驚呆了。

一望無際的滾滾江流波瀾壯闊，襯得眾人所站的船舫渺小如芥子。

高約兩層樓的巨型客舟上，白玉龍站在甲板邊緣眺望遠處，口中喃喃道：「乖乖，老子縱橫十三城，還沒坐過這麼大的船呢！」

客舟雖大而堅固，但行駛在蒼茫江水間，卻很難不令人發怵，尤其站在甲板上遠望，初次坐船的人極容易暈眩。翠煙和茉白臉色就隱隱發青，已經進艙中休憩，現下只剩袁兆、清懿以及白玉龍三人仍好端端地站著。

袁兆還好說，他們一行人能上這艘官造出海的大船，就是經他的打點，經驗自然豐富。倒是清懿，瞧那背影如一把翠竹似的單薄，偏偏狂風颳不倒，浪濤拍不散，傲然而立。

白玉龍偷瞄她。「喂，曲清懿，妳不是第一次坐船嗎？怎麼都不怕？」

聽到她的詢問，清懿才抬眸，沈吟片刻道：「眼前這般心曠神怡的景色，何懼之有？」

她避而不答是否第一回坐船，白玉龍心大，三兩句就被糊弄得忘了，袁兆卻偏過頭瞧她，定定看了許久，才笑問道：「喜歡江夏嗎？」

這話問得莫名，白玉龍嗤笑一聲。「人家頭回來，又是生病、又是遭匪禍，喜歡個仙人板板！」

清懿側眸瞧他，唇邊噙著一絲笑，也不作答，順著白玉龍的話頭略了過去。

船舫沿江而行，岸邊百姓三五成群，熱熱鬧鬧地張羅著酬神祈福會的種種事宜。

畫舫中，不知袁兆何時備下了筵席，眾人圍坐在視野開闊的船艙內，有樂師輔以琴聲簫樂，伴隨著陽光普照，煙波浩渺，實在是難得愜意的時光。

過了一開始的新鮮勁，白玉龍耐不住性子賞玩風景，提議道：「不如咱們打馬吊吧？」話一出口，她就後悔了。瞧瞧這一屋子的人物，除了自己，個個都派頭十足，尤其那坐得隔得老遠的一對男女，活像喝露水長大似的，哪有與民同樂的樣子？想像清懿和袁兆摸牌嚷嚷的樣子，白玉龍晃了晃腦袋，趕緊將這荒謬的念頭拋開。

剛要收回這句話，早就在打瞌睡的柳風來勁了。「好啊！來兩圈！我叫船老大送來！」

白玉龍樂出聲，嘿嘿笑道：「喲，還忘了有這小子呢！」

兩個人喜孜孜地向船老大要來馬吊牌，正擺上桌，彼此對視一眼，沈默半晌，還是白玉龍咕噥道：「咱們少了牌搭子啊。」

她試探性地瞟了眼翠煙，後者翻了白眼，擺明不理她，還帶著茉白一同背過身去。她倆在家沒少跟著清殊一塊兒打馬吊，打的還不是普通的葉子牌，而是清殊自創的進階版，渾名

「麻將」。那比普通的馬吊牌不知好玩多少倍呢！誰稀罕在這裡打？

白玉龍吃了閉門羹，只能放棄，而柳風悄悄地看向袁兆，他家郎君如老僧入定，扎根在窗邊的搖椅不動彈，完全沒有賞臉的意思。無法，二人長嘆一口氣，哀怨地趴倒在馬吊牌上。

這時，一隻手輕敲桌面。「我來吧。」

白玉龍猛然抬頭，待看清眼前人，她吃驚大喊。「什麼？妳來？」

清懿已經在她對面坐下，熟練地理牌，頭也不抬。「嗯，不是缺人嗎？陪妳玩兩圈。」

白玉龍下巴都快掉了，癡呆了好半晌，才倒吸一口氣，不可思議道：「喂，妳耶，是妳耶，我的親娘喲，妳來打馬吊？看清楚，這是馬吊牌，不是筆墨紙硯、古琴琵琶哦，大小姐！」

清懿被她誇張的語氣逗笑，搖了搖頭，無奈道：「我妹妹在家也玩，看過幾回，略知道規矩，要是手生，還請見諒。」

見她是真的要玩，白玉龍樂開花，忙擺手。「好說好說，大不了我讓著妳唄，誰讓我縱橫牌場無敵手，人稱鹿鳴山牌神呢！」

吹完牛，白玉龍忙不迭地要隨機扯一個樂師進來湊人數，嘴才剛張開，旁邊的凳子就被拉開，有人不請自來坐下了。

「少人啊？」袁兆笑盈盈地環顧一圈，手裡開始理牌，很自然地做決定。「那加我吧。」

喝露水的接二連三下凡，白玉龍無力震驚，她翻了個大大的白眼。

這傢伙一天到晚就知道耍心眼！白玉龍氣不打一處來，誓要在牌桌上狠狠教他做人。

「人齊了，來來來，輪流坐莊，散家一邊，莊家一邊，贏了摸碼！」

第一圈，柳風抽中福牌坐莊，白玉龍不愧是鹿鳴山牌神，的確有幾分本事，壓得柳風灰頭土臉，好好一副「麒麟種」的牌生生砸在手裡。

袁兆單手托腮，毫不留情嘲諷。「出息。」

柳風垂頭喪氣，苦哈哈地送上籌碼。

白玉龍輕哼。「怎麼？要替你小弟出頭？先保住你自己兜裡的吧！」

袁兆懶洋洋地瞥她，手裡把玩著牌，不置一辭，像是根本沒把她的挑釁放在眼裡。

這邊正在激烈廝殺，那邊的清懿才出了寥寥幾張。看得出她還在摸索玩法，輸多贏少。漸漸的，沒過幾局，她出牌的動作越發果斷。

這回白玉龍和柳風同時摸到福牌成為莊家，清懿和袁兆自動劃為散家一邊。

白玉龍興沖沖，想著對面二人都不像精通牌技的，忍不住得瑟。「喲，別說我不讓著你們，老天爺讓我摸到一手好牌，沒辦法，只能把你倆全關了。」

清懿溫聲道：「出牌吧。」

「一貫！來張小的，讓你們出一手，不然真被我關門打狗了！」白玉龍一興起就嘴上沒把門，惹得旁觀的翠煙瞪她。

清懿倒不以為意。「六貫。」

柳風與白玉龍一邊，沒牌自然不硬上。

輪到袁兆這個守門位，俗稱截家，他先撩開眼皮，似笑非笑地看著白玉龍。「關門打狗？好對策，我同意。」說罷，扔出一張尊九貫，笑盈盈道：「手裡的牌砸死了吧？」

白玉龍不服氣，哼道：「行，別得意，讓你出一手。」

輪到清懿，抬頭時正對上袁兆的目光，她怔了片刻，又不動聲色垂眸。「過。」

柳風一手爛牌沒戲唱，已經提前進入認輸模式，氣得隊友白玉龍牙癢癢。

袁兆唇角微勾，慢條斯理推牌。「空文。」

白玉龍沈住氣。「過。」

「手裡的六五四還能出嗎？」袁兆好整以暇，將牌晃了晃，才扔出。

這下白玉龍臉色真變了。「你是不是看牌了?!」

袁兆嗤笑，眼底流露出不加掩飾的嘲諷。

白玉龍咬牙切齒。「過！」

輪了一圈又到袁兆，這次他好像懶得耍招，索利出牌，接連一串「九十」、「八十」、「枝花」、「千僧」，直打得坐莊的兩個人眼花繚亂，眼冒金星，最後他手裡剩下兩張牌。

「猜我能不能關門打狗？」他懶洋洋地笑了。

白玉龍冷笑。「哼，總算出完了，沒牌了吧？了不得你變出一副天女散花我才服你！」

誰料袁兆當真點頭道：「嗯，出完了，來張小一索。」

白玉龍無語半晌，鄙夷道：「我當你多厲害，還不是把小牌爛在手裡。」

「是嗎？」袁兆微挑眉，托著腮笑道：「妳記不記得我有隊友啊？」

像是提醒了什麼，眾人遲來的目光聚焦在清懿身上，她卻還似一開始那般淡然，提醒道：「白姑娘，輪到妳出牌了，要跟嗎？」

白玉龍嚥了口唾沫。「關、關真，不跟，我的大牌要一塊兒出。」

「好。」清懿溫和一笑，緩緩出牌。「二索、三索、四索、五索、六索、七索、八索、尊九索，八連同花順。」

還沒完，那雙纖纖細手此刻如同殺人不見血的利器，在不見硝煙的戰場打得人魂飛魄散。

「二賞，二肩，二極……」清懿笑道：「三代榮封。」

輪一圈，到袁兆，他隨手丟了張牌，然後旁若無人地提示。「莊家手裡大概是一副金鯉魚背，妳看著出。」

白玉龍炸毛。「喂！」

清懿輕搖頭。「三極在我手裡，應當是抓了一手皇會圖。你別試了，免得放牌，讓我來。」

「嗯，有理。」袁兆盯著她笑，重新歪回榻上，理直氣壯地吃軟飯。「聽妳的。」

兩個人就這麼堂而皇之的算牌，將自己過人的智慧用來碾壓可憐的牌搭子。

柳風苦著臉。「祖宗，你們要贏就贏，別侮辱人了。」

白玉龍抓牌的手，微微顫抖。

「好，那來個痛快。」清懿輕笑。「百萬，千萬，三門賞肩，拗鴛鴦。

「斷莊。」連番轟炸直至最後，她吐出輕飄飄的一句話。「好了，我的牌出完了。」此話一出，如聽仙樂耳暫明。

白玉龍看了看袁兆，又看了看清懿，氣得哆嗦，牙關緊咬。「你們！扮豬吃老虎！」

袁兆攤手，一臉「我的隊友就是這麼厲害，我也沒辦法，只好舒舒服服躺贏」，全然不見方才故意餵牌的心機。

清懿殺伐之氣一收，又恢復笑意盈盈的模樣。「白姑娘，見笑了。」

白玉龍委屈吶喊。「見笑個錘子！我才是笑話吧？我鹿鳴山牌神的威名毀於今日！」

「呵，知足吧，妳瞧我。」柳風面無表情地晃了晃錢袋子，空空如也，輸得連個銅板都不剩。看到連軸轉沒帶歇，好不容易打個馬吊，還被自家主子殺得褲叉兒都不剩的牌搭子柳風，白玉龍的心情勉強平復。

果然，人慘的時候一定要和更慘的比一比。

玩鬧歸玩鬧，清懿不至於真要他們的銀錢，找了藉口又將贏的銀子還給柳風，她獨自站在甲板上遠眺。

江上風大，吹得她裙襬飛揚。

髮絲垂散在臉頰邊，平日是最端莊典雅的人，此刻卻顯得格外放鬆自在。

雪松的氣息逐漸靠近，有人靠在她身旁，笑問：「真當那小子沒銀子花？何必還他？」

「遊戲罷了，不必較真。」清懿客套地笑，目光瞥見袁兆手中把玩的錢袋子，上頭繡著熟悉的玉蘭花圖案，饒是她定力十足，也忍不住瞠目，無奈道：「你……袁郎君好歹是做主子的，搶底下人東西算什麼呢？」

袁兆上下拋著那只小錢袋，笑了笑，他逕自往懷裡一塞，老神在在。「不義之財，收繳了。」那正是清懿還給柳風的銀子。

清懿並不想掰扯他幼稚的行為，於是移開目光。

他順著視線一同望去。

靜默片刻，袁兆突然問：「喜歡江夏？」這是他第二遍問出這句話。

遠處沙鷗翔集，晚霞餘暉自天際蔓延開來，濃郁的橙紅兜頭淋下，灑了滿身。

清懿的目光遼遠，不知是在看東逝的江水，還是看秋水共長天一色。

長久的沈默間，白衣郎君背靠著欄杆，專注而耐心地望著她。

船艙裡又傳來白玉龍吵嚷的聲音，好像是在和柳風鬥嘴。岸邊參加酬神廟會的人越來越多，隨著船隻緩緩靠岸，噼哩啪啦的鞭炮聲裹挾人間煙火氣，將飄散的思緒拉回凡間。

以為終究是無疾而終的問話，袁兆輕勾唇角，自嘲般地搖了搖頭。

與此同時，船已靠岸，碼頭熙攘繁華聲由遠及近，船老大恭敬來請人下船。翠煙等人都從船艙中出來。

「你們倆還不走嗎？」白玉龍揮手喊道。

靜靜站立許久的清懿像是終於回神，擦肩而過的瞬間，正逢江水拍岸，驚濤聲將若有若無的一句話吞沒。可袁兆卻陡然抬眸，頓在原地。

輕飄飄得沒有分量，叫人以為是幻覺，她說：「喜歡。」

下船時，正遇上酬神的隊伍熱熱鬧鬧走過，他們的目的地是碼頭的楚江殿，是專門供奉菩薩的地方。

每逢佳節，江夏城最熱鬧的就是祈福酬神會，一到夜晚，每家每戶都會跟隨著酬神隊伍遊長街，驅邪祈福，庇佑江夏年年風調雨順，家家戶戶平平安安。

因這個好寓意，翠煙難得熱切道：「姑娘，這倒是難得的機緣，咱們不妨跟著拜一拜，湊個熱鬧也罷，求個吉祥也罷，只盼咱們全家平平安安才好。」

這一路上到底不太平，翠煙心裡有掛礙。

茉白也道：「四姐兒信裡說她去雙井寺替咱們捐了好些香油錢，姑娘不如也給她求個平安符。」

「也難為她這麼個人兒，平日最不信神神叨叨，如今竟眼巴巴地跟著老太太燒香拜佛。」翠煙又是笑，又是嘆。

提到妹妹，清懿眼神柔和。「還是那回我出事，給她嚇著了。」

她們三人做了決定，旁人自然沒有不同意的，一行人順勢跟在酬神隊伍後頭。

白玉龍好奇。「妳們大門不出、二門不邁的小姐，怎麼老是出事？又不是跟我們一樣打打殺殺。」

清懿順著她的話想了想，還真無法解釋，搖頭笑道：「時也命也，興許就是背時呢。」否則怎麼解釋一而再，再而三地遭遇意料之外的危險。而且，這一次、兩次，好像都是被同一個人所救。

「走背時？倒也有幾分可能。」白玉龍興沖沖道：「正好，今兒來楚江殿拜一拜，保管來年八字硬邦邦！」

聞言，眾人俱是一笑，連一向瞧白玉龍不順眼的翠煙都忍俊不禁。

袁兆背著手，晃悠在她們身後，雖沒有參與談話，卻也聽得清楚。他沒有笑，甚至臉色微沈，尤其在聽到那句「時也命也」。

酬神會從晌午就開始準備，先是吹拉彈唱、舞龍舞獅輪番上陣，吃過流水席，熱鬧到天色將晚，就由當地最有名望的族老帶領著青壯環街遊行。其間，各街各坊燈火通明，家家戶戶燈籠高照，門前要點燭火迎菩薩。

白玉龍介紹道：「重頭戲是尊請觀音遊長街，這可是我們江夏人每年都愛看的，每到酬神夜，小孩瘋玩都不帶管的，可熱鬧了！」

翠煙納罕。「觀音菩薩好端端在廟裡，怎麼請出來？」

白玉龍一臉「瞧妳這沒見識」的表情。「呿，妳當大家都湊哪門子熱鬧，光看泥菩薩啊？我們江夏年年都要挑選最水靈的小娘子扮觀音。」

茉白匪夷所思，悄悄和翠煙耳語。「這哪是酬神？看大戲嘛！」

「說什麼小話？我告訴妳，我們扮觀音的可不是戲班子，她……她……」白玉龍很不服氣，定要找回面子，憋了半天，指著清懿大聲道：「比妳家姑娘差不了多少，可好看了！」

翠煙和茉白捂嘴噴笑。

清懿無奈輕笑，瞋著她二人。「小蹄子，快給白姑娘賠不是。人家的風俗，妳不說尊重，竟還笑。」

白玉龍點頭。「就是、就是！」

翠煙一向穩重，難得遇見白玉龍這個冤家，叫她也幼稚起來。到底不是成心和人家作對，自知失言，便大方笑道：「對不起，是我的不是。」

白玉龍臉一紅。「無、無妨。」

這般一鬧，二人那針尖對麥芒的氣氛反倒消弭許多。

第八十六章

隨後，白玉龍又絞盡腦汁地想出幾個形容，誓要把酬神會描述得光輝氣派，不讓這群京裡來的傢伙看扁。

結果，剛吹完舞獅隊氣勢如虹，一身正氣，分文不取只為百姓祈福驅邪，就見獅子頭領隊湊到近前，頭套裡伸出一隻手。「走過路過！有錢捧個錢場！沒錢捧個人場！」

白玉龍她怒不可遏，掀開領隊的獅子頭，喝罵。「陳大牛！看清楚姑奶奶我！跟誰討錢呢憨貨！」

陳大牛露出腦袋，齜牙一笑。「喲，阿姊！大水沖了龍王廟嘛這不是！」

「沖你個頭！丟人現眼的玩意兒，趕緊滾！」白玉龍呸他。

瞧見清懿看過來，白玉龍更覺臉上熱辣，臊得想找個地洞鑽進去。

陳大牛看到清懿，眼睛都直了，怔道：「阿姊，這是哪家的姑娘？今年的觀音嗎？」

白玉龍猛拍他腦門，又嫌棄地擦了擦。「你傻了，觀音在那邊！眼珠子再亂看，小心我打你！」

不等陳大牛再看，一直晃悠在後面，甚至消失了一會兒的身影突然擋在前頭，隔絕陳大牛的視線。袁兆皮笑肉不笑，將一袋銀錠子擱他手裡。「捧錢場，你可以走了。」

陳大牛掂掂分量，眼冒精光。

「得！」獅子頭重新戴上，融入熱鬧的隊伍。

鑼鼓鏗鏘，鞭炮齊鳴，亮眼的舞獅隊停在原地，突然湊到清懿面前，耍了一個花裡胡哨的躍空擺尾，隊伍齊聲喝道：「醒獅扭扭頭，福壽永無邊！醒獅抖抖身，吉祥送到家！祝姑娘福祿壽喜樣樣全！」

一套表演完，鑼鼓聲隨隊伍遠去。

白玉龍尷尬摸頭。「曲清懿，妳別介意，舞獅隊就這德行。」她還想找補兩句，卻見清懿目光溫和，笑容自瞧見舞獅起就沒有消失過。

「很好。」她笑道。

「什麼？」白玉龍一愣。

清懿眼底盛著純粹的笑，她耐心重複。「江夏很好。」停頓片刻，猶嫌不夠，她又說：「白姑娘，這樣就很好。」

不必有多麼艱深的內涵，不必雕梁畫棟、瓊樓玉宇，不必有華麗的詞藻祝禱吟誦，此刻熱熱鬧鬧的人間煙火，樸實無華，很好很好。

站在身後，袁兆靜靜地看著她，看她眼眸裡的熠熠光華，那是罕見的、身心都很愉悅的曲清懿。此刻，他沒有意識到，自己也露出了淺淡的笑。

一行人走走停停，快到達楚江殿，不遠處的寬闊場地萬頭攢動。除了方才的舞龍舞獅隊，還有馴獸表演，小靈猴瘦骨嶙峋，卻聰明異常，跟隨著馴獸人的指令，不知做了什麼動作，引得觀眾哄然大笑。

他們離得遠，只能瞧見猴子一閃而過的影子。前面人牆如山，堵得水洩不通，清懿悄悄踮腳張望，還是什麼也沒看到。

前面不知怎麼，又聽見山呼海嘯似的大笑，後面的人突然湧過來，清懿避之不及，將要絆倒，有人抬起手臂替她隔開人群，穩穩擋在身後，另一隻手扶在她腰間。

清懿向後倒在他懷裡，頓了片刻，撐著他的手臂起身，神色冷靜。「多謝袁郎君。」

袁兆不介意她悄悄的抗拒，笑道：「什麼熱鬧這麼好看？」

「沒什麼，一隻猴子。」

小靈猴重複著一遍又一遍的動作，鑽火圈，扮滑稽。毛髮糾結，還帶著傷痕。

袁兆的目光同樣看向猴子，停了半晌，輕笑。「心軟了？」

清懿倏然回眸，一瞬間竟有些銳利。

袁兆坦然直視。「怎麼？我猜錯了？萬物有靈，妳既肯對難民施予關懷，這猴子又怎麼不配？」

清懿深深地看了他一眼，後者任她打量，沒有半點不自在。

「我並非此意。」終於壓下那抹狐疑，清懿垂眸。「那隻猴子的確可憐。」只是她終究不是濫用好心的人。世人各有各的苦，解救一個，還會有第二個，又焉知始作俑者不是為了生計奔波的苦主？其中道理，誰又能說清？

二人突兀地靜默一瞬。

忽然，前面傳來一陣騷動，不像方才的歡快氣氛，反倒像發生了不妙的事，連熱鬧都熄滅了幾分。直到退至街邊休息，才見打聽到消息的白玉龍一臉憂心忡忡。

「大事不妙，扮觀音的小娘子不見了。」

眾人大驚失色，見大家一臉吃驚，白玉龍趕忙做出噤口的手勢。「噓，千萬別聲張。除了族老和幾個酬神隊的領頭，沒人知道這事。大家還當是旁的雞毛蒜皮，這才能穩得住。」

瞧這綿延的隊伍，幾乎半個城的百姓都出了門，要是消息傳出去，那可真會炸開鍋。雖說扮觀音只是一個儀式，但這個習慣已經深入江夏百姓的心中。許多年來，酬神夜從未出過這等差錯，或者說，即便有差錯，也會被及時壓下，保證完美。畢竟，祈福的節日需要好兆頭，容不得意外。

知道真相，清懿一行人的興頭也被澆滅，不由得替他們憂心。

這時，天色已晚，四處燈火通明。

的地方休憩。

街邊攤販吆喝叫賣，其中正有白日裡那個老伯。逛了許久，清懿體力不支，於是借了他

「姑娘不必客套，儘管坐。我這裡視野極好，妳就坐著看。」

「多謝老伯。」清懿頷首。

酬神隊伍的大多數人並不知道內情，短暫騷動片刻，又重新熱鬧起來。有畫著花臉的人表演雜技，還有吹拉彈唱搭小臺子唱戲的，種種熱鬧，不勝枚舉。

清懿端坐攤邊，凝神聽黃梅戲，小旦女扮男裝進書院讀書，與同窗生出一段情誼。此刻正演到歡快處，她跟著曲調輕輕打拍子，唇邊帶笑。

老伯感嘆道：「瞧，妳一來，我這生意都好上不少。」

周圍萬頭攢動，好些人故意逗留，只為偷偷看清懿。

她不施粉黛，烏黑的髮絲綰著鬆鬆的髮髻，除了一支烏木髮簪，毫無裝飾。這般樸素地坐在簡陋的小攤邊，卻像一道風景。

有人看得入神，走路不看道，差點撞翻攤子，好險被人拎著後頸脖子才停住。

這人回頭，就見一個俊俏郎君面無表情地盯著他。「看路，少亂瞄。」

平白被凶一頓，想發火，瞧見他冷若冰霜的臉，到底不敢，瑟縮著走遠，只嘴裡嘟囔。

「不想旁人看你娘子，就好生藏在屋裡頭嘛！」

袁兆微怔，壓了壓揚起的嘴角，語氣突然和藹。「受教了，老兄好眼力。」伸手不打笑臉人，路人雖摸不著頭腦，卻熱情道：「好說好說，老弟好福氣。放心，我早看出來了，惹娘子生氣了是吧？」

說罷朝清懿的方向抬了抬下巴，壓低嗓子。「一個人坐那兒不理你。」

袁兆的目光也投向清懿，停頓片刻，他輕笑。「老弟我啊，都快忘記有娘子的滋味了。」

路人面露同情。「這麼大的氣啊？難度頗高，但也不是沒救，你問我就算遇著行家了。來來來，哥教你幾招，別管多大的火，保管你娘子樂呵呵地跟你回家！」

袁兆挑眉，勾唇道：「願聞其詳。」

清懿不知他二人的對話，只瞧見那難分難捨的架勢。

白衣郎君隨手拉了張板凳，坐在擁擠的路邊，泥瓦匠捋袖子說得口沫橫飛，兩個人頭對頭。一個貴公子，一個泥瓦匠，倒一見如故。

清懿沒意識到自己在輕笑。今天她笑的次數太多，數不過來了。

江夏的一切，都令她鬆懈，一直繃緊的防備偶爾會偷懶溜走，等她回神，才意識到自己失守。很快調整好表情，就見白玉龍急忙跑來，身後跟著熟人，舞獅的陳大牛。

白玉龍原本帶著翠煙和茉白去買小吃，遇上族老在尋人。沒了觀音，最後的酬神大典無法進行，一群人像熱鍋上的螞蟻，撞見白玉龍，病急亂投醫。

「小龍兒，大牛說妳認識一個好相貌的姑娘，能扮觀音？」族老問。

白玉龍立時瞪了陳大牛一眼。「族老，別聽他胡言亂語，我那友人是京裡來的，不是江夏人，哪裡好讓她扮觀音？」

族老沈吟片刻。「妳帶我去見見她。」

族老德高望重，白玉龍不好駁他，只能狠掐陳大牛一把，壓低聲音道：「你用腳想的主意？這不是讓我朋友為難嗎？她不愛拋頭露面！」

陳大牛苦著臉。「好阿姊，妳也替族老想想，花姐兒下落不明，大典近在眼前，上哪兒再找個觀音？」

「隨你找誰，反正她不行！」白玉龍斬釘截鐵。她怕清懿為難，被架在高處只能答應；又怕清懿瞧不起鄉野的酬神會，駁了族老的臉面。

將人拉到僻靜處，懷著七上八下的心情，白玉龍嚥了口唾沫，緊張地看著清懿。「……事情就是這樣，妳、妳怎麼想？當然，不答應就不答應，無妨，我跟族老說就是了。」

陳大牛和族老站在後面，目光灼灼。

眼前女子容貌極盛，莫說花姐兒，便是往前數十八個觀音娘子，都找不出比她更美的。若真能請到她，只怕今年的大典要熱鬧得翻天。

清懿沒有停頓很久。「由我扮觀音？可我並非江夏人。酬神會到底是為了好兆頭去的，倘若百姓知曉，豈不生怨？」

聞言，族老突然上前道：「姑娘能想到這點，實在聰慧仁義。能有此一問，再沒有比妳更適合扮觀音的人。」

白玉龍嘴角一抽，偏頭低語。「族老這調調跟誰學的？」

陳大牛配合偏頭。「西街賣假藥的。」

「既如此，承蒙族老盛情與諸位厚愛。」清懿莞爾一笑，頷首行禮。「能為江夏百姓扮觀音是我的榮幸。」

族老撫著鬍子大笑。「善！善！快，胡老二家的，帶曲姑娘去裝扮！大牛，去告訴底下人，開始籌備大典！」

陳大牛聽不懂文謅謅的話，掏掏耳朵悄聲問：「這是答應了?!」

白玉龍也不敢相信，吶吶點頭。「嗯，答應了。」

京城來的天仙姑娘，馬上要做江夏城的觀音娘子！

翠煙和茉白驚訝瞪眼。說好的祈神，結果姑娘自己扮神?!

眾人團團熱鬧，翠煙代替妝娘替清懿打扮。

隔著人群，白衣郎君的目光落在她身上，久久不移。

酬神大典開始，鑼鼓喧天，鞭炮齊鳴。爆竹的硝煙混合神臺檀香，煙霧裊裊升騰。仿神龕而製的高臺輕紗飄逸，十八個青壯抬著轎輦而來。百姓自發分出一條道，拍手慶賀。

伴隨著繁複的祝禱詞響起，族老帶領人群跪拜敬香，祈願江夏風調雨順。梵音輕誦，香燭盡燃，霎時間，煙花齊放，照亮夜空，也照亮了高臺。

眾人終於看清，煌煌燈火間，觀音娘子眉心點朱，神聖不可方物。倏而微微抬眸，眼神清冷而淡漠，如悲天憫人的神佛，遙望世間熙熙攘攘眾生相。

短暫的沈默後，驚呼聲排山倒海，掀起一重又一重的波濤。

「觀音娘子！」

「觀世音菩薩！」

百姓自發揮撒花瓣迎接。東風夜放花千樹，更吹落，星如雨。

黃梅戲還在咿啞地唱。「村裡酬神多廟會，年年由我扮觀音，梁兄做文章要專心，前程不想想釵裙！」

袁兆靜靜凝望，懷中碎裂的白玉滾燙。她似乎發覺他的視線，遙遙回望。

人山人海中，輕描淡寫的一眼，四周寂靜，袁兆只聽見自己的心跳。

許多年前，也是江夏城，也是那一眼，就在此刻穿破隔世的迢遞，連帶著陳年的記憶，跋涉而來。

不遠處，小生唱。「我從此不敢看觀音。」

夜幕下，白衣郎君輕笑，合上雙目，壓下眼底的暗沈。

也許只有佛祖知曉，他是如何的大逆不道，想將高臺上的觀音，據為己有。

結束儀式，清懿再三推辭酬金，族老見她堅決，也不再堅持，只笑道：「姑娘不愛俗物，金銀我便收回，只是我等感激之意不是作偽，姑娘好歹讓我們盡一分心。」

清懿無奈笑道：「族老太客氣，我不過舉手之勞，承蒙您抬舉，才擔這旁人爭搶的差事，我既沾了扮觀音的福，哪有得您酬謝的道理？」

「此言差矣，一碼事歸一碼，該有的酬謝不可免。」族老摸著鬍子道：「除此之外，老夫還要替我族的小夥子打聽打聽，不知姑娘可否婚配，若是待字閨中，尚可考慮考慮我們江夏年輕人啊！」

眾人只當族老在開玩笑，畢竟白玉龍早就告誡他們，人家是京城官家女，別癩蝦蟆想吃天鵝肉。族老明知不可能，還說這樣的話，實則也是試探。說不定清懿真就答應了？錯過這個，滿江夏可找不出第二個如她這般的女子。

清懿大概猜得到他的心理，語氣仍舊溫和，只淺淺頷首。「多謝族老厚愛，但我已有婚約在身。」

族老意外。「有婚約？」

不只他意外，一旁的白玉龍沒忍住，噴出一口茶。「什麼？妳有婚約？妳已經嫁人了？」

柳風震驚地張大嘴，愣愣地看著清懿，旋即又下意識地看向另一道身影。至於他目之所及處的這個人，神色隱在燭火暗影裡，瞧不清臉上的神情。

可清懿卻彷彿察覺到他幽深的目光，直直抬頭看去，唇邊彎著笑。「正是，我有夫婿。」

一剎那間，隱沒在黑暗裡的那道眼神灼熱而滾燙，他深深地望進她的眸裡，似乎要將她心底的情緒探究透澈，卻一無所獲。

沒有人注意到這場眼神交鋒，族老不無惋惜，嘆了一口氣，又豁達道：「罷了，是我族的小夥子沒福分！祝姑娘與夫婿百年好合。」

清懿微笑。「多謝族老。」

隨後寒暄一陣，才終於送走族老一行人。

回去的路上，眾人心思各異，連白玉龍都難得安靜。到了府裡，清懿、翠煙等人先回後院住所，和其餘人分別。

回到房間，一直維持著端正姿態的肩膀終於緩緩放鬆，在無人處顯露幾分疲憊。

清懿揉著額角，輕聲道：「翠煙。」

「我去給姑娘打水，沐浴解解乏。」翠煙不叫她多說，自領會了意思，帶著茉白往外走。

清懿累得眼睛都睜不開。讓她精疲力盡的不僅是身體上的勞動，更多的是對未知的揣測，還有強撐著精神全副武裝，不想讓人看出弱點的消耗。

門邊傳來腳步聲，清懿驚訝道：「這麼快就回來了？」

她以為是翠煙，便起身去開門，才開了半條縫，瞥見來人高大的身影，她臉色倏然冷淡。

「夜半三更，袁郎君來此地不合適吧？」說著便要將門帶上，卻被一隻手擋住。

「不合適？」袁兆唇邊帶笑，眼底卻沒有溫度，這是他頭一次不加掩飾自己的情緒。

「怕妳夫君知道？」

清懿臉色徹底冷若冰霜，她挑了挑眉，也勾起一絲笑。「是，我已為人婦，袁郎君還是有些分寸才好。」

「夫君……」他發出短促的嗤笑，眸中迸發的火光如有實質，戾氣幾乎要將人灼傷。他突然抓住清懿扶著門框的手，強硬地推開門，押著人一步一步走進房內。

每逼近一分，清懿便多看清一分他眼底的寒意。

察覺到危險，清懿沈聲道：「出去！」

就在她說話的一瞬間，熟悉又陌生的氣息鋪天蓋地籠罩而來，她猝不及防地被按在他懷裡，滾燙灼熱的吻落在她唇上。

啃咬，糾纏，不死不休，似乎夾雜著濃重熱烈的情緒，帶著燎原之勢。

清懿幾乎喘不上氣，直到臉頰泛起潮紅，他才大發慈悲似的鬆開幾分氣力，容她歇息。

「啪」的一聲脆響，一個耳光狠狠摑在他臉上。

清懿收回手，疏離的神色消失不見，取而代之的是不加修飾的惱怒，眼底火光灼灼。

「終於不裝了是吧？」她輕喘著氣，因為下了狠力氣揮出一巴掌，手還發著抖。「袁兆。」

第八十七章

這聲袁兆，彼此心知肚明喊的是誰。不是這一世對前情一無所知的那個袁兆，也不是留在前世記憶裡，只用回憶的口吻講述的那個袁兆；而是此時此刻，站在她面前，真正糾葛了一世，帶著所有記憶和她相遇的這個袁兆。

像是印證她的話，袁兆舌尖頂了頂唇角破開的傷口，帶著幾分坦然的笑。這樣乖戾又暗沈的神情，不屬於任何時期的袁兆，至少在清懿的記憶裡，從未出現過。

「不裝了。」他笑著說：「我以為這樣裝下去才有用，現在才曉得，自己真是愚不可及。」似乎察覺到她眼底的警惕，他忽然湊近，鼻尖幾乎觸碰到她的臉，氣息灼熱。「妳怕我？」

清懿重新恢復冷靜，目光淡淡，直視著他道：「袁兆，你不妨照照鏡子，看看現在的你是什麼樣子。」

袁兆嗤笑一聲。「不人不鬼，閻羅殿裡爬出來的無常。」

清懿靜了一瞬。

他自嘲似的形容，卻當真貼合如今的神態。不人不鬼，極度厭世，眼底暗藏毀滅一切的慾望，幾乎找不到曾經光風霽月的影子。

這就是他真正揭開偽裝的模樣。

感受到她的抵觸與厭惡，袁兆眼底的笑意越發熱烈，其中卻夾雜著一閃而逝的悲愴。像找不到出口的困獸，無法辯駁，無法自救，除了碰撞得鮮血淋漓，啞聲嘶吼咆哮，什麼也做不了。只能徒勞地看著微光漸遠，最終消失不見。

「怕我也好。」他笑著喃喃自語，伸手抬起她的下巴，目光陰鷙。「妳怕我，妳所謂的夫君，只會更怕我。

「已有婚約，已為人婦。」他緩緩重複她白日裡說過的話，眼底的笑意卻駭人。「纖纖，我才是妳的夫君，除我以外，妳還要嫁給誰？」

清懿來過江夏，不過那是前世的事了。

自從那夜亭離寺互相表明心意後，袁兆便說要出京數月。

一晃三日，小丫鬟沒再送東西來，清懿就知道，人是真走了。她埋首做針線活，面上瞧不出什麼，心思卻飄遠，一不留神便扎出血珠子。

「嘶。」清懿疼得皺眉。

忽聞窗邊一聲輕笑，來人逆光瞧她，含著笑。「想什麼呢？」

清懿詫異抬頭，小聲問：「你不是走了嗎？」

袁兆左右瞧瞧，見四下無人，撐著窗臺就翻身進來，把姑娘嚇了一跳。

「袁郎君這是做什麼?!」光天化日闖女子閨房！

袁兆轉身合攏窗戶。「放心，沒人瞧見我。

「倒是妳。」他回頭看著她笑。「手伸出來。」

清懿不大自在，反而將手藏了藏，卻被他扯了過去，翻箱倒櫃找出了絹子，將那小小血跡擦拭乾淨，只是才擦掉，又冒出新的。

「嘖。」他皺了皺眉，下一刻，直接將手指含進嘴裡。

清懿趕緊往回縮，卻掙脫不掉，怒極。「袁兆！」

袁兆見傷口不再流血，才用手絹將手指包成粽子，面不改色道：「怕什麼？沒多久就是一家人了，真有多嘴的，只管告訴我。」

清懿垂眸不語，卻沒再抗拒。

自那夜後，這人一改避嫌的樣子，隔日便打發人送了幾大箱子東西到曲府，就差廣而告之，曲家大姑娘是他未過門的妻子，回來就要下聘書。

用他的話說就是：「從前顧忌妳的清譽，不好大張旗鼓，如今不一樣，若不趁著我在，敲打敲打那些豺狼虎豹，等我出京，誰知妳要受什麼委屈？」

彼時，清懿聽了倒沒多餘的表情，只垂著頭不看他，耳根通紅。

扯了半天，才想起正事，清懿皺眉問道：「不是說要出京了，這麼快就回來？」

「我說歸心似箭，想妳心切，插了翅膀飛回來的，妳信不信？」袁兆一見她，嘴上就犯渾。

果然換來姑娘暗瞪他一眼。「你這個人，從前怎麼沒發現這般沒正形。」

嘴上雖嫌棄，可清懿心細，發覺他風塵僕僕，確實是疲憊的模樣。如今丫鬟都被遣走，清懿只好親自斟了一杯茶，遞到他面前。「眼下烏青，嘴邊起皮了，趕緊喝了。」

袁兆也不端杯，就著她的手喝乾淨才道：「沒騙妳，當真走了半路，心裡還是惦記，就回來了。

「還說我，我從前怎麼沒發現，妳這小娘子忒狠心。咱們前腳才好，後腳就要分別，妳當真半點沒想著我？」他仰頭笑看她，不等她答話，就接著說：「妳不想我，我卻想妳。所以我來是想問妳，要不要跟我一塊兒出京？」

清懿被這話砸得愣住，頓了半晌，才壓著性子道：「不合規矩。不提我還沒進你家門，便是去了，哪有妻子跟著丈夫出公差的道理？」

袁兆不知被她哪句話取悅，眼底笑意越盛。「別管旁的，我只問妳，想不想出京玩？」

清懿眸光微動，除了回外祖家寥寥數次之外，她從沒有見過外面的世界。唯一見過的漠北塞外，還是這人給她畫的。

「想。」她低聲答，抬眸時，看著他的眼神裡夾雜著希冀的光，淡淡的，一閃而逝。

袁兆捕捉到那抹光亮，愣了一瞬，旋即笑道：「好。」

下一刻，他突然將人攔腰抱起，清懿猝不及防，驚叫一聲，拍他的肩。「袁兆！放我下來！」

袁兆哈哈大笑，不僅不放，還抱著人轉了個圈。待到她的手都拍紅了，這才將人放到窗臺上坐著，只是胳膊還撐在她身旁圈著。就著這樣的姿勢，他垂頭看著她，喉頭微動，眼眸極亮。

「可以嗎？」

清懿在這樣的眼神裡，心跳失控，卻故作鎮定。「可以什麼？」

高挺的鼻子幾乎擦著她的臉頰，袁兆嘆了口氣。「妳是真的半點都不惦記我啊。」

「你守點規矩。」清懿感受著他近在咫尺的溫熱氣息，目光都不知該往哪裡放，掙扎著想走。

袁兆不依不饒，攔著她。「這就是妳對情郎的態度？」

自小養在閨中的大小姐連話本都少看，哪禁得住他這般言語，心臟都快從嗓子眼跳出來。被逼急了，清懿眼睛通紅道：「少胡言亂語。」

袁兆湊得更近。「清懿，妳那夜的膽子哪兒去了？妳說，喜歡無法裝不喜歡，不喜歡也討好不來。這麼磊落的話都說了，今天怎麼不答我？」

聽他重複自己的話，清懿耳根倏地發燙，活像外頭完好，裡面滾燙的灌湯包，勉強維持著搖搖欲墜的體面。

「你那夜是個什麼樣子，現在又是什麼樣子？一點都不正經。」她撐著一口氣反問他。

誰料袁兆坦率點頭。「嗯，我一見妳就不正經。」見姑娘氣得瞪大眼睛，他露出得逞似的笑，笑完後，忽然湊近親了親她的眼睛。

清懿下意識緊閉雙眼。

感受清冽的氣息拂過她顫抖的眼皮，耳邊傳來他的聲音。「小古板，在我面前就做妳自己，不必為了莫須有的規矩束縛自己。

「書上說，君子須克己復禮，清心寡慾。可自那夜分別，我卻時時刻刻想著妳。原聽一日不見，如隔三秋，只覺是癡人的胡話，可真叫自己親歷，才曉得滋味。」他笑著，語氣卻像破罐子破摔，難得帶著無奈。「這麼肉麻的話，說來都沒臉。可怎麼辦呢？我沒妳爭氣，就是忍不住想妳。」

想到要分離三月，都要連夜回京將人帶上。他如此坦蕩地將自己的心事剖白，絲毫不顧及太過袒露的喜愛，會讓自己「不體面」。

清懿的心跳無端地平靜下來，另一種奇異的情感悄然盤踞心頭。

她緩緩抬眸，看向袁兆，小聲道：「我也沒有很爭氣。我其實，也很想你。」

袁兆愣住，旋即露出一個堪稱開懷的笑。他捧著她的臉，認真地對視，看了許久還不說話，惹得清懿瞪他。「你又在想什麼亂七八糟？」

袁兆嘆氣。「我在想，這君子不當也罷。」

見他一臉苦大仇深，清懿唇角微翹，忍住笑，盯著他道：「不當……也不是不行。」

袁兆突然將她抱起。「當真？」

清懿挑眉。「再問就不當真。」

袁兆立刻摟著人親了一口。

袁兆說的走，當真是說走就走。也不知他是如何打點的，清懿沒受到任何阻攔就順利出府。

馬車行駛十數日，一路看盡南下的風光，臨到江夏，清懿實在受不住馬車的顛簸，於是只好進城歇息。也就是那時，她與袁兆擁有一段關於江夏的美好記憶。

也正是在那一次，清懿同樣被請去當觀音娘子。於是，遙隔一整個塵世，當袁兆再次見到熟悉的一幕，就像是如墜夢境。

「纖纖？」清懿目光漸冷，不似他沈溺回憶，良久，輕聲道：「別用這兩個字叫我。」

那年那日的情景彷彿隨著這兩個字，橫亙在眼前。

前世，扮觀音後，他們租了一處小院，在江夏短住半月。天氣好的時候，他歪在窗邊看書，她跟著當地的女樂師在樹下吹奏竹簫。

柳絮輕揚，曲聲婉轉。

他放下了手中的書卷，目光望向窗外，信手寫了一行字。從他的角度，只能看見一截瑩白的皓腕握著鳳翼笙，纖弱得不堪一折，卻固執地要將生疏的技藝學會。

綠紗衣美人發覺他的目光。「不好好看書，瞧我做什麼？」

「看纖纖美人，賞心悅目。」他托著腮，笑盈盈。「只是美人又錯了音，不如我教妳吧。」

她不信。「你幾時還會這個？」

「我會的多了，瞧好了。」郎君丟開書，湊上前接過鳳翼笙。見他當真像模像樣地吹了一段，她便安靜地挨著他坐下。

吹到一半，他又停住。「呀，忘了後面什麼調。」

她輕瞪他。「裝模作樣。」

「我好心好意教妳，小娘子怎麼也要來點報酬吧？」

笙簫奏出陽春三月的歡快樂曲，樂師笑看樹下的兩人吵鬧，識趣退下。

微風將窗邊的宣紙吹落，陽光將墨筆書寫的一行字照得清晰分明——碧紗微露纖纖玉，朱唇漸暖參差竹。

夏末初秋的暴雨驟然而至，當驚雷炸響在耳畔，彼此彷彿都看出對方眼底的恍然。「纖纖」這兩個字，如今聽來，至痛至深。

「袁兆，」清懿忽然開口。「在你們男人的心裡，是不是永遠記掛著得不到的？我們之間，是已經知道結局的故事。你覺得遺憾，想要彌補，想要重來，可你幾時聽過破鏡能重圓？

「我用一生陪你走過一段路，至今也無法斷定它是對或錯，只是我的結局算不得好。可就同五年前，我和你說過的那樣，這是我自己選的，我不曾後悔。我既不會恨你，也不會再次糾纏你，試圖改變結局。」她疲憊地閉眼。「老天讓我重活一世，我不願……再踏進同一個深淵。

「所以……」她睜眼。「你也放手吧。」

良久，室內一片寂靜。

倏爾，才休止片刻的夜空電閃雷鳴，暴雨如注。

「放手？」黑暗裡，他聲音極輕，是極力克制情緒後的冷靜。「妳是說，讓我看著妳去嫁給旁人，嫁給京城隨便哪家三郎、四郎，是嗎？」

他突然低聲笑，笑得眼眶通紅。

「曲清懿，」他盯著她，一字一頓。「這絕無可能。」

感受著近在咫尺的灼熱氣息，清懿靜靜垂眸，像是從靈魂深處湧出的一陣疲憊。

「你若以權勢壓人，我自認沒有勝算。」她淡然抬眸，眼底滑過譏誚，旋即伸出手解開領口盤釦，鬆開一顆又一顆，直至露出鎖骨以下的瑩白肌膚。黑暗裡，只餘屋外廊中的燈火映出星點光亮，卻足夠讓人看清她的模樣。

「如果你要的是這個，那麼……」她解開最後一顆衣釦，緩緩看向他。「做完，你就滾。」

耳邊呼吸聲頓時加重，像是被激怒到極致的困獸。

袁兆倏然冷笑，盯著她。「世上當真只有妳，知道什麼話是可以扎進我心窩裡的。妳覺得我不會這麼做嗎？」

親吻如狂風驟雨，帶著要將人拆吃入腹的狠戾。從唇邊到脖頸，留下蜿蜒曖昧的紅痕。

屋外的雨不曾停歇，清懿自始至終望著簷下的熹微燭火，任他施為。

不知哪一瞬，熱烈的吻戛然而止。

囚籠裡的困獸，失去了賴以生存的鬥志。看著她的眼神，他突然覺得很無力。像是一陣風，極力想抓緊，卻怎麼也抓不住。無數紛繁的情緒讓他雙目赤紅，卻又生生壓抑，最終化為一聲輕笑。

「妳知道，妳明知道……」他抬起她的下巴，眼尾紅得好似下一刻就要落淚。「我要的不是這些。」

清懿沒有回避他的目光，就這麼安靜地和他對視。

也許是窗外雨聲漸弱，讓這個夜晚突然平靜。也許是他的眼神在某一刻，觸動了心弦。清懿緩緩閉上眼，挪開視線。

「可你要的，我給不了。袁兆，」她說：「前世，我不欠你什麼，非要算，大概是欠你一聲道別，才讓你執著地想在今生尋求另一個結局。如果我活著，會變老、變醜，興許性情也不同，就一定是好的結局嗎？恩愛夫妻尚且能走到相看兩相厭的境地，又何況你我呢？

「御宴初見，亭離山的孔明燈，江夏數月，我都記得。少年時，誤把一時情誼當作山盟海誓，妄想憑著這點情誼熬過往後的風雨。」清懿抬頭看他。「可我們試過了，結局一敗塗地。連那點情誼，我也早忘乾淨。我不後悔，說不恨你，卻也恨過的。至少五年前，我在雅集上初見你，還是恨。

「後來，我卻漸漸覺得沒有意義。人生在世，我有太多比恨還重要的記憶。而你現在不甘，無非是……」她聲音頓住，卻又像下定決心，要剖開外殼說出血淋淋的真話。「因為我死在你懷裡。」

他隱在袖中的手不受控制地顫抖，像是想起什麼可怕的回憶。

「我沒來得及說出口的無非就是八個字。」她聲音平靜。「一別兩寬，各生歡喜。

「前世的告別，我今生補上了。」

大雨滂沱，袁兆似無所覺，逕自走進雨幕中。

清懿最後一句話猶在耳畔。

緣分已散，命中注定。他扯開嘴角，嘲弄般地笑，誰定的命？

他雙目赤紅，仰頭看天，內心暴烈絕望的情緒流竄在四肢百骸，幾欲發瘋。

瓢潑大雨傾盆而下，良久，他被冰冷的雨砸出一絲清醒，那道淺淡的嗓音好似又響起。

「你現在不甘……無非是，因為我死在你懷裡。」

驀然間，他捂住心口，不受控制地佝僂，心像被千刀萬剮，喘不過氣。長睫掛著水珠，流到凹深的眼窩，又滑進衣領，綿延不斷，叫人分不清究竟是雨水，還是淚水。

「覆水難收……」他鼻翼翕動，低聲笑。「破鏡難圓。」

他笑聲越發沙啞。「什麼命格，我都不信。」

雷聲突然轟鳴，像是警告這個出言不遜的狂徒。

同一時刻，屋內的床榻上，清懿在黑暗裡睜眼。聽著外頭的狂風呼嘯，她的眼底流淌著寂靜。又一次面對往事，她本該難過，卻一滴淚也流不出來。

第八十八章

清懿不怎麼信命，有時候，卻不得不信。

江夏的一切，美好得不真實。後來才了悟，這就像將死之人的迴光返照，不過是曇花一現的假象；又像老天爺給你一點甜頭，讓你心甘情願接受之後所有的苦難。

前世，三月之期結束，回到曲府，清懿收斂性情，變回從前那個安靜的大家閨秀。這一次，卻有些不同，她知道，有人很快就會來接自己。

聘禮如約抬進曲府，三書六禮一樣不落。迎親那日，眼高於頂的大才子和普通人家的新郎官沒什麼不同，笑呵呵地給堵門的親友送紅封，任人為難，怎麼也不惱，難得的好脾氣。

一干同僚挨個兒敬酒，新郎官照單全收。

吉時到，清懿的花轎啟程，透過車簾縫隙，她瞧見新郎官喝得臉頰通紅，被同樣醉醺醺的大舅哥攬著肩膀威脅。「你要是敢對我妹妹不好，甭管你姓什麼，我都跟你拚了。」

新郎官一步三晃，推開大舅哥，滿心滿眼只有花轎。

喜婆上前勸阻。「使不得，使不得，郎君別心急。」

他笑著點頭。「好，我就隔著縫看一眼，不掀開。」

許是風聽見他的話，恰好吹開轎簾，喜帕尚未戴好的新嫁娘就這樣撞進他的眼裡。

耳邊是喜婆的嗔怪。「哎呀我的好郎君，媳婦又跑不掉，有你看的時候！」

「我知道了。」敷衍地應了一聲，尚且帶著醉意的新郎比平時要呆愣些，他扶著轎門裝作站不穩，突然往裡扔了個小錦袋，對她笑道：「餓了就吃。」

清懿紅著臉，將錦袋藏在背後，等簾子重新合攏，她才悄悄拿出來，只見裡頭躺著四塊小糕餅，適合墊肚子。她挑了個桂花味的，輕咬一口，甜味甜絲絲的。

花轎晃晃悠悠，伴隨著迎親隊伍吹吹打打的熱鬧聲響，一路進了高門宅院。

清懿透過車簾望向窗外，入眼是青磚碧瓦，雕梁畫棟，高高的院牆擋住了所有視線，南飛的大雁變成天邊的小黑點，了無蹤跡。她無端地害怕這座院牆，可一想到轎外的人，心便安定下來。

入夜，她頭蓋喜帕，按照喜婆的指點端坐。等得腰痠背痛還不見人來，她又悄悄拿出錦袋，捻起一塊糕，才吃一口，門卻突然被敲響。

那夜的記憶，就從此刻開始陷入光怪陸離的錯亂。

進來的不是新郎官，而是一群面目冷肅的丫鬟、婆子，她們穿著侯府統一的衣裳，語氣居高臨下。「姨娘今日受累了，只是還得勞動您再挪一挪，這不是您的屋子，按照侯府規矩，只有世子妃才能住聽雨軒，您請。」

手中的糕掉在地上，她愣了很久。「……妳叫我什麼？姨娘？」她什麼都明白了，這是長公主和陳氏設下的局，袁兆也許知道，也許不知道。但那不重要了，這座高高的院牆裡，連大雁都飛不出去，又何況是她呢？

後來，袁兆想要帶她走。

「去江夏，去北燕，去哪裡都好。妳不是想去看武朝之外的河山？我帶妳去。」他的側臉沐浴在黎明的朦朧微光裡，叫人看不清眼底的神情。「妳等等我。」

興許是因為懷抱著希望，等待的兩年裡，她即便有諸多的不自由，只要看看遠方亭離山模糊的輪廓，便不覺難熬。

因為這句承諾，袁兆變得很忙。她在後宅，聽不到外面的風風雨雨，只知道他做出了許多功績，初步推行了土地變法，出門時甚至有百姓拜倒在他腳下，連連道謝。

與此同時，府中爆發的爭吵越發嚴重，連公主都無法調和父子之間的矛盾。有時，公主會命令她去勸告袁兆。可每當聽他說起政見，她就知道，袁兆和朝堂的大多數人都不同，那些輕飄飄的勸慰，怎麼也說不出口。

後來，京中來了一位新貴女，項家大小姐。

聽說她自小養在老家，前不久才進京。好巧不巧，進京途中遇到山洪，幸而被出城辦差事的一行人所救。好心人不留名姓，佳人卻時時掛記在心。終於，在某次府宴上，她終於再次見到恩人。於是，便顧不得大家閨秀的規矩，徑直跑到男客裡，當眾道謝。

這樁新聞，轉瞬便傳遍京城的宅門。

小丫鬟芬兒將外頭聽來的話，鸚鵡學舌似的說與清懿聽。

細雨紛紛，清懿正在簷下做針線，她停下動作，輕聲問：「救她的人，是郎君？」

「正是。要奴婢說，這位小姐膽子也忒大，柳風哥親眼瞧見了，咱們家公子立時便和她說，自己已有妻室，誰知她竟也不怕，還當著那麼多人的面說，有妻子又何妨，她願意當妾。」

「她一個丞相府千金……」清懿抬眸，難掩詫異。只是想了想，自己的立場並不能質疑旁人的選擇，轉而問道：「郎君怎麼說？」

「公子什麼也沒說，直接找了項府的人帶那位小姐回去。」芬兒有些得意。「我看公子的心只在夫人身上，誰也搶不去。」

清懿扯開嘴角，心裡卻並沒有真切的歡喜。

這件事似乎是一個開端，此後數月，袁兆很少出現，外頭的傳聞卻一件接著一件。譬如，那位項大小姐在騎射比賽時差點落馬，又被袁兆所救；又譬如，項大小姐進了女學唸書，卻文才不通，於是借著父親的關係央袁兆補習功課；再譬如，郡主芳辰宴上，她獻舞一曲，豔驚四座，跳完後，她在人群裡找到那個白衣郎君，急急拉住他。

跳完舞的佳人香汗淋漓，眼角眉梢皆是風情。她抬頭看著袁兆，大膽而熱烈。「袁郎君，我打聽清楚了，你沒有妻子，只有一個妾室。既然世子妃的位子空著，不知我可否勝任？」

眾人震驚於項家女的膽大，這消息長了腿似的鬧得沸沸揚揚。直到次日，聖人降下賜婚的旨意。

重重高牆裡，清懿像在聽話本裡的故事，總有種不真切的感覺。與自己拜過堂的夫君，要娶另一個女子。也許是政治考量，也許是有其他的不得已，她腦子亂糟糟，完全沒有思考的餘地。

項連伊進門那日，侯府張燈結綵，清懿這才知道，娶正妻的儀制是何等的煊赫。

起初，長公主礙於項連伊在外鬧出的動靜，並不滿意她，以為這會是個沒有教養的鄉下丫頭。可自從入府以來，她待人接物很妥帖，事事周到，並不驕矜。

因為印象的改變，侯府上下開始想起她的好。世子妃出身高門，對下人寬容大方，還討婆母喜歡。連一開始鬧出的事情，也歸因於姑娘家愛慕郎君心切，如今看來倒是一派赤忱，可憐可愛。

清懿從芬兒嘴裡知道了項連伊名聲的改變，不過她一直不曾得見，因為自他們大婚那天起，清懿就病倒了。

一整個冬日，她都纏綿病榻。

這一年的冬天，府上操辦公主壽宴，請了許多賓客，其中有平國公府一家。

清懿原本不出席這樣的場合，可因為這是難得可以見到兄長的日子，她還是去了。身為女眷，她不便見外男，只和哥哥說了一會兒話便離開。

正要離開，卻有人叫住她。

「清懿表妹。」來人是程奕。

「表哥？」她與這位表兄並不熟悉，只是年少時有幾分情誼，如今他娶得佳婦，兒女雙全，和自己更是沒有來往。

已過而立之年的程奕，身上少了書卷氣，多了儒雅之風。可此刻的他卻又像少年一般，目光帶著忐忑。他像有很多話要說，躊躇片刻，只道：「妳……妳過得好嗎？」

清懿怔然，沈默片刻，輕聲道：「挺好的。」

程奕扯開一絲笑。「嗯，那就好。我聽思行表兄說妳身子不好，我帶了些補品，不值當什麼，妳留著用。」

清懿正欲推辭，卻見裡頭有一味極難得的山珍。芬兒這些年跟著她，也勞累出了幾分病痛，給她用正適宜。耽擱這一小會兒，程奕放下東西便走了。

清懿猶豫片刻，還是帶著東西回了院子。

芬兒這時候卻不在，院子裡空盪盪的。

清懿並不想支使外院的懶婆子，逕自去小廚房將補品燉了。

入夜，院門被敲響，不待開門，外頭的人便闖了進來。

為首的婆子指著清懿，嗓音尖利道：「主子，今日我親眼所見，側夫人與平國公府的少爺私通！他們背著人，在林子裡做苟且之事！」

清懿才從廚下出來，被劈頭蓋臉的污言穢語砸得醒不過神。

這才看見，婆子身後站著烏壓壓一群人。

公主皺眉。「還不知怎樣呢，嘴巴乾淨些，傳出去丟的是府裡的臉面。」

婆子自搧巴掌。「是。」

項連伊接話道：「母親說得是，我瞧著也不能憑這婆子一面之詞就定妹妹的罪，還是細細審了為好。妹妹，妳且告訴我們，今日宴席中途，妳露了一面又消失，這段時間妳在哪兒？」

清懿垂眸，漸漸冷靜下來，她知道，自己是踩進圈套裡了。

「路上遇見我娘家表兄，他替我姑母送來補品。」

「哦？」項連伊追問道：「可有人證？」

清懿抬眸，定定看著她。「沒有，芬兒抱病，不曾跟著我。」

項連伊勾唇一笑。婆子立刻搭話。「主子，婆子我說的句句屬實！」

「嬤嬤此言差矣。」清懿冷聲道：「妳只憑著自己的話就冤我清白？」

婆子冷笑。「側夫人有沒有做醜事自己心裡清楚，婆子我的眼睛可不作假，妳和那姦夫在林子裡摟摟抱抱，領口都翻開了，誰知往日裡是不是都滾到床上了！」

「好了，莫要做無謂的爭執。」項連伊淡淡開口。「說到芬兒，我倒有個主意。她是時常跟著妹妹的，算是忠僕，倘或當真有私通，那必然不是一、兩日的工夫，她作為身邊人，自然再清楚不過。母親，不如就喚芬兒來問話。」

公主沈吟片刻。「喚吧。」

聽見項連伊挑起話頭，清懿有種不祥的預感。不多時，預感應驗了。

芬兒被人拿住，押到院子裡。

項連伊詫異道：「咦，芬兒不是病了，怎麼是從外頭來？」

幾個壯碩婆子立時捏著她的下巴，狠搧巴掌，打得芬兒的臉高高腫起。

芬兒哭喊道：「夫人，我知錯了，我都招！」

她淚眼婆娑，突然回頭看清懿一眼。

那一眼讓清懿的心沈到谷底，漸漸的轉為無聲的平靜。寒風裡，她目睹一場荒誕。

她聽見芬兒哭訴道：「是側夫人指使我去燒書信，這些信，都是側夫人與情郎私下傳遞的。側夫人逼我替她遮掩，奴婢也是沒法子啊，求主子饒我性命！」

公主接過書信，一直維持的儀態徹底崩塌。

「賤婦！賤婦！兆哥兒有哪裡對不起妳？妳要做下如此醜事?!」她將書信甩在清懿的臉上，怒火中燒。

清懿沒有去撿信，不用看也知道，精心設計的局，自然連字跡也是極像的。她突然笑了。緩緩抬頭，目光環視一圈，那眼神很冷淡，卻彷彿有種直擊人心的狠戾。

芬兒慌忙避開她的視線，婆子梗著脖子，背後卻生出冷汗。

項連伊迎著她的視線，笑容卻越來越僵硬。

寒風裡，清懿緩步走近。

「項連伊，」她唇角勾起笑，帶著幾分嘲弄。「妳就怕我怕到這個地步，真可憐。」

「住口，妳瘋言瘋語說什麼呢?!」公主氣得咳嗽不止。

項連伊下意識後退一步，卻又意識到什麼，強撐起笑。「我怕妳？妹妹說的話我可聽不明白。倘或妹妹不認帳，強行抵賴，等夫君來了，妳自去他面前分說便是。」

她話音剛落，院外便傳來騷動，是袁兆來了。

「兆哥兒！」

「夫君。」

兩個女人一齊圍在他身邊。袁兆卻徑直看向清懿，目光黯沈。

清懿抬頭，彼此的目光長久地交會。

婆子立刻添油加醋地將事情說了一遍，用詞之污穢，比方才更甚。

有心軟的小丫鬟悄悄看向那個清瘦的身影，這般神仙似的女子，怎麼能被這樣的詞形容？可本尊卻恍若未聞，像一株風雨壓不彎的翠竹，就這樣傲然站著。

眾人都等著袁兆發話，或審訊，或懲罰，只看他怎麼說。

他卻直直走向那女子，問：「妳有沒有？」

清懿撩開眼皮，仰頭看他。

「有什麼？私通嗎？你既然來問我，便是疑心有，那又何必問我？你自去審訊，得出結果也不必和我說，有，便一刀將我殺了。如何？」

「公子還和這賤婦說什麼？人證、物證俱在，她如何也辯駁不得。」婆子道。

袁兆冷聲道：「閉嘴。」

項連伊眸光微動，上前道：「夫君不如聽一聽她心腹丫鬟的供詞，倒有十分的可信，如此，也不至於冤枉妹……冤枉曲氏。她生得貌美，耐不住寂寞，也是……」

「我讓妳閉嘴！」袁兆怒喝。

項連伊被這聲冷喝嚇得一抖，剩下的話不敢再說出口。

「我不問旁人，我只問妳。」他看著清懿，恢復冷靜的聲調。「妳說沒有，我就信。」

清懿突然勾起嘴角，笑意卻未達眼底，她帶著沒有溫度的笑，一字一頓。「我說有呢？」

長久的沈默瀰漫在彼此的周身，袁兆眸光冷如寒潭。

婆子瞥見項連伊的眼色，立刻意會，乘機道：「公子，既然這賤婦都招認了，按照規矩，是要沈塘的！這等婊子，自然不能放任她……」

「噗嗤」一聲，婆子話還未說完，便失去了聲息，喉間血液噴濺，眾人駭然。

袁兆收回染血的劍，環顧一圈，最終停在項連伊臉上。

「這件事到此為止，我不想再聽到任何污言穢語，如有違背，這就是下場。」

目睹血腥一幕，誰也不敢出聲，項連伊看向公主。

「兆哥兒，」公主咳嗽兩聲。「你不分青紅皂白，什麼也不顧，就這樣護著這淫……曲氏，傳出去怎麼服眾？」

「母親，事情已經清楚，她是清白的。」袁兆淡淡道：「至於服眾……我說過，這件事傳不出去。還是說，妳們想讓我用另一種方式解決？」

「什麼法子？」公主皺眉。

袁兆抬眸。「死人傳不了話。」

眾人打了個寒顫，一向溫和的小侯爺，今日說這話的神情，是真的起了殺心。

一齣鬧劇以血腥的方式收場。

花燭徹夜燃照，直到天邊破曉，才徹底熄滅。

「非要故意氣我？」他嘆了一口氣，從背後抱住她。

清懿閉著眼，沒說話。可不斷的有輕吻落在她的眉心、眼睫、唇角，擾得她不得安寧。

她推開腰間的手，睜開眼。

「你問我時，便是不信我。」

他輕笑。「我問都問不得一句？」

背對著袁兆，清懿眸光微顫，她沈默片刻，才道：「你敢說，你當真半分不曾疑心？」

她向來敏銳，即便只有瞬間的遲疑，也能捕捉出一閃而過的情緒波動。

袁兆頓了頓，說道：「有。」他重新將人攬進懷裡，抱得更緊。

「這些年，妳明明在我身邊，我卻覺得妳越來越遠。」他的聲音響在她耳畔。「如今朝中局勢穩定，再過不久……」

他停頓片刻，又像有什麼話說不出口一般，緩了許久才道：「妳再等等我，一切都會回到原來的模樣。」

清懿睜著眼，看向窗外黎明前的黑暗，沈默不語。

再過不久……是多久？又一個十年？原來？哪個原來？十年前嗎？可十年前的模樣，她早就記不清了。

後宅歲月漫漫，她再也畫不出草原的遼闊。

第八十九章

過了數月，出差回來的曲思行來了侯府，見清懿又病倒在床上，不由分說就要帶她走。

「這鬼地方是一刻也待不得了！妳現在就跟我走，袁兆那裡我去交代，他不願，我就去金鑾殿求聖人！妳嫁了他，卻不是要將命也送給他！」

新來的小丫鬟不大會伺候人，只勝在為人老實。見曲思行凶神惡煞，忙上前勸阻。「使不得啊郎君，我家夫人有了身孕，萬不可驚動胎氣！」

曲思行愣住，冷聲問：「袁兆知道嗎？」

清懿搖頭。「誰也沒告訴。」

曲思行氣得原地打轉，一拍大腿，恨道：「有便有了，不知道正好，我帶妳走，去鄉下住著，誰也不曉得妳有孩子，我養個外甥還養得起！」

清懿慘然一笑。「兄長，這孩子來得不是時候。」

曲思行並不是蠢人，略思索便知其意。「妳是怕先一步生孩子，會被項氏為難？」

「若是走了，我還怕這個做什麼？」清懿疲憊地閉眼。「她上回陷害我不成，是不肯輕易放過我的，兄長，我走不了，你別去涉險。」

「我是否涉險不提，妳只告訴我，妳說孩子來得不是時候，是什麼意思？」曲思行瞪著眼看她，目光急切，他心裡隱隱有不好的預感。「懿姐兒，妳是我一母同胞的妹妹，這世上只有妳是我最親的人，妳看著哥哥，妳說實話，妳是不是……是不是存了輕生的意思？」

清懿睜開眼看著他，忽然輕笑。「娘生我一場不容易，我不會尋死。」

曲思行定定看著她，已經是朝中三品大員的男人眼眶泛紅。「懿姐兒，再難也得活著。妳答應哥！」

知妹莫若兄，無論她此刻笑得多麼自然，曲思行也看得出來，她或許在某一刻，是真心覺得塵世沒有什麼好留戀的，萬幸有他這份親情將她的魂靈拖了回來。

「我給妳帶了梨花種子，原先妳院子門前那一棵。」他強打起精神，突然遞來一束梨花，清香撲鼻。「怕妳等不及種子開花，先送妳一束，過幾日我就來接妳。咱們回家去，想種什麼就種什麼。」

「好。」雖然不知有沒有希望，但在這一刻，清懿不想反駁他。「我等著兄長。」

「好好吃飯，好好休養，一頓也不許少。」

「好。」

「妳等著我，我有辦法救妳。」這是那天，曲思行留下的最後一句話。

此後，也許是過了三、五日，又或是大半月，清懿記不清了。當曲思行出事的消息傳來時，她的世界已經徹底混亂，像一根繃到極處的弦，徹底斷裂。

混沌中，她聽見小丫鬟低聲抽泣。她說了很多話，清懿卻如溺水之人，什麼也聽不清，只依稀分辨出幾個清晰的字眼。

曲大人長跪金殿不起，被下大獄，後被查出謀逆的證據，判處滿門抄斬。

清懿搖晃著起身，腿一軟，跌坐在地上，又掙扎著起身。「我去求袁兆，別怕，會得救的，我去求求他。」

她拖著病體在聽雨軒等了一夜，卻連袁兆的人影也沒見到。如果一個人想躲她，那她怎麼也見不到。從黑夜等到白天，又從白天等到黑夜，她仍然沒有見到他。可聽雨軒內燈火通明，不知是什麼喜事，讓歡聲笑語越過院牆傳來。

「我不管，夫君，第一個孩兒一定要我來為他取名。」

「若是兒子，最好像你，文武雙全；若是女兒，還是像我的好。」

「曲府的事，夫君當真不管了嗎？妹妹再怎麼說也是一家人，看在她的分上……好，我不說了。」

一牆之隔，仲春的晚風竟如凜冬般寒涼。

清懿閉了閉眼，她輕輕摸了摸小腹，扯開一個笑。

回到院裡，小丫鬟哭著跑來，手裡拿著一封信。

「夫人，曲大人在獄中自盡，留下一封血書，說他願意承擔一切罪責，只求留下您的性命……他說您從前在家時最愛在梨花樹下玩，願您見到這束梨花，便如見著他，不可憂思，只盼珍重，好好活下去……」

不可憂思，只盼珍重……她輕笑，眼淚一顆一顆砸在青磚上。伶仃的身形在這一刻終於支撐不住，像斷了線的風箏跌落。

「啊，夫人！」小丫鬟驚叫。

好像有人發瘋似的跑來，可她看不清，攥緊梨花的手鬆開，片片花瓣凋零。

有人在她耳邊喊：「纖纖，妳醒醒，別睡……妳等我一天就好了！只要一天，什麼都好了！」

他像哄孩子似的說。漸漸的，他聲音發著抖，語無倫次。「我求求妳，妳別走，妳別丟下我，我只有妳，清懿，我只有妳了。」

其實，她想睜開眼告訴他，別費力了。方才，她喝了一碗藥。滿門抄斬，也好，她可以和哥哥一起走。

氣息微弱，五感漸漸失去。她聽見他失態的哭聲，他好像說不出話了，抱著她嚎啕。她想讓他別哭，那樣光風霽月的君子，怎麼能這副形容？

她想問，你已經有了恩愛的妻室，即將要有孩子，為什麼要來挽留我？

彼時的恩愛情濃，隔了十年歲月，早就成為記憶裡的灰燼。留給她的，是後院高牆裡日復一日的等待，勾心鬥角的疲憊和漸漸疏離的情意。當初他問她是否要離開，如果答應，也許會有不同的結果。她可以去看萬里河山，即便情意被辜負，她也有比愛情更值得寄託的情懷。

可是一切不能重來。情深緣淺，蘭因絮果。並不是一個好的開頭就能換來好的結局。清懿想，人生如果是一局棋，那麼她的棋路已經到頭了。

遺憾嗎？遺憾。

後宅女人的一生太疲憊。來世她想成為一隻大雁，可以飛向遼闊的天空。

徹底失去意識的那一刻，她腦中像是放映著走馬燈，閃過無數畫面。

御宴初見，朦朧燭火間，白衣郎君帶著三分醉意，笑看著她。曲水流觴，他畫了山水草原。隔著淙淙溪流，桃花悄然落下。亭離山的夜晚，孔明燈緩緩升起，亮徹夜空，他青澀地給她一個擁抱。

江夏城，鏡中倒映他為她畫眉的身影，那日的芙蓉糕，甜味緊扣心弦。

迎親那日，穿著一身紅的傻新郎，遞給她一只塞了糕的錦袋。隔著簾縫，她看到他逆光而立，俊美的面容帶著笑。

她今生從不後悔愛過他。

來世，別再見了。

與袁兆攤牌那日以後，沒有和任何人告別，一大早清懿便吩咐翠煙收拾行李離開。

李貴先行回阮家報信，其餘人留在原地休整半個時辰，就見阮府的家丁遠遠趕來，領頭的正是忙完差事的曲思行。

「兄長。」

曲思行才瞧見清懿便皺眉。「怎麼瘦了這許多？」

「舟車勞頓罷了，倒是你和椒椒，在家可好？」

曲思行搖頭笑。「她哪有不好的，回來沒幾日就帶著幾個表妹瘋玩，還有原先認識的幾個同伴，片刻都沒個停歇。我前兒才忙完手頭的正事，在家沒幾天便聽了她不少事蹟，可想我不在家時她是要把天都掀了。」

清懿瞋他一眼，兄妹倆一面啟程，一面閒聊。「你就在我跟前這麼說，誰知她闖的禍是不是你包庇了？」

「冤枉，如今我可沒這本事，她的靠山另有其人。」

想到自家老祖宗那疼孩子的勁，這個靠山自然沒別人了。

又聊了會兒，車隊進了潯陽城，曲思行突然狀似不經意地道：「妳在江夏遇到袁兆了？」

清懿沈默片刻，抬眸問：「兄長怎麼知道？」

「是數日前，柳風來與我傳信，說了妳在江夏染病的事。我本想去接妳，他又說妳經不得顛簸，已為妳延請郎中診治，不日便歸。怕叫老人家擔心，我便不曾和二老提及，只是不見妳人影，到底是擔心的。」曲思行道：「妳要再晚幾日，我就要去江夏了。」

清懿眸光微動，知道袁兆是特意瞞住劫匪的事，順勢道：「是遇到了他，正好累病幾日，得他照顧。」

「你們倒有緣。自袁兆出京後，聽說連長公主都尋不見人影，我和他有幾分交情，若不是信得過他的人品，定不會讓妳逗留這數日。」

清懿不知聽了哪句，垂眸不再言語。

馬車穿過長街，停在一座府邸門外。有小廝上前牽馬引路。早有乳母林嬤嬤領著一干婆子等候，瞧見馬車，忙迎上前。

「姑娘！」

「林嬤嬤。」清懿下了馬車，牽過林嬤嬤的手，露出連日來難得的真心笑容。

林嬤嬤好生端詳著清懿的模樣，眼圈通紅。「懿姐兒模樣越發出挑，像妳母親。」

林嬤嬤是阮妗秋的貼身丫鬟，嫁人後又先後做了曲思行與清懿的乳母，連清殊也是她接生的，說是三兄妹的第二個母親也不為過。

「嬤嬤這些年可好？我送回來的東西裡，年年都有給妳帶的老參，於妳的病根最有裨益，要時時用著。」

「好好，有懿姐兒的心意，我這把老骨頭受用得很。」林嬤嬤抬手擦眼淚。「姐兒這些年好不好？姑娘不在，那高門大戶裡的可欺負妳不曾？」

「姑娘」說的是阮妗秋，因是自小的主僕情分，她到老了都改不了口。

「我好著呢。」清懿說了好些寬慰的話，林嬤嬤這才意識到不妥。「哎呀，怪我囉嗦，老太太盼星星、盼月亮地等著姑娘，我倒耽擱了。」

說著就請清懿坐上一頂煙青色軟轎，一路往內院去。

阮府是潯陽巨富，宅邸寬闊非常，穿過假山花石，遊廊影壁，足足走了兩刻鍾才到。

遠遠的，清懿瞧見眾人圍著一位通身富貴的老太太站在臺階上。

甫一瞧見這一行人，伴隨著林嬤嬤的聲音。「老太太，姑娘們，懿姐兒到了！」

那老人家竟推開身旁的丫鬟，逕自下臺階，淚眼婆娑地喊道：「懿丫頭。」

「外祖母。」清懿忙迎上前，眼圈也忍不住紅了。

許多年過去，初長成的少女如今已是亭亭玉立的大姑娘；先前保養得宜的老太太白髮越發多，臉上的皺紋藏不住歲月的痕跡。

「接妳妹妹哭一場，現下瞧著妳又哭一場，外祖母不中用了。」老太太抹著眼淚道。

「老祖宗說的哪裡話！」一圈媳婦、孫女、外孫女圍著說好話勸慰。

「外面冷，咱們都進屋說吧。今兒吩咐廚下備了席面，家裡人許久沒有到得這麼齊整了。」大舅媽性格爽利，早就張羅好了瑣事。「懿姐兒路上勞累，今晚多吃點好的補上一補。正好照著殊姐兒的法子做了一隻烤全羊，咱們嚐嚐滋味。」

眾人進屋敘話，女眷們圍坐一堂，老的關心家長裡短，先前怎麼盤問清殊的，如今又如何盤問清懿。小的關心京城的吃喝玩樂，新奇見聞。清懿挑揀著內容一一答了，大家聊到晚飯開席還不肯散去。

阮大舅性格溫厚，不善言辭，大舅媽秦氏正好相反，是個機敏爽利的性子。如今阮大舅負責經營阮家的綢緞生意，常年在外奔波，秦氏便一手攬了家裡大小事務。夫妻性格互補，把日子過得紅紅火火。

原本只打算過完初秋，可老人家一留再留，直到秋天徹底宣告結束，在冬霜初降的時節，清懿才恍惚察覺已經過了許久。

「姑娘是忙慣了，一時閒不下來。如今休養幾個月，氣色都好了不少。」翠煙忙活著量冬衣尺寸，一面道：「姑娘索性過完年再回，四姐兒的課業早就去信向永平王妃告假，既答應了，往後難有這樣的機會。」

「我正有此意，二老年紀大了，陪一日、少一日，這回就留在潯陽過年。妳去信給碧兒，京中一應事務由她暫代我。」

「好，我這就去辦。」翠煙領命。

這些時日，姊妹倆著實過得舒心。一個成日不著家，呼朋喚友逛這個廟會、那個市集；一個隨意看閒書，題詩作畫看風景。美中不足的就是老太太三不五時就邀哪家的郎君來做客，醉翁之意不在酒，而在成就一樁姻緣。

清懿對此心知肚明，拐進外祖的書房躲著看書，原以為外祖外出釣魚了，誰知他正躺在籐椅上打瞌睡，被推門的動靜吵醒，也沒多問，只招呼道：「懿丫頭來了，坐吧。」

「您可別告密，被外祖母知道我躲著人家，又叫老人家傷心。」清懿給老爺子斟茶，遞到他手邊。

老爺子接過茶，咂了咂嘴，笑道：「我和她說這個做什麼？妳回來原就不是為了這些，老頭子我何必平白操這心？」

清懿頓了頓，祖孫倆相視而笑。

「小丫頭，在京裡遇到事了？」

清懿搖頭笑道：「並非如此，我一切都好。想必我去京城後做的事情都瞞不過您老，倘或不是有您的招呼，潯陽的老掌櫃們也不會處處幫襯我一個姑娘家。」

阮成恩歪躺在籐椅上，擺擺手道：「打鐵還須自身硬，妳能成事，是妳自己有本事。」末了，他重複道：「比妳父親有本事，也比我有本事。」

清懿沈默片刻，才道：「外祖既知道我是抱著目的回來的，或許也猜得到我是為了什麼。」

阮成恩外表看著就是一個不修邊幅的和善老頭，此刻的目光卻少見的清明而銳利，他笑咪咪問：「是要外祖幫襯妳的商道?還是妳的小作坊、小學堂？」

清懿湊到近前，蹲下身替他蓋了件厚毯子。

有點像回到小時候，她躺在搖椅中睡著，外祖也是這樣給她蓋上被子。

「都有。」她仰頭，目光澄澈。「我想在潯陽也開女子工坊和學堂，翠煙和茉白會留下來幫襯，她們是我的心腹，該學的都學會了。只是我到底不在這裡，所以還需外祖的幫襯。」

「小丫頭野心不小，潯陽天高皇帝遠，對咱們家來說，這並非難事。」老爺子瞅她，點頭道：「外祖這點忙倒能幫上。」

「還有……」清懿抬頭，繼續道：「我想知道，外祖當年認識的京城貴人，究竟是何人？」

老爺子回望一眼，卻沒有回答，反問道：「妳想用這條人脈？去做什麼？」

清懿沒有瞞著的意思，直接道：「我要在京城開辦的學堂，並非是花架子的女學，興許是開天闢地頭一遭，我得有個依仗。」

面對如此坦誠的求助，阮成恩卻有幾分猶豫，眼底帶著擔憂。「妳前些年那樣難都走過來了，如今卻向我開這個口，是心裡也沒把握？」

清懿垂眸，頓了頓才道：「是，我確實不敢賭，所以才留後路。」

將翠煙她們留下正是這個緣由，即便有萬一，至少希望的火種會在潯陽延續。

阮成恩似乎明白了她平淡語氣中的堅定，嘆了口氣，拍了怕外孫女的頭道：「別怕，去吧小丫頭，老頭雖遠在潯陽，卻能護得住妳。貴人如今是否仍是貴人我也不能篤定，最後能幫得上妳的，才是貴人。」

祖孫敘話忘了時辰，外頭傳來林嬤嬤找人的動靜，想來是清懿消失太久，被老太太發現了。

阮成恩又恢復了老頑童的模樣，笑呵呵擺手。「行了丫頭，快去應付那些小郎君，和妳外祖母說兩句好話，省得她又跟我抱怨，吵我耳朵。」

清懿忍俊不禁。「好。」

第九十章

隆冬已至，在家好好過完年節，等路上的積雪稍化，姊妹倆便計劃回程。二老和全家大小都捨不得，只是離別終有時。

正月十六，阮家的車隊整裝待發，來時浩浩蕩蕩滿載著貨物，歸時也少不到哪裡去，老太太仍不滿意，還想打發人多多添上，被清懿阻止了。「外祖母，我們是回京裡，什麼都不缺，您老只管放心。」

清殊抱著小白沒撒手，愛憐地蹭了蹭小狗的鼻子。「是啊，外婆要真心疼我，就讓我把小白帶走，給小胖做伴。」

老太太立刻哼一聲，敲她腦袋。「壞丫頭，妳不說捨不得老婆子，還惦記著我的狗。這是妳自小養著的，這些年妳們不在身邊，便只有牠陪我，妳還要搶牠走。」

清殊笑呵呵，環著老太太的脖子撒嬌道：「我倒想把您也帶走呢，可您也不願意啊。」

被她這麼插科打諢，離別的愁緒散去不少，在歡聲笑語裡，車隊啟程。直到隊伍的末端轉過街角，清殊一直掛在臉上的笑容才漸漸消失。

方才，老太太雖然極力繃住情緒，可是在她們上馬車時，還是沒忍住哭了，連帶著其他女眷也哭成一團，其中又以被留下的翠煙和茉白哭得最為厲害。

清殊悄悄擦了把臉，摸著橘貓的頭咕噥。「我討厭分別。」

清懿收回掀開車簾的手，溫和地看著妹妹。「難過？」

「嗯。」

「過來。」清懿張開手。

清殊立刻起身抱住姊姊，像小時候那樣。「姊姊不難受嗎？」

清懿目光溫柔，輕拍她的頭。「難過，可我們都有各自需要走的路，就像我給過翠煙和茉白選擇，是和我們回去，還是留在潯陽。」

「她們選擇留下，是因為有比不想離別更重要的事。」

清懿微笑看著她。「對，妳也比妳想像中的堅強。」

如果不是姊姊這番話，清殊也沒有發覺，自己漸漸成長了許多。

雁門關每三個月都有來信。晏徽雲果真信守諾言，寄來了雁門關的月亮。信上的字並不多，有時只是寥寥幾句話問她近況。度過最開始思緒萬千的時候，清殊漸漸找到了最適合這段關係的狀態，也就是適應分別，只是思念偶爾會在不經意的瞬間偷溜出來。

正月底，京城又下了一場極大的雪，積雪深至膝蓋。

早先這樣的時候，她必定要找大家堆雪人打雪仗，如今卻忍不住想，雁門關的雪也下得這樣凶嗎？將士們有沒有足夠保暖的衣物？聽說舊傷在冷天會格外疼，他帶的藥夠嗎？天寒地凍，關外的月亮還皎潔嗎？

一晃眼冬天就過去，直到初春來臨，宮中學堂開課，可清懿還沒有等到信。沒過幾日，就有一件大事發生，奪走京城大多貴女的注意——盛堯離家出走，遠赴北地了。

十六歲的少女不留在府中待嫁，反倒如此叛逆，可謂京城一樁奇談。據說盛家爹娘氣得放話說，不再管這個女兒，也不讓旁人管，大有反目成仇的架勢，可是知道內情的人略琢磨便知不對勁。

事情起因是太子妃想為庶子三皇孫訂親，人選正是盛家女。盛堯當場拒絕幾乎是打太子妃的臉，宮裡早就傳遍了。太子妃和三皇孫丟臉不說，有心人少不得揣測背後是否有盛家的授意。

太子身體一向不好，以後的事情誰都說不準，這樣緊要的當口，盛家絕不能埋下莫須有的禍根。如此，還不如兵行險招，乾脆坐實盛堯混不吝的名聲，這樣既能推了婚事，又能直接斬斷了外界的過度揣測。

清殊心中有猜測，一面又生氣盛堯這傢伙連聲招呼都不打，就跑到那麼遠去。

宮裡到處都在議論，宮外亦然。

曲府，流風院中，曲雁華茶喝半盞，將手上的花枝插回青瓷瓶中，閒聊似的開口。「妳倒鎮定，盛家如此門庭，遇上擺脫不得的婚事，尚且出此下策，何況咱們家？」

清懿繼續修剪花枝，語氣平淡。「姑母有話直說。」

曲雁華覷她一眼，意味不明地笑道：「妳真不懂還是嫌我囉嗦？我可巴巴地提了兩、三次，殊兒的婚事妳要上心，倘或真打定主意是淮安王府，便早早定下，否則盛家的今日就是曲家的明日。不，興許還不如呢。」

清懿敏銳抬眸。「姑母是否打聽到了什麼消息？」

「相反，我近日赴了好幾回宴席，除了家裡有適婚郎君的正經人家向我打聽清殊，不曾有人打歪主意。」曲雁華頓了頓，喝了口茶道：「這反倒不對勁。」

清懿皺眉。「怎麼說？」

「妳們年輕姑娘不知事。」曲雁華頓了頓，勾唇笑道：「我當年未出閣時，才露過幾面，如今的永平王就有納我為妾的心思，他行事還算端正，知道我不願意便作罷。可還有旁的蛇蟲鼠蟻糾纏不休，那時我的情形可不如妳們，單憑著小心謹慎，還是有幾次差點著了道。別看那些王孫公子金玉其外，背地裡多的是齷齪事。」

「惹人覬覦又如何，女子不是物件，生的什麼模樣也不是自己選的。」清懿淡淡道：「姑娘自己不願意，天子腳下，還能強搶不成？憑他什麼來頭，便是聖人也不能不顧攸攸之口。」

「倘若走明面，如盛家女這般，自然是不能的。」曲雁華頓了頓，笑道：「我曉得妳不屑我拿皮囊說事，可妳得承認，沒有權勢依仗的美貌就如小兒持金過鬧市。殊姐兒賽馬那日的情形妳也看見了，如此女子，京中的蛇蟲鼠蟻竟沒出現半個。我擔心的正是會不會有人暗地裡使手段，讓人措手不及。」

清懿皺眉沈思片刻。「有心人大抵知道淮安王府對我們的關照，若是顧忌這一層關係不敢亂來，倒也說得過去。」

「但願吧。」曲雁華不置可否。「我再囉嗦一句，妳雖不想妹妹太早嫁人，可妳到底要想清楚，關照是關照，一日不過明面，就一日不作數。」

日影西斜，清懿的半張臉陷入陰影中。「好，多謝姑母，我會好生想想。」

尚在宮中的清殊還不知姊姊為自己的事情發愁，教完樂綰寫了兩篇大字，照例牽她去散步。

路過宮牆拐角，忽見一個小宮女招手。「姑娘，您的東西掉了。」

清殊定睛一瞧，她手中是一塊羊脂玉兔，她記得那是一次曾誤放在日常衣裳首飾中的珍稀物件，因為越了規制，她便退了回去。

宮女沈默地在前面帶路，清殊抱著疑惑跟著。

不遠處的柳樹下，項連青站在那裡。

「怎麼是妳？鬼鬼祟祟的要和我說什麼？」清殊帶著樂綰走近，狐疑道。

這裡有一座假山遮擋，頗為隱蔽，只是以項連青如今的身分，周邊一個隨從也沒有倒頗為古怪。

「曲清殊，現在有人監視著我，時間有限，我長話短說。」項連青快速道：「雁門關遇襲，速去淮安王府報信。」

清殊腦子頓時嗡嗚。「雁門關？妳的意思是，北燕起事了？」

「具體情形我不知，只是雁門關的消息被封鎖了許久，守將下落不明……」項連青神情複雜。

「和晏徽霖有關？」清殊冷靜下來，突然問道。

小宮女突然發出咳嗽聲，項連青立刻轉身，從假山另一頭離開，臨走前壓低聲音道：「來不及了，明日還是這裡，我還有事和妳說。」

沒時間分析她話裡的全部消息，清殊拉著樂綰匆匆離開。

次日一早，清殊又去了昨日和項連青見面的地方，為了避免耽擱時間，她先讓汐薇把消息傳出宮去。

風和日麗的天氣，她卻無心欣賞，焦躁不堪。直到日頭越升越高，項連青仍未出現，就在清殊準備放棄時，那個小宮女出現了。

「姑娘。」她聲音極輕，探出半個頭瞧著清殊。

「妳終於來了，項連青呢？」清殊追問。

小宮女臉色古怪，忽然緩緩從假山後走出來，有人跟在她身側，高大的影子幾乎把人罩住，細看就會發現，小宮女的身子在發抖。

「妳是問我的夫人？」晏徽霖猶如閒庭信步，唇邊帶著笑，緩緩走來。

前不久，清殊剛參加完項連青和晏徽霖的婚禮，本以為這傢伙不敢對自己動賊心，卻不料當真是狗膽包天。

清殊目光僵住，暗中深呼吸冷靜下來，一面悄悄用餘光找出路。

「她騙我？」

晏徽霖似笑非笑。「嗯，她沒騙妳，還好我發現得及時，不然還真是打草驚蛇。也要謝謝我夫人，擇日不如撞日，今日瞧著正是抱得美人歸的好日子。」

「殿下什麼意思？」

「曲姑娘如此聰明，怎麼會不明白呢？」晏徽霖突然朝後擺手，幾個魁梧的侍從出現。

「別費心拖時間，滿宮忙碌，都在準備皇后娘娘的千秋誕辰，恰好姑娘告假，誰能知道妳在哪兒？」

看著朝自己走來的侍從，清殊的心沈到谷底，臉上反而露出一抹笑。「罷了，我自知討不了好，跟你們走就是了。」

同一時刻，淮安王妃和樂綾郡主親自將曲元德與清懿送出淮安王府。

「本該是我們拜訪你們才對，只是府上老的、小的都不在，只有我這個做母親的去，倒顯得怠慢。」淮安王妃笑意盈盈。「後日是皇后娘娘的千秋宴，倘或能向她老人家討個賜婚，就再合適不過了。」

「由王妃您決定便是。」曲元德笑道：「只是我家殊兒眼看要定下親事，再留在宮中做伴讀就不大合適，還得煩勞王妃開尊口，討她出宮。屆時，等娘娘千秋宴，就讓她正經出來。」

「有什麼難？我早便有這個打算！」王妃連忙答應。

回到曲府，在外演完家主的曲元德破天荒地問了一句。「殊兒自己的婚事，妳不問問她？」

清懿沈默片刻。「他們是兩情相悅，況且現下只是訂婚，世子少說還得在外兩、三年。如今最要緊的是讓椒椒出宮，她在裡面我不放心。」

「妳可想好了，和淮安王府沾邊，就是和黨爭沾邊。若站在風口浪尖，興許會有旁人發現商道的端倪；再者，當今聖人是個眼裡容不下沙子的，他若生了疑心，我們便有殺身之禍，連帶妳那些工坊和學堂都要遭殃。」

室內突然安靜，彼此默默不語。

不知過了多久，清懿才道：「商道和工坊、學堂，從來不是一碼事，現下正是要劃清界線的時刻。」

曲元德皺眉。「妳是什麼意思？」

「父親還是少知道為好。」

入夜，清懿準備好明日送進宮的信件，剛睡下，外頭突然傳來呼喊，小廝心急火燎。

「不好了！宮裡傳來消息，四姑娘失蹤了！」

清懿倏地起身。「說清楚，怎麼回事！」

小廝氣喘如牛。「宮裡傳信來，姑娘早起告了假，一整日都沒出現，原以為回了家，查起來卻沒有出宮的紀錄。」

「告知內廷了嗎？派人找了嗎？湖邊，林子裡，這些地方找了嗎？」

小廝忙道：「姑娘且安心，內廷宮人打撈了半日，沒有不好的消息。只是內務府的嬤嬤搜查姑娘的寢殿，發現了她與男子的通信，嬤嬤上報到皇后娘娘處，只打發人傳咱們家明日進宮，那太監連門都沒進，說完話便走了。」

「男子的通信？」清懿第一反應是晏徽雲，仔細琢磨卻有異樣。「若是世子的便罷了，若是旁人的……」

彩袖快要急瘋了。「那這就是個局！」

清懿用力地閉上眼，壓下胸中的慨憤。

「姑娘，現在怎麼辦？我們乾等到天亮進宮嗎？」

「內廷宮婢訓練有素，況且有索布德在，不可能不盡心，唯一的可能是，椒椒不在宮裡了。」

清懿沈吟片刻，俐落道：「彩袖，妳現在安排三撥人，一撥去淮安王府報信，一撥去工坊告知碧兒，讓她在外城尋人；第三撥帶著我的信物去城郊農莊找塔吉古麗，就說我現在需要他們的幫助。」

她從櫃子裡拿出一本泛黃的書冊，這是數年前的那個冬天，塔吉古麗親自送到她手上的——記載著袁兆在京中所有可利用的勢力與資源，這幾年無論再難，清懿也沒想過翻開它。

只是這一次不同。她輕輕閉上眼，按住狂跳不止的心臟。

上窮碧落下黃泉，她一定要找到清殊。

掀開遮住眼睛的黑布，清殊發現她被運送到一處陌生的宅院。
院子不大，四、五間小廂房圍成一個院落，唯一的出口被守衛堵住，幾個掃灑婆子低著頭忙碌，好似沒看見清殊這個大活人。清殊試圖搭話，卻被婆子突然的動作嚇到——她張開嘴，目光沈沈地盯著清殊，而口腔黑洞洞的……儼然是被拔了舌。
晏徽霖沒有親自跟來，只派了那幾個大漢運送清殊，他們把人放下往廂房帶，便將院門鎖住，自顧自地去外院喝酒。
清殊默默觀察四周，試圖尋找可以確定方位的標誌，可惜一無所獲，只從天色判斷她被綁上車至今路程約莫有四個時辰，許是離開了京城。
婆子從廚下端來食盒，將菜飯擺在清殊面前，示意她吃。
「阿婆，其他幾間房都沒有人嗎？」
清殊被安置在最裡面的一間，看守最為嚴密。
婆子打量她一眼，搖了搖頭，拎著食盒轉身出去。這時斜對面的廂房突然亮起燭光，對面居然還有人住，難道這裡不只囚禁她一個人？
婆子去對面送完飯，不多時便出來，緊接著，一個女子跟在她身後，她的目光似有所覺，精準地看向窗邊的清殊。
「是妳！」清殊微訝。

女子臉龐微圓，頰邊酒窩即便不笑也十分明顯，這個特徵使清殊瞬間便喚醒了回憶。多年前，項府曲水流觴宴中，在清殊姊妹倆被刁難時她曾仗義執言；盛家賞梅宴，獨她不理會項連伊的巧言令色。這是那個圓臉姑娘！姑娘面容大抵和從前一樣，眼底卻似一潭死水，全然沒有當年那般的蓬勃朝氣。

「院子周邊都是守衛，不只門口那幾個，別費心逃出去，否則平白受皮肉之苦。」

清殊擰眉。「姊姊可還記得我？妳怎會在此地？妳也是被他強行帶來這裡的嗎？」如果沒記錯，圓臉姑娘出身尚可，父親任南境九城巡撫，是項丞相手底下很得重用的黨羽。作為秦部堂的女兒怎會淪落至此？

秦蔚然扯開一絲笑。「我記得妳，曲家妹妹。我的事不提也罷，總之我已經認命，現在勸妳也認了。晏徽霖雖披著人皮，行事卻與畜生無異。他最喜歡啃硬骨頭，越是高傲，他就越要打碎妳的骨頭；越是不屈，他便越要妳屈服。如今見妳新鮮，還願意縱妳脾氣，往後膩了，自有吃不盡的苦頭，倒不如一開始便順從些，也好少受罪，別像我……」

「妳現在是……算他的外室？」清殊輕聲問：「為什麼呢？妳父親是堂堂九城巡撫，看在妳父親的面子上，他怎敢如此待妳？既有了妳，又為何不正經相待，反而娶了項連青？」

秦蔚然突然閉眼，仰著頭看了許久的天空才開口道：「就像今日擄走妳一般，晏徽霖看上我，自有百種辦法強占我。他並非魯莽，而是知道我們這些女兒在父親心中如草芥，是權衡利弊之後一定會被放棄的那一個，所以才敢下手。心比天高，性如烈火，他最愛折辱這樣的人。」

清殊望著她麻木而冷然的眼神，忽然就明白，傲骨不是一天折斷的。

秦蔚然出神地看著月亮。「如果不是妳出現在這裡，我都忘了自己還活著。」

她什麼時候認命的？也許是知道父母的選擇後。與晏徽霖和項黨撕破臉，強行討回公道，女兒的清白也回不來，日後連嫁人都難。在這個世道下，失貞就是女人最大的污點。若毫無聲息地掀開這一頁，假裝聽不見她的痛苦和掙扎，安慰她跟了晏徽霖日後或可共享榮華，以此維持秦家的體面與權勢。

於是，那道院門又加上了一道無形的鎖，鎖住她的後半生。

自此，她再也沒有逃過。

清殊怔怔地看著她離開的背影，只覺一陣無名的憤怒衝撞著她的五臟六腑。

世間的王法、公道和正義，竟連一個女子都保護不了！

第九十一章

晏徽霖是後半夜來的，門外傳來些許動靜，清殊便猛然驚醒。

「還沒睡？難不成是等我？」晏徽霖慢條斯理地淨手，眼底是不加掩飾的戲謔。

清殊定定看著他，忽而冷笑，坦然走上前道：「是等你，等你給我個說法。先前我看霖二爺高低算個君子，行事比你那妹妹要強上許多，如今瞧著卻是一丘之貉。」

晏徽霖將擦手的帕子扔開，笑道：「妳儘管說，惹怒我可沒什麼好處。」

「是嗎？那我還真想試試。」清殊絲毫不畏懼，直直地盯著他。「敢問殿下，究竟是真對我有意，還是因為晏徽雲中意我，所以你要搶過來？」

晏徽霖笑容僵住片刻，眼底洩漏一絲狠戾，很快又恢復原狀。「若我說二者都有呢？」

「那我越發瞧不上你。」清殊不屑地冷哼。「晏徽雲雖也不是多麼像樣的人，可他出手大方，金銀珠寶整箱整箱地往我家送，許我的是世子正妻之位；而殿下你，口口聲聲說喜歡我，另娶他人為妻便罷了，屋裡還養個小的，擄我來的手段不光明，住的地方也寒酸，你說說，哪樣比得過人家？」

姑娘伶牙俐齒，連諷刺的表情都帶著俏，晏徽霖看著近在咫尺的臉，剛伸手卻被她躲開。

「在做到這幾點之前，別碰我。你要和晏徽雲比，好歹要有拿得出手的，要不我憑什麼跟你？你要是打著霸王硬上弓的主意，那以後你都睜著眼睡覺，否則我遲早要弄死你。」

晏徽霖被這樣劈頭蓋臉地威脅，不怒反笑，欺身上前道：「說話這麼硬氣，是不是還想著晏徽雲回來給妳撐腰？以為我不敢動妳？那我告訴妳，他興許已經死了好些日子了，妳再好生想想，要不要跟我？」

他的目光猶如鷹隼，笑意裡隱藏著探究，似乎在判斷她的真實性情。

聽到晏徽雲死亡的消息，清殊瞳孔短暫地收縮，旋即立刻隱藏在黑暗裡，轉而挑眉笑道：「沒有晏徽雲，還有晏徽容，再不濟也有許多王孫公子排著隊等我，倒是殿下要好生想想，我這樣的人，可不是你隨意採摘的路邊野花。想要我跟著你，就先把姓項的休了，再把隔壁那個小的趕出去，我眼裡可容不得沙子。」

晏徽霖仰頭大笑。「好，好！當真是個潑辣的性子，可誰叫我就喜歡妳這樣呢。來人，吩咐下去，找人重新布置曲姑娘的屋子，衣裳首飾都挑最好的來。」

「還有你這破屋子太小了，我要去院子裡逛，找幾個俊俏丫鬟來伺候我，拔舌的婆子看著都可怖。」

「好，都依妳。」

院子很小，這邊的動靜很快便傳出去。次日一早，秦蔚然竟主動等在清殊門口，開門見山道：「別真信他，項家是他最大的助力，他不可能為妳休妻。妳的緩兵之計在他眼裡不過是貓抓耗子的遊戲，樂意哄妳，裝作上當罷了！」

清殊淡淡道：「我知道他是逢場作戲，他是傲慢，因為用這樣的方法成功過無數遍，便覺得這次也一樣，所以不怕陪我玩。可我要的就是拖延時間，一刻鍾也罷，一個時辰也好，能拖多久是多久，我得想辦法逃出去。」

「逃出去又能怎樣？只要他放出風聲毀妳清譽，最後妳也得乖乖回來。」

清殊沈默片刻，忽然抬眸。「什麼是清譽？是所謂女子的貞潔嗎？不瞞妳說，這次就算他不放出風聲，我也會主動去告他！我要全天下人都知道他的齷齪！」

秦蔚然被震住。「妳瘋了？妳的婚事怎麼辦？妳還要不要嫁人?!」

清殊看著她許久，目光軟了下來，輕輕嘆了一口氣。「蔚然姊姊，被侮辱、被強迫不是女人的錯，為了莫須有的清白，我們要含恨隱忍，甚至為作惡者辯護，這樣的清白不是清白，是枷鎖。

「我早就做好了最壞的打算，倘若我哪天真的失去所謂的貞潔，我也會好好活著。只要有一口氣在，只要能踏出這裡一步，我都會堂堂正正地為自己討一個公道。」清殊聲音漸漸沈靜。「世人用貞節牌坊捆住女子，可如此的道理，就一定是對的嗎？我有一口氣在，就要發一次聲，即便微弱如螢火，可我知道一定有人懂。

「蔚然姊姊，從前我見妳是性情耿介，胸中有意氣的女子。或許妳聽過太多要為大局著想，為名聲體面考量的話；可有沒有人告訴妳，妳不是一塊活牌坊，妳要為自己活？」清姝輕聲道：「如今只是妳遇見的一道坎，只要妳願意，妳可以爬起來，往前走。」

「可是……」秦蔚然許久不曾流淚，可現下卻突然淚流滿面。「世人言語如刀……」

女子生於此世，風刀霜劍嚴相逼。

清姝頓了很久，為她遞上一條手帕。「那就讓刀劍先砍在我身上。」

許是覺得兩個弱女子怎麼也掀不起風浪，晏徽霖當真順了清姝的意思，撤走了啞巴婆子，轉手招來幾個面嫩的丫鬟，賭博吃酒的守衛也被勒令不許進入院內。

清姝看在眼裡並未掉以輕心，這裡不知是哪個地界，杳無人煙，連吃食都是每隔幾日從外面運來，馬匹、車輛等物都在院外，清姝接觸不到。

倘若說晏徽霖的目的是囚禁她，那為何不繼續趕路，走得越遠越好？她畢竟是朝廷命官的女兒，按照這個距離，若護城司地毯式搜索，必定會找到她。

除非，晏徽霖另有所圖，可他圖的是什麼呢？

清姝在院子裡踱步，新來的丫鬟小心翼翼地上前。

「姑娘，請用茶。」

「放那兒吧。」清殊漫不經心。

丫鬟又重複。「姑娘，如今天冷，趁熱喝吧。」

清殊頓了頓，側眸望去，只見是一個頗為眼熟的人。

思索片刻，她用口形道：「青蘿？」

是那個被項連伊迫害，扔到亂葬崗，後被盯梢的趙鴛救下的丫頭。轉瞬間，清殊便明白，是姊姊找到她了。可院中情形不明，她只能派一個不曾出現在眾人面前的丫頭進來探探底。

丫鬟恍若未聞，一面擱置茶盞，一面用氣音道：「今夜援兵至，要是場子亂起來，姑娘以保重自身為先。」

清殊不動聲色點頭。

一整個白日，清殊都在安靜地思索。

明日就是皇后千秋宴，如此敏感的時刻，晏徽霖會不會是想趁此機會讓此事蓋棺定論，納她為妾，屆時，即便晏徽雲九死一生回京，也再無迴旋的餘地。倘若姊姊今夜起事，必定正面撞上過來的晏徽霖，他並不是個徹頭徹尾的草包，不是那麼好對付的。

思忖至此，清殊眼神漸冷。她不能束手就擒。

才剛入夜，深山裡便響起不知名鳥類的鳴叫。

新來的丫鬟見主子們各自回了房，便湊做堆閒聊，好半晌，年長些的忽然道：「灶上可燉著東西？是不是糊了？」

「廚下都整理乾淨了，不曾再煮東西。」

「興許是姊姊鼻子有毛病。」

眾人仍嘻嘻哈哈地小聲調笑，她們都是年輕姑娘，又不知這是何地，只當是個銀子多事少的肥差。

又過了片刻，那股嗆人的煙味越來越濃，直到天邊隱隱泛紅，才有人驚道：「是走水了！」

著火的地方就在不遠處，火勢駭人，丫鬟們頓時炸開了鍋，門外守衛突然推門進來。

「吵什麼？再吵就一刀抹了妳脖子！去！到屋裡看著兩個主子，爺馬上就到！」

畏懼利刃，丫鬟們畏畏縮縮，只好退到廊下，挨個兒去敲姑娘的房門。

此時，又有人喊道：「不好了！火燒到我們廚房了！」

濃煙滾滾，大火順著風向席捲而來，本就脆弱的小院半邊都陷在火海中，丫鬟們顧不得守衛的威脅，四散逃命。守衛立時便將奔逃的一個丫鬟一刀捅了，鮮血滿地。

眼看火勢襲來，他卻鐵了心要去屋內看人，才推門，卻見裡面空空如也，哪裡有人？

山林窄路上，一匹棗紅快馬急奔，夜晚的寒風如刀割，吹得清殊睜不開眼，可她不敢停，不敢休息。她身後隱隱有火光乍現，震耳的馬蹄聲緊緊跟隨，是那群守衛窮追不捨。

清殊不知道這是哪裡，她只能一刻不停地往前跑。

「一會兒要是真被追上了，妳就將我扔下去，好歹拖延片刻。」秦蔚然聲音冷靜。

清殊迎著風喊道：「這個速度掉下去，不死也殘！妳趁早斷了這種念頭，別做無謂的犧牲，我不會感謝妳！不到最後一刻，都不能放棄活著！」

話雖如此，可那座騎到底只是一匹平庸的馬，如此急速奔跑到現在，路過一片林子，一不小心便被絆倒，連帶著馬背上的人都滾落下來，所幸摔倒在一片細軟的草地上，沒有大礙。

只耽擱這麼些時候，身後的馬蹄聲越發靠近。

清殊扶起秦蔚然，一瘸一拐地往前跑。

「姑娘，爺下了死令，不傷妳二人性命，可真到了不得已的時候，讓妳受點小傷，可別怪哥幾個！」後面傳來守衛們的嬉笑。

「爺向來大方，說不定哪天咱們也能嚐嚐貴女的滋味。」

很快，數十名守衛從四周包圍而來，領頭的漢子伸手抓清殊，一道寒芒襲來，鋒利的挽月刃直直刺入他的下腹，鮮血迸濺。

「啊啊啊！」漢子倒地哀哀痛叫。

清姝緩緩道：「嘴裡不乾不淨，和你主子倒真是一路人。」

其餘守衛見狀，怒不可遏，正要衝上前，卻被突如其來的箭雨擋住去路，有幾枝正中胸膛，頃刻之間奪人性命。

清姝驚訝回頭，只見十來個弓箭手身形如鬼魅，不知何時悄然而至，整齊劃一地放箭。另有一隊人馬繞行至守衛身後，短短數息間，便收割生命於無形。

清姝被這陡然翻轉的形勢驚呆了，她從不曾知道，姊姊還擁有如此厲害的殺器！

直到熟悉的聲音傳來。「椒椒！」

不遠處，向來從容優雅的曲大姑娘一身風塵僕僕，眼底的疲憊在見到妹妹的這一刻才終於散去。

「姊姊！」清姝飛奔上前，不顧腳下的疼痛。

次日一早，因有淮安王府相邀，曲家姊妹前往宮中赴皇后千秋宴。

白日是宮中安排的戲曲雜耍等表演，直到晚間，大宴才正式開始。席間俱是裝扮隆重的賓客，姊妹二人因是白身且未出閣，被安排在末端，卻並未有絲毫異色，端的穩重淡然。

與之相對的是遙隔長階的晏徽霖，臉色陰沈。

側妃王氏注意到兒子的神情，低聲道：「收斂些，不過一個姑娘罷了，跑了就跑了。今兒是你皇祖母壽宴，拉著臉還以為你不樂意出席呢。」

晏徽霖不應聲，片刻才冷笑。「母妃說得對，一個女人罷了，能翻出什麼風浪。」

他一貫是帶著玩弄和不屑的心態去看待女人的，可卻又矛盾地喜歡獵物帶著不曾馴化的烈性，在他手中拚死掙扎，直到喪失生氣，再轉而找尋下一個。可惜他生來貴胄，鮮少有人能反咬他一口，甚至光明正大地與他相抗。

他承認，在看見末端席位的姑娘神色自若地出現時，心中有些許詫異和事情脫離掌控的危機感，轉念一想，又覺可笑。

女人而已。

他在心中重複，閉上眼，方才的酒勁上頭，他就這麼閒散地喝著酒。皇后好像在召見大臣家的女兒們，嘰嘰喳喳，頗為無趣，他不用睜眼就知道那群姑娘是如何故作姿態。

倏然，他聽見一道熟悉的聲音響起，清脆響亮。「臣女曲清殊，恭祝皇后娘娘千秋永盛，鳳體康健。除此之外，還有一事，臣女冒昧，要在今日的千秋宴上求皇后娘娘作主。」

「何事？」皇后和藹道。

晏徽霖倏然睜眼。

「臣女要狀告二皇孫晏徽霖，品行不端，德行有虧。」

在眾人措手不及的時刻，清殊一字一句地將晏徽霖所犯之罪道來，沒有絲毫修飾遮掩。

側妃王氏先反應過來，怒道：「下賤的小蹄子，當著這麼多人的面說這種話，當真以為人人都瞧得上妳？莫不是借著下作手段攀高枝不成，反受人指使潑髒水吧？妳口口聲聲說他凌辱妳，妳可有證據？倒是妳寫與他的情信，字字句句都能看得出妳的賊心！」

清殊絲毫不畏懼，抬頭反駁道：「書信並非我所寫，這是晏徽霖事先設下的局。既然你我都沒有證據，那正好讓皇后娘娘作主，將此事查個透澈！」

她直直看向皇后，眼神冷靜。

王氏尚在辯駁，用詞越發難以入耳。在場大多數人還沒反應過來這是怎麼回事，只知道一個具有衝擊力的事實——一個女子當庭狀告皇孫強姦未遂。

不少婦人低聲道：「這孩子，如此一來，便是有清白也毀了啊！」

第九十二章

眾多嘈雜聲中，皇后沈吟著，片刻後帶著探究道：「她有一點說得過去，妳狀告皇孫，可證據呢？」

清殊陡然輕笑一聲，緩緩道：「我沒有證據。」

王氏立刻出言嘲弄。

她卻恍若未聞，繼續道：「不只我沒有證據，皇后娘娘大可去問問天下所有受到如此侵害的女子，哪個有證據？娘娘要的證據，是扒開女人的衣服找，還是一遍一遍去問那些女人受害的過程？今時今日，我只是陳述發生過的事實，尚且有人罵我不知廉恥，潑人髒水。他所有的齷齪心思，我敢說，他們敢聽嗎？

「娘娘，《列女傳》、《賢媛集》都教會女子清譽貴重，我並非想以弱者的姿態要脅娘娘處置罪魁。今日在此大宴中攪擾娘娘雅興，是臣女之罪；可今日之後，臣女清譽掃地，名聲狼藉，算得上我付出的代價。」清殊道：「我以此代價，只想懇請娘娘徹查此事。」

皇后垂眸，不知在思索什麼。

大殿中，清懿跪拜道：「臣女曲清懿，懇請娘娘徹查。」

右側席位，淮安王府坐席中，紅衣郡主越眾而出，朗聲道：「兒臣樂綾，懇請皇祖母徹查！」

下首一位姑娘掙脫母親的手。「臣女許馥春，懇請娘娘徹查！」

一連十數個姑娘當庭請命，都是清殊的親人、摯友、夥伴……清殊愣住，心中酸澀。

皇后嘆了口氣，望向清殊道：「妳沒有證據，即便徹查，也難以追究真相。如此，妳還是要一意孤行嗎？」

清殊抬眸回視，尚未回答，卻聽見身後有人道：「我有證據。」

「然兒！回來！」秦夫人阻止。

「臣女秦蔚然，狀告皇孫晏徽霖犯欺凌婦女之罪，他設局迫害臣女之始末，皆陳於此信。」秦蔚然雙手舉過頭頂，呈上一封書信。

「這就是證據？」皇后皺眉。

秦蔚然緩緩抬頭，手摸向小腹。「臣女已有四個月的身孕。」

眾人譁然。秦夫人捂臉大哭，王氏破口大罵賤人。

秦部堂之女委身為妾的事情極為隱秘，而今日卻以如此慘烈的方式揭開。如果是空口白牙，倒還有辯駁的餘地，可當今時代，沒有哪個女子會以懷孕為藉口，只為陷害旁人，牽連旁人。她幾乎是搭上了後半輩子的人生，去求一個結果。

這足以成為一記鐵錘，讓皇后不得不查，而這也就夠了……

徹查的結果是，晏徽霖處以鞭刑，另遷出東宮，遣送西南思過。

清姝忽然想起送別秦蔚然的那天，對方問：「重拿輕放，這樣的結果我們早該想到。我們用後半生流言纏身的代價才換來一個這樣的結局，妳會後悔嗎？」

彼時，清姝搖頭道：「我不會。從一開始我便知道不會有什麼結果，可我要的，也不是旁人給的結果，哪怕那是皇后娘娘。

「他們作為天潢貴胄，自視甚高，似乎天生我們便要向他低頭。可我憑什麼低頭？即便我今日不是官家女，只是一個平頭百姓，可我也還有一條命在。」清姝道：「妳也瞧見了，我這個人，是有些寧為玉碎，不為瓦全的性子。這興許不是好事，可若是將來妳覺得人生太難熬，便想想我這渾不吝的話，君不見，捨得一身剮，敢把皇帝拉下馬，心裡頂著一口氣在，日子再難也就不難了。」

秦蔚然看了她許久，突然笑了一聲，像是吐出了積年的鬱結之氣，只覺渾身輕盈。

「妳說得對！那晏徽霖怎麼也沒想到，兩隻兔子當真敢咬人，還真的撕下了一塊肉！」

秦蔚然笑著上車，擺擺手道：「別送了！今日一別，我自有瀟灑日子！」

馬車漸行漸遠。

「再會！珍重！」清姝喊道。

秦蔚然肚子裡的孩子究竟有沒有留，日後又過著怎樣的生活，旁人不得而知。可清姝看得出來，從前那個一身正氣，性子爽朗的圓臉姑娘又回來了。

另一邊，被兔子報復的晏徽霖連遭厄運。先是被貶西南，後又傳來北地商道受阻，貨物不暢、資金斷裂的消息，樁樁件件，彷彿都看準了時機發生。

再一次收到京中的消息，晏徽霖挑眉，細問報信之人。「你是說，除了咱們之外，還有另一條商道，也在做同樣的買賣？」

他忽然想起守衛曾說有一隊身手不凡的暗衛營救曲清姝。如果沒有記錯，參與商道經營的曲雁華，是曲家女的姑母……種種線索，單看滿是疑竇，串聯在一起，或許是個極有趣的真相。

晏徽霖摩挲著玉核桃，指尖敲擊桌面。「來人，替我擬一封書信寄給皇祖父。」

「殿下為何此時寄信？」

晏徽霖輕笑。「她們借皇祖母的手對付我，那我就借皇祖父的手，來報復回去罷了。」

「彩袖姊姊，按照姑娘的吩咐，我把帳簿都帶來了。這是去歲商道的收支明細，這是工坊的，這是學堂的，都各自分理妥當。」

流風院，碧兒打發人將幾個實木箱子搬進來，一面道：「如今也不是年底，姑娘怎麼想著要理帳了？」

翠煙和茉白去了潯陽開闢新工坊，現下是彩袖幫著料理雜事，聞言便道：「也是趁著紅菱回來的當口，索性將帳目一同料理了，這些年，我手底下也教了好些識字的丫頭，帶她們練練手也是好的。」說著便喚來玫玫和幾個機靈丫頭，一齊抱著算盤往裡去，不多時，清脆的算盤聲響成一片。

碧兒回到正廳，其他人都到齊了。不大的屋子坐滿了人，細看還有好些眼生的。

經營鳳菱莊的紅菱如今也算北地叫得出名頭的商人，帶了手底下的幾個得力管事；趙鴛這些年獨當一面，培養了以二丫為首的四個小管事，分別管理各類行當，幫襯著玉鼎樓和女子工坊的事宜；裴萱卓與清蘭坐在一塊兒，身邊跟著學堂的兩個學生，成瑛與巧鳳。

屋子裡燃著月沉香，小爐上燒著熱茶，炭火嗶剝聲裡，清懿笑道：「今日叫諸位姊妹來，是想說件要緊的事。」

碧兒隨手搬來馬札坐下，身旁的紅菱應道：「姑娘儘管說便是，尋常等姑娘一句吩咐尚且等不著呢，如今倒勞姑娘興師動眾的。」

「叫人來自是有大事，妳這張嘴，好聽的都要被妳說不好了。」碧兒笑罵，給她塞了一片瓜堵住嘴。

除了幾個新來的，眾女都相熟，年節裡常聚，話裡話外俱是熟稔。

裴萱卓來得晚，並沒有參加過眾人的集會，思索道：「曲姑娘若是商討生意上的事，我不參與也罷。」

「不，這件事和學堂也有關。」清懿頓了頓，道：「我決定將鹽鐵商道剝離，從此學堂的開支與商道撇清關係；除此之外，還要請紅菱和碧兒二位將鹽鐵權杖重新交回與我。」

聞言，屋內笑聲俱寂，針落可聞。

紅菱愣住，突然跪下重重磕頭。「姑娘！紅菱從無異心！我曾起誓，如若背叛姑娘，不得好死！」

碧兒臉色蒼白，一同跪了下去，仰頭看她。「姑娘……是我哪裡做得不好嗎？」

清懿忙攙扶起二位。「並非是妳們的原因，這也是我為何要大費周章召集各位當眾宣布，就是怕妳們誤會。這些年，仰仗各位姊妹，咱們的生意能做得這麼紅火。妳們的帳目我心裡都有數，其實妳們自己也能看得出來，過了最難的那幾年，織錦堂、工坊、玉鼎樓，還有紅菱在北地涉及各行各業的買賣早就能自給自足。假以時日，女子工坊的盈利未嘗不能與鹽鐵商道比肩。」清懿道：「所以，是時候把這個燙手的山芋拋出去了。」

紅菱靠著鹽鐵起家，一手開拓北地商路，心中不忍。「姑娘，自古商人只嫌錢不夠多的，您怎麼還怕錢多燙手呢？那麼難都過來了，如今日子好過，更要把鹽鐵做好才是。」

碧兒最懂紅菱的心思，鹽鐵商道代表的不是金銀，只有接觸過的人才知道，那是滔天的特權。君王管制鹽鐵不是沒有緣由，因為一旦被有心人掌握，便意味著擁有顛覆王朝的權力。眼界決定選擇，如今的紅菱和碧兒早就不是後宅的小丫鬟，她們經營得已從鹽鐵商道這條縫隙中窺探到王朝運轉的格局，權力是比金錢更加迷人的東西。

可她看著清懿沈靜的眉眼，最終什麼也沒說，從腰間取下白玉腰牌遞上。「姑娘。」見狀，紅菱輕嘆口氣，取下權杖，摩挲了片刻才送上。兩塊權杖，起初交到她們手上時，誰也不知道命運就此轉動，而這一次交還，又不知會轉向何方。

「我知道妳們心裡不好受。」清懿道：「我們從鹽鐵起家，積攢財富，才有能力辦工坊、辦女學，得已招攬眾多姊妹一齊加入，幫扶天下更多女子。窮則獨善其身，達則兼濟天下。我自認沒有兼濟天下的偉業，而供養京城數萬婦女、孩童，讓她們能挺直腰桿過活的一直是妳們。如今，不靠刀尖上的那條路，妳們也能走出更好的未來。」

富貴迷人眼，眾女忽然驚醒，其實她們的目標早就有了雛形和方向，如果不是有一個清醒的掌舵人，也許這艘大船會偏離航向。

紅菱和身後的小管事起身，頷首：「姑娘，我明白了。」

安排完各項事宜，眾女陸續離開。

只剩裴萱卓沒有走，她看向清懿道：「姑娘隻字未提如何全身而退，可是想好了法子？」

清懿撥開燃盡的香灰，又點上新的香，笑道：「沾上鹽鐵，就沒有脫身一說。」

裴萱卓眉頭緊鎖。「姑娘是不是早就預料到了什麼？若是前路風雨飄搖，妳該告訴大家，一起承擔總比一人要好。」

窗外突然雨絲輕揚，清懿伸出手，雨滴砸落在掌心，泛起冰涼。

「工坊井然有序，妳們有傍身的依仗，椒椒有淮安王府庇護，有了屋簷遮擋，風雨淋不到妳們。」清懿輕笑，看向院中的牡荊花。「原先咱倆打交道，妳說我唯利是圖，這話實則沒錯。現下妳也該這麼想，我選的路，永遠都是利益為上。」

裴萱卓告訴自己應該相信她這番話，畢竟眼前的女子確實是個通透的人，從不愚昧犧牲。

「這次春闈，妳兄長必定高中，我還未恭賀他呢。過幾天想必宮裡就要為他們辦瓊林宴，我準備了幾樣東西送他，妳幫我帶去吧。」清懿笑道。

裴萱卓順著她的話頭略過方才的話題。「好。姑娘若是決心和我兄長訂親，不如早日擇定日子，我們好準備。」

清懿垂眸，沈默片刻才道：「不急，再等等。」

裴萱卓深深地看了她一眼。「姑娘在等……風雨何時來？」

清懿抬頭望天。「也許吧。」

臨近夏日的天，說變就變，滂沱大雨傾盆而下，打得芭蕉抬不起頭。

聖人突然下詔，傳曲元德、曲思行父子進宮。傳令官來得急，冒著風急雨驟，語氣冷肅。

曲元德似乎早有預料，不急不緩道：「請公公容在下正衣冠再面聖。」

他換上大紅色官服，病容被豔色襯得越發贏弱，脊背卻似雲鶴，筆直挺拔。路過青石路，旁邊遞上一把傘，上面繪著翠竹。

曲元德停住腳步，平靜道：「變天了。」

「早晚都要有這一天，臥在君王側，焉有不被疑心的時候。」

曲元德看向清懿。「我只能為妳拖延幾日時間，妳要想好說辭。」

「你要脫罪，該怎麼說，就怎麼說。」清懿道：「不是為你，是為了保住哥哥。他什麼都不知道，該我擔著的，我就擔著。」

曲元德沒有答話，也沒有接那把傘，逕自走向雨中。

六月初六，聖人召曲家父子入宮，此後曲家父子再沒有回家，朝野議論紛紛，不知緣故。

六月十一，新科前三甲的狀元、榜眼、探花打馬遊長街，吸引了全京城百姓的注意。恰逢聖人宣旨大辦瓊林宴，達官貴人不再操心旁的，只為宴席做準備。

用樂綾郡主當藉口，打發清殊去了淮安王府；又給碧兒、清蘭幾個各自派了事，如今流風院只剩清懿在。

彩袖替她裝扮好，猶豫很久才道：「姑娘，您要去瓊林宴，為何要瞞著四姐兒？」

清懿看向鏡子裡的自己，淡淡道：「只是尋常的宮宴。」

馬車早已備好，就在院外候著，清懿一身素淨，直到踏上馬車的那一刻仍是雲淡風輕，好像當真只是赴一次尋常的宮宴。流風院從未如此冷清，連玫玫都被打發去外頭莊子，如今只剩幾個婆子掃灑。

「彩袖，車走後，明兒一早妳就去淮安王府找椒椒，就說我擔心沒人看著她，怕她闖禍。」清懿的聲音從車簾裡傳來。

彩袖一向是清殊的人，可自翠煙留在潯陽後，就是綠嬈跟著清殊，她轉而伺候清懿。

她向來心直口快，有時總是害怕這個心思縝密的大姑娘，但是這會兒卻沒來由地眼酸，她撲通一聲跪在地上。「那姑娘您呢？我走了誰照顧您？」

清懿放下簾子，似乎嘆了一口氣。

昏暗天色裡，馬車漸漸行遠。

瓊林夜宴，曾聞名於袁郎驚世畫作，其中描繪的宮宴場景，若真切穿梭其中，撲面而來的奢靡富貴不足以用畫筆描摹萬一滋味。

清懿在宮人的引領下，一步一步走向那燈火通明之處。

前世，她也曾赴宴。清懿知道今夜的主角，是新科進士。她曾見過宴席上精美絕倫的舞娘，也見過王孫公子們鬥詩鬥畫；那一夜，她遇到袁兆，曾出言譏諷對方的畫作，那是緣分和命運的開端。

重來一世，她再次赴這場宴會，長廊的拐角，遇見的不是袁兆，而是新科探花郎。

「曲姑娘，」裴松照像是等了很久，鼻尖被風吹得有點紅，見到她的那一刻，語氣有些歡喜，又有些躊躇。「裴某考取了功名，如今履行婚約，興許比當日要體面。只要姑娘點頭，瓊林宴上，我便請聖人賜婚。」

清懿沈吟不語，看著他許久才笑道：「萱姐兒和你說了什麼？」

裴松照一愣，旋即苦笑。「我妹妹什麼也不肯說，她信不過我，怕我給妳添亂，可我猜到是妳遇到麻煩了。姑娘是聰明人，可有些時候裝糊塗未必不好。要是原先，我幫不到姑娘倒罷了，可如今我是聖人欽點的探花，姑娘若有難處，我未必幫不到妳。」

他想了想，又道：「說幫字，未免有挾恩求報的意思。就當是利用吧，我有利用的價值，姑娘就拿出當日談買賣的架勢。」

清懿看著他的眼神帶著細微的探究，到如今，卻明瞭，那個所謂的花樓才子此刻顯得惶急，怕她不肯接受，連利用的話都說了出來。

她看得出來，裴松照喜歡自己，遮掩許久，在這一刻露了破綻。

她垂眸，壓下眼底的情緒。「裴公子，那樁婚約不作數了。」

第九十三章

清懿頷首行禮，話說完便擦身而過。裴松照呆愣住，反應過來下意識伸手想抓住她揚起的衣袖，卻只抓住一縷風。

「曲姑娘，我只想問一句為什麼？是因為妳知道我鍾意妳，不想惹上我這樁麻煩，所以乾脆斬斷關係？如果是因為這個，請妳相信我，我絕不會糾纏不清，倘若日後妳要和離，我沒有二話。妳今天隻身赴宴，想必是為了救妳父親、兄長。我是真心想幫妳，等聖人賜婚後，我再求他還放了妳家人。」

「你甚至連他們犯了何事都不知道，就敢打包票。」清懿搖頭輕嘆。

「我敢！因為我會竭盡全力救你們。即便有萬一，救不回妳家人，至少我能護住妳！」

裴松照猝然回頭。

宮牆外的凌霄花被夜風吹拂，掉落幾瓣在姑娘的髮間，妝點了半朵，又順著肩頭飄落在地。清懿深深看了他一眼，眼底的波瀾最終化為無形。

「多謝裴公子的好意。探花郎前程遠大，你的大好人生還有許多宏願要實現，不能在此停留。」她頓了頓。「而我，也不需要任何人的保護。」

說罷，她走向長廊深處，轉入拐角，身影消失不見。

裴松照目送她離開。他見過很多次她的背影，無一例外，她總是挺直著脊背，分明是脆弱盈盈的身段，卻彷彿有著楊柳的韌性，從不肯為風摧折。似乎對這樣的女子心動是一件再輕易不過的事，遺憾的是，她從不會為任何人駐足。

裴松照失魂落魄地離開，有人提著燈籠出現在原地。

一隻骨節分明的手，撿起地上半朵凌霄花——是從清懿髮間滑落的。夜風裡好似殘留著餘香，他伸手在虛空中握了握，是模仿方才裴松照想要抓住她衣角的姿勢。

「郎君，聖人密令您復位回京，咱們入城數日都不進宮，今兒故意撞上瓊林宴，不會也是為了英雄救美吧？」柳風跟著主子聽完全程的牆根，壯著膽子偷覷袁兆。

袁兆摩挲著半朵花瓣，舉在眼前細看，聲音淡淡。「她不是羸弱的花，不需要依附旁人而生，談什麼救與不救。」

愛一個人，也不是強行用自己的情意去替她撐開一片天空。她自由生長，遠比旁人想像的更加勇敢強大。

瓊林宴的主角是新科進士和文武大臣們，赴宴的貴婦大多存著為自家女兒招婿的心思，甚至歷朝不乏有瓊林宴金枝招駙馬的美談。

清懿孑然一身，與周遭的觥籌交錯格格不入，一直到宴席接近尾聲，她才毫無聲息地退出。

年邁的太監等候在廊下，瞥見向自己行禮的姑娘，並沒有絲毫詫異，像是特意在此等候。

「姑娘，隨咱家過來。」

清懿沈默跟隨，直到停步在殿門外。

「去吧，聖人就在裡面。」太監垂眸。

朱紅的殿門高大氣派，簷角的燈籠照亮夜空，連帶著清懿臉上的猶豫，也被太監看在眼底。「密召姑娘入宮，是聖人金口玉言，聖人問什麼，姑娘只管如實回答，不要欺瞞，餘下的自有武朝律法公論。」

清懿頷首。「多謝公公。」

推門而入，清懿行完禮，忽覺恍然，這是她第一次隔著咫尺距離面見王朝的統治者。

誕生在崇明年間的孩子自小都是聽著崇明帝的傳說長大的，他少年登基，生來便有明君之才，又得先帝爺留下的股肱之臣輔佐，可謂占盡盛世的天時地利。而他也不負先祖期待，先後收回北地、南境失地，庇佑百姓安居樂業數十載。

那個畫像上英武軒昂的君王如今年逾古稀，曾經乾綱獨斷的氣魄似乎隨著年齡的增長逐漸逝去，如今也不過是個衰弱的老人。

珠簾晃蕩，影影綽綽，裡面傳來一連串的咳嗽，隨後才是一道蒼老的聲音。

「平身。」

清懿緩緩起身，仍然垂首而立。

「回陛下，臣女閨名清懿。」

「妳叫什麼名字？」

「今年多大？」

「虛歲廿四。」

「二十四。」崇明帝笑了一聲。「我有幾個小孫女也和妳一般大。」

「臣女寒微，怎敢與金枝玉葉相提並論。」

崇明帝擺擺手。「她們不如妳。」

又是一連串的咳嗽，太監好幾次要上前，都被崇明帝制止。

「知道叫妳來做什麼嗎？」

清懿倏然抬眸，知道終於進入正題。她重新跪地行禮，淡淡道：「臣女知罪，也認罪。」

「妳何罪之有？」

「臣女插手鹽鐵生意，左右商道經營，欺瞞陛下至今，是為僭越。」

崇明帝隨手翻開一旁的帳冊，赫然是歷年呈報御前的明細。「小小女子，有幾分本事，倘若不是有密信奏報，朕派人探查，還真不敢相信這麼多年以來竟是妳在把持著商道。」

「回陛下，臣女雖僭越，卻並不敢怠慢這樁差事。臣女之父身體每況愈下，兄長不善經營，唯有臣女可供驅使，歷年所上繳的銀兩沒有絲毫瞞報，陛下大可派遣掌印公公徹查帳目。」

「不必，真金白銀的事，妳欺瞞不過去。」崇明帝摺開帳冊，看向清懿。「擅用自己的女兒經營鹽鐵，過錯不在妳，而是妳父親要給朕一個交代。可說到底，究竟是他去做，還是妳去做，抑或是交由妳兄長，於朕也沒甚干係。想必妳心知肚明，朕今日並非追究此事。」

清懿眸光漸暗，視線膠著在崇明帝明黃色的衣襬，上面繡著蒼龍出海的圖案，張牙舞爪的龍好似就要撲面而來。

室內針落可聞，在那道探究的目光之下，清懿能聽見自己的呼吸。「回陛下，臣女不知所犯何罪，還請陛下明示。」

崇明帝從書案中抽出一本書，隨意翻開兩頁，似笑非笑。「妳可認得這本書？」

「啪」的一聲，書被扔在清懿眼前，這是女學的課本。

清懿袖中的手無意識地握緊。「認得。」

「妳開辦女子學堂，沿用有句讀的書，聘女學的教習教導孩童讀四書五經。」崇明帝頓了頓，又翻開另一本帳冊。「開辦工坊，只請女子入坊上工，坊內涉及蠶桑、紡織、造紙、製陶等多項種類的生意。現在，妳可知罪？」

清懿握緊的拳頭隨著他說話漸漸鬆開，另一只靴子落地，心下反而釋然。「陛下倘若認定臣女有罪，那臣女便是有罪；陛下若認定臣女無罪，那臣女便是無罪。」

「呵。」崇明帝發出短促的笑。「妳是將問題拋給朕，由朕來決定妳的過錯？」

「回陛下，並非臣女巧言令色，而是臣女所做之事不能單以非黑即白來公論。前之女學，早有趙女官先例；後之工坊，不過仿效收容流民以工代賑之法，為可憐人謀一條出路，經營模式歷來有之，臣女並未有踰矩之舉。況且二者之創辦已非一日之功，滿京城都知道，若有十分的過錯，也斷容不得臣女到今日。」

「錯處就在這裡。」崇明帝看向清懿，緩緩道：「如此龐大的工坊竟能為他人所容下，不是因為妳有多深的背景，也不是因為妳有多高明的手段，而是因妳不為名利，不為錢財，所賺金銀悉數供與流民和學堂，商人的利益沒有被觸動，自然不必費心思動妳；百姓受妳恩惠，更是感恩戴德，妳這樁買賣，可謂是盡得人心。還有，歷來學堂書本都要經由朝廷審查，妳私下擅用此書，已然觸碰武朝律法，妳認不認？」

清懿倏然抬頭，直視著崇明帝。

二人的視線短暫地交會。一個是萬人之上的君王，一個是不該出現在此處，而該出現在宴席中聽話地做一個美麗柔弱背景板的貴女。如此天差地別，卻敏銳地讀懂對方的弦外之音。

「如果朕沒記錯，妳的妹妹馬上就要和雲哥兒訂親了。妳曾與盛家往來密切，與兆哥兒也有些傳聞，以至於至今未嫁。所以，朕要問問妳……」崇明帝輕瞇雙眼，頓了頓才道：「妳的人心，是為誰而謀？」

此話一出，清懿終於明白，這是死局。

崇明帝要的不是真相，他要的，是將一切危險的因素扼殺在萌芽裡。無論清懿今天能不能拿出鐵證證明工坊、學堂一切帳目開支的清白，她都不能全身而退。歷來黨爭離不開錢、兵、權以及民心。而將工坊、商道、學堂掌握於一身的清懿，是最有價值的利器。

帝王多疑，看著他眼底的沈色，清懿明白，他不是來聽自己的答案。所謂公道、所謂為天下女子謀出路，於帝王而言無疑是笑話。從女人嘴裡說出這樣的話，還不如坦白承認她在黨爭中悄然選了晏徽揚來得可信，而這也恰恰是君王設想的結果。

即便她沒有這樣做，可懷璧之罪，仍然落在她的身上。短短瞬間，清懿想通了全部的關節，竟覺乏味。

她突然輕笑，而後站起身，微微頷首，平靜道：「臣女認罪，但憑陛下處置。」

崇明帝看了她很久，蒼老的帝王從她平靜的眼眸裡分明看出嘲諷。

「來人，將她押入大理寺，命方同呈按照大武朝律法，擇日宣判。」他抓著椅背的龍頭扶手微微用力，極力撐起帝王的威嚴。「念她為女子，傳令方同呈，要顧念她的顏面，不可魯莽相待。」

「是。」太監頷首，旋即走到清懿身邊。「姑娘，隨咱家走吧。」

如來時一樣，太監在前引路，清懿跟在後面。如果目的地不是監獄，那和尋常入宮赴宴沒甚兩樣，興許更體面。

這便是所謂女子的優待，更是內心的輕視。女子而已，能翻出什麼風浪？

今夜星空璀璨，涼風吹散她的額髮，她兀自出神地前行，沒有看到有人堵在去路。

「徐公公，讓我和她說句話。」

徐太監見到來人，躊躇片刻才道：「殿下別耽擱久了。」

袁兆提著燈籠，光芒隨著微風吹拂忽明忽暗。

清懿才看見他，問道：「你來做什麼？」

上一次見面，是針鋒相對，是逢場作戲。今夜興許是百感交集，分不出情緒再去面對過往舊事，清懿顯得很平靜。

這輩子的御宴初見，兜兜轉轉又以另一種方式再現。

袁兆緩緩走近，遞上那只燈籠。「前面黑，送妳。」

清懿接過燈籠再次前行，擦肩而過，身後的腳步聲卻始終跟隨。

他聲音極輕。「清懿，妳還有得選。」

夜色中，她在前，他在後，隔著咫尺之距。

他道：「只要妳願意，我現在就能帶妳走，也能保全妳家人、妳的工坊和學堂。」

清懿頓了頓。「你是不是早就料到今日之局？」

否則怎會有這只燈籠，怎會有如此十足的成算？一瞬間，清懿覺得袁兆出走的五年裡，都在為有朝一日能帶她走而謀劃；可轉念又覺得太過自作多情。

「帝王心術，無非是防患未然。妳已成氣候，又是女子，在旁人看來，不論是誰得到妳身後的嫁妝，都足以叫人忌憚。」袁兆淡淡道：「今日妳若以身殉道，沒有人會知曉妳的恩德。工坊會有旁人接手，學堂換一套課本照樣開，君王有無數種方式毫無聲息地剝奪妳的一切。到頭來，他杯酒釋兵權，妳枉送性命，這不值得。」

清懿挺直脊背往前走，輕笑道：「值不值，不是這樣算的。陛下要方大人顧全我身為女子的顏面，可我無須要這樣的臉面。即便是宣判我有罪，我也要在大庭廣眾之下受審。公道是非，不如交由百姓審判。」

袁兆沈默良久。「聖人並非存著殺心，非要置妳於死地，可妳若要抬上明面，才是真正死局。即便這樣，妳還要如此嗎？」

「袁兆，你比我更清楚，聖人不想抬到明面是因為他早就認定我會是參與黨爭的一把刀。」清懿自嘲道：「我若是不明不白地認了，就再也無法洗清嫌疑，今後工坊和學堂當真會捲入漩渦。我不敢認，也不能認，所以……」

她回頭，看向袁兆，眼底光明磊落。「我不能走。」

袁兆眼底沒有驚訝，他像是早就猜到她的答案，被拒絕後反而露出一絲了然的笑。

夜風吹越宮牆，凌霄花打著卷落下。

太監遠遠在前，清懿跟隨其後，燈籠的微弱光芒照亮了腳下的路。

「好，妳若想走，我可以帶妳走。」身後的腳步沒有停止，她聽見他說：「妳若不想走，那我和妳一起。」

清懿微怔，抓著燈籠桿的手無意識地抓緊。

太監自始至終不曾說話，這會兒才忍不住道：「殿下您才復位……」

袁兆摘下玉冠袍帶，淡淡道：「現在什麼也不是了。」

徐太監是看著這位殿下長大的，深知他的脾性。接過玉冠，臨走前，他嘆道：「二位的性子……且軟和些，尚有迴旋的餘地。」

說罷，便帶人離去。

入夜後宮門未開，清懿暫被押在內廷司，看著跟進來的白衣郎君，她目光複雜。「該說的話我已經說了，你不必如此，沒有你，我照樣會好生活著。」

袁兆逕自去把發霉的床墊挪開，用衣裳給她鋪上，隨口道：「是我自作自受、自作多情、自討苦吃，好不好？」

清懿想說什麼，可到現下的境地，也沒什麼能說的。既來之，則安之，總不能趕他走，更何況也未必趕得走。

潮濕的內廷並不舒服，即便夏日深夜也帶著涼意。精神緊繃了一整日的清懿顧不得環境惡劣，不知何時就睡著了。

看著她的睡顏，袁兆笑了一聲，聲音極低。「是我心甘情願。」

第九十四章

「姑娘請回吧，我們家小姐身子抱恙，奶奶也下了死令，不許插手曲家的事，別為難我們手底下幹活的。」

「叨擾了。」又一扇門在清殊面前闔閉，她沒有糾纏，轉身上馬，趕赴下一家。

一連奔波三、四日，幾乎沒有片刻消停，臨到下馬的時候，清殊腿一軟，差點跌倒，好在彩袖及時上前攙扶。

「咱們吃了好些閉門羹了，現下這種時候，誰也不願跟曲字沾邊。」彩袖嘆了口氣，扶著清殊到路邊坐下。

五日前，曲府被查封，一應家眷、奴僕暫禁府內不得出入，來宣旨的公公沒有透露緣由。在旁人看來，這興許是當家人曲元德和曲思行在朝中犯了什麼事，帶累全家。只有極少人注意到，曲家大姑娘早在赴瓊林宴的當晚便沒有回來。

案情撲朔迷離，聖人也沒有公開的意思，朝野上下猜什麼的都有。

沒過兩天，京郊的工坊和學堂也相繼被查封，女工被遣散、難民暫時被安置在坊內，碧兒也失去音信。

清殊並不比旁人知道得早，看到曲府被貼上封條時，她才意識到，姊姊也許預料到了這個局面，所以才提前將她送到淮安王府。

「彩袖，姊姊一定早就知道有這一天，所以她從不告訴我任何鹽鐵商道的事。」清殊疲憊地搓了搓臉，將頭埋在臂彎裡，呢喃道：「我該怎麼辦？我該怎麼救她？」

彩袖沈默很久，才道：「大姑娘與許根本沒有要您去救她，她也絕不肯將這樣的擔子壓在您身上。」

清殊搖搖頭。「全家身陷囹圄，我要是能心安理得地做縮頭烏龜，我就不配是個人。」

可救人不是憑著一腔熱血就行的，這不是一個講道理的時代，甚至有許多的東西凌駕在律法和道德之上。越清楚這一點，清殊便越發覺得無力。

從前能用上的助力現在反而是催命符。淮安王府、盛府、東宮、國公府……聖人本就疑心他的錢袋子有二心，此時更不敢再求助於他們。淮安王府正是知道這一點，並不敢明面相幫，只由樂綾郡主派人護送她們。

清殊想，姊姊明明早就知道有這一遭，她有很多方式一走了之，為什麼偏要自投羅網？

煩雜的思緒漸漸冷靜下來，答案不難猜到。她固然可以走，可工坊那麼多人走不了，學堂的星星之火才剛點燃難道就要熄滅？說到底，不過是捨生取義罷了。

「對不起啊姑娘，俺們還要出攤呢，實在抽不開身去遊什麼行。」從前在工坊做活的胖嬸子支支吾吾，忙把門關上。

裡面隱約傳來細微的動靜。

「姑娘還在學堂上學呢，咱們一家也是仰仗工坊過活，人家有難，咱們不幫，是不是太忘恩負義了？」

「呸，老娘兒們閉嘴！妳知不知道曲家沾了什麼官司？一不小心牽連咱們也沒命了！」

彩袖心頭火起，抬手就想捶門，被清殊攔住。

「罷了，世情冷暖皆是如此，視我們如洪水猛獸的又何止她一家？」

這些天，上至交好的高門貴女，下至從前工坊的婆子、媳婦都被清殊找上了門，懇請對方能在大理寺審判當日隨行請願。可惜響應者寥寥，要麼被家中長輩阻攔，要麼就是如胖嬸一家怕被牽連，不願出頭。

「姑娘，我們到底在圖什麼呢？」彩袖憤憤道：「收容難民、以工代賑、建工坊、修學堂，這麼多年大姑娘殫精竭慮，現在連命都快搭上了，我們圖的是什麼？還不是大難臨頭各自飛！這些吃裡扒外、忘恩負義、沒良心的王八羔子，要不是姑娘給她們一口飯吃，哪來的今天?!」

看著淮安王府門前的石獅子，清殊忽覺沈重，兩條腿像灌鉛似的走不動。

她就地而坐，仰頭看著夜空，沈默許久才開口。「人心本就複雜，她是看透了的，怎會寄希望於此。可是，她不寄希望，卻並不代表她不會傷心。彩袖，我不想讓她覺得自己犧牲的一切是沒有意義的。」

這樣想著，清姝莫名覺得四肢百骸又多出一股氣力，支撐著她向前。

「我們走吧，好好睡一覺，明天還有很多要做。」

「姑娘只管說要做什麼，我和您一起！」

大理寺將在明日審理曲府案。

清姝按照工坊、學堂裡的名冊寄出最後一封書信，看著遠去的信鴿，她心裡並沒有十足的把握，究竟有多少人會來參與遊行，還是未知。

次日一早，臨到出門，清姝的身邊仍然只有彩袖和家中的丫鬟，可忐忑許久的心現在反而平靜下來。「走吧，就算只有我們，我也沒甚好怕的。」

話音剛落，身後有人道：「誰說只有妳們？」

一身紅衣的樂綾郡主颯爽而來，身邊還跟著索布德。

「郡主姊姊？」清姝有些意外。「妳若參與此事，會讓王府也受牽連。」

樂綾俐落翻身上馬。「小丫頭，我晏樂綾可從不怕事，只管走吧。皇祖父愛怎麼疑心就怎麼疑心，在他眼裡，我不過女子，女子能生出什麼事端？」

她語帶譏諷，胯下座騎迅速邁開步子衝了出去。清殊來不及回答，趕緊上馬追趕。

有晏樂綾在前開路，清殊幾乎暢通無阻地接近大理寺衙門。尚未靠近，突然有一桿紅纓槍攔住去路，清殊尚未反應，晏樂綾就已經回頭甩下一鞭捲住槍身，短短數息間，兩人你來我往地過了數招。

「好身手！」紅纓槍的主人讚道。

「好說好說。」晏樂綾淡淡道。

清殊這才看清來人是個白袍小將，再細看，竟是個男裝打扮的女子！

女小將自報家門。「在下白玉龍，請問哪位是曲家四姑娘？」

擋在二人中間的清殊道：「是我，敢問閣下……」

還沒問出口，有個熟悉的聲音由遠及近。「姑娘！」

清殊和彩袖一同驚訝道：「翠煙姊姊?!」

一個書生打扮的男子駕著馬車而來，翠煙就坐在車上招手。人多口雜，眾人臨時挑了一處僻靜地方敘話。知道清懿出事，翠煙便帶著阮家的人馬日夜兼程地往京裡趕，路上又遇到白家兄妹，軟磨硬泡地要強行護送她進京。

翠煙也來不及琢磨他們打的什麼算盤，總之多個人就多個助力，更何況，她記得白玉麟會製火藥。

「所以，妳的意思是倘若沒有迴旋餘地，就做一齣假死局，救姑娘出來？」彩袖倒抽了一口氣，語氣有些遲疑。「可是誰有這樣的身手呢？」

「自然是我！」白玉龍「喀嚓」咬斷半根黃瓜，哼道：「我曾經的名頭，說出來嚇死妳們！要我說，整什麼金蟬脫殼，還不如劫法場來得痛快！」

「玉龍，莫要胡言。」白玉麟輕聲呵斥。

「劫法場？」晏樂綾嗤笑，挑眉道：「妳真當朝廷養的都是酒囊飯袋？看到沒，就衙門前那三尺地，妳敢妄動，下一刻就被射成篩子。」

白玉龍摸摸鼻子，嘟囔道：「我就說說而已。」

清殊不知這是哪裡請來的活寶，可現下也沒有說笑的心情。

「翠煙姊姊，你們帶來了多少人？」

「潯陽的家丁和鹿鳴山的弟兄加起來有近百人，他們人多不便，現下還在城外等我們的消息。」

清殊沈吟片刻道：「如今尚不知情形，不可妄動。約莫還有半個時辰，大理寺便要開堂審理，不到萬不得已，我們不能出此下策。」

「凡事未雨綢繆，萬一結果不利……」翠煙擰眉。

「倘或事情真到了那一步，」清殊聲音漸冷。「我也不怕豁出去。我姊姊本就沒有觸犯王法，如果判決不公，要她蒙冤，那不如索性救她出來。從此去北地也好、出海也罷，天地這麼大，總有容身之處。」

「說得好！姑娘！您不怕，我們也不怕！」身後忽然傳來一道颯爽的聲音，紅菱和碧兒風塵僕僕趕來，身後跟著幾個面生的男子。

「我們來遲了，大姑娘收回我們的權杖後，留給我一隊暗衛，這是他們的頭領。除此之外，紅菱還從北地帶來了好些人手，倘若真要走到那一步，我們也敢豁出去。」

清姝的目光從眾人臉上掠過，心中百感交集，她鄭重地行了一禮。「我們姊妹二人，在此拜謝各位姊姊的恩情。」

雖是做好破釜沈舟的打算，可清姝並沒有輕易觸犯律法的意思。

剛過午時，一輛被黑布罩著的囚車被官兵護送而來，沿街百姓好奇張望。

「喲，這是什麼來頭的罪犯？那幫官大爺竟還顧及他們的臉面不成？」

「近日只有那曲侍郎府被貼了封條，莫不是他們家？」

「誰知道呢，走走走喝酒去，上頭的彎彎繞繞可不是我等能打聽的。」

清懿兩輩子加起來都沒坐過囚車。

光線從黑紗的縫隙裡透了進來，窄小的空間越發顯得幽閉，對面那人的腿都伸不開，只能蜷縮著靠在車壁小憩。聖人知道他摘冠入獄的事後，怒不可遏。底下人知道這是不能給這位貴人任何優待的意思。

在禁庭這幾日，清懿發起高燒，昏沈間只能感覺到有人不眠不休地照顧自己，許是太勞累，即便身處囚車這樣的環境，他也能睡著。

清懿很少有時間放空，尤其像現在這樣，任由自己的思緒紛飛，神遊天外。昏暗的光線裡，她看著對面這個人的睡臉，只覺人生是一場荒誕的戲。溯洄一世，到頭來，還是遇見這個人。

「想到要和我死在一處，後悔了？」他忽然開口。

清懿移開視線，避開他的目光。「我倒是越發看不懂你。」

二人很久沒有這樣平靜地聊過天，一時都沈默了片刻。

「你老師身子還康健？」清懿問。

「他好得很，還有力氣罵我。」袁兆輕笑。「上回離開江夏，還被他一通好打。」

清懿前世並沒有機會見到傳說中的顏聖，只記得他在袁兆描述中是一個有趣且智慧的老頭。「為什麼打你？」

袁兆眸光淡淡，平靜道：「道不同了。」

清懿微怔，停頓半晌才道：「你從前做的那些事，都放棄了嗎？」

袁兆沒有半點遲疑。「對，放棄了。」

清懿愣住。她記得晏徽揚曾說過，袁兆和他們的志向是不同的。他曾苦讀《農耕四時書》，關心百姓腳下的每一寸土地和碗裡的每一粒糧食；她還記得這個人是如何在金殿之上狀告長孫遷通敵賣國，為枉死的英魂伸冤。

御宴初見，他說武朝之外還有群狼環伺，眼底滿懷壯志。還有很多很多的日夜裡，她親眼見證他為那個目標努力了多久、犧牲了多少。為了所謂的萬世開太平，清懿再清楚不過，他們付出了多少心血；以至於，她從不肯讓兒女私情成為這條路上的阻礙。而現在，他就這樣輕描淡寫地說「放棄了」。

「我能問緣由嗎？」

袁兆垂眸，緩緩道：「世人都如螻蟻，我亦是。既為螻蟻，過好自己一生尚且艱難，又何必顧念旁的。」

清懿看著他。「這是你真心的念頭？」

袁兆抬頭望向她，目光夾雜著晦暗的情緒。「是。記不記得《警世通言》裡有句話……」

「萬般皆是命，半點不由人。」整本書那麼多話，清懿卻莫名知道他說的是哪一句。

「從前我們看戲，臺上的角兒們悲歡離合，不過是筆者寫好的唱詞。大幕閉上，戲外人可還記得戲中人的一生？世人自詡是戲外人，焉知自己的一生是否是旁人眼中的戲。所謂命運，也只是早就寫好的話本。」袁兆的話似有一層薄霧籠罩，並不能使人明白真實的隱喻。

清懿沈默片刻，道：「我只知道，戲裡戲外，都是我的一生，為自己活得痛快那就夠了。」

「對，我現在選了另一條痛快的活法，和妳死在一起未必不是好事。」袁兆忽而輕笑。「走吧，下車。」

囚車到了大理寺門外，有官兵把守四周，袁兆拖著鐵鏈下車，往後伸手接過清懿。

方同呈早早等候在堂前，他是奉旨督辦此案的官員。有聖旨在手，即便遇上袁兆，他也依舊擺出公事公辦的姿態，按照流程問訊。

雖面上擺足架勢，可方同呈心裡知道，這個案子說難不難，說不難也難。

不難的地方在於這是聖人密令要按結黨處置的，所以無論真相如何，結果只會有這一個；而困難點就在於，如何坐實這樁罪名。

曲元德和曲思行被關押在刑部大牢，另派欽差審訊；把一家人分隔開來查，無疑是擺明了聖人的心思。曲家經營鹽鐵商道與大內脫不開干係，倘若拔出蘿蔔帶出泥，就保不住聖人的顏面。他要判，還得知道怎麼判。單拎出曲清懿，就是聖人疑心曲家利用鹽鐵商道謀私，違背律法開設學堂，意在結黨投機。聖人要曲家戴好結黨的罪名，卻又要保曲家不可被挖出商道的秘密。

此間的彎彎繞繞，不可謂不令人頭疼。至於事情的真相——曲家到底有沒有結黨、開設學堂是否有違律法，倒淪為了最不必關心的問題。

「……所以，以上罪狀，妳可認？」

洋洋灑灑唸完滿篇，方同呈看向下首。

清懿自始至終沈默地聽著，直到此刻才開口，平靜道：「我認。」

方同呈愣住，一時忘了言語。他從未見過這麼索利認罪的人。

「妳若還有要交代的話，或是想見的人，本官可替妳做一回主。」方同呈是正經進士出身的官員，迫於無奈接手一樁注定沒有真相的案子，堂下還跪著一個姑娘，心中實在不忍。

清懿再次行禮，溫聲道：「多謝方大人，不必了。」

「妳可想好了？此去流放南境，非大赦不能回，妳一個姑娘家……」方同呈話尚未說完，便被打斷。

「好了方大人，輪不到你來憐香惜玉，我也認罪，將我一併處置了，好向上面交差。」袁兆淡淡道。

方同呈搖頭輕嘆，抬手抽出判籤，正要招呼衙役押解犯人時，外頭突然傳來吵嚷聲，有一道清亮的女聲傳來——「大人，請收回成命！」

年輕的姑娘高舉著一道橫幅，上書「為民伸冤」；原本阻攔在旁的官兵被一左一右兩個女子攔住，後面跟著的眾女都高舉著白底紅字橫幅，煞是顯眼。

「大人，此案有冤情，我要伸冤！」帶頭的姑娘重複道。

百姓紛紛湊到附近看熱鬧，原本想用武力鎮壓的方同呈，看到這個架勢也不敢輕舉妄動，只得詢問。「此案罪魁已認罪，妳乃何人，為何伸冤？」

來者正是清姝，她的目光越過眾人，落在姊姊身上。

清懿詫異地看著妹妹，眼底露出少見的驚訝。

清姝收回視線，朗聲道：「認罪不代表真的有罪，敢問大人可否重新梳理此案，我有證據一一辯駁。」

「此案關係甚大，不可對外宣布。」

「那你就是不敢！」清姝立刻回敬。「既然大人不敢，那就讓我來說！

「聖人疑心曲家利用工坊之利、學堂之便收買人心，結黨營私。可我問問大人，黨在何處？私在何地？大人若是查過歷年帳簿，自可查證，我曲府上下可有半文錢挪作他用？聖人深知我們的帳冊清白，可他還是疑心，因為我們有以工坊、學堂邀買人心之嫌。如此便有第二點，我姊姊一介白身，尚在閨中，她要邀買人心做什麼？又有誰要憑她邀買人心？」

方同呈眼睛瞪圓。「大膽！妄議聖人，妳不想活了?!傳出去我也別活了，快住嘴！」

他大喊，得令的官兵正要去抓清殊，卻被幾個女子攔住去路。

「睜大你的狗眼看看姑奶奶是誰！」晏樂綾橫抽一鞭子，氣勢洶洶地擋在前面。

索布德護衛在另一邊，同樣緊盯著靠近的士兵。而袁兆突然輕咳一聲，人群中的暗衛不知是收到了誰的信號，從天而降，嚴密防守在清殊周邊。

「我說的話你不敢聽，可到了聖人面前，我一樣會這麼說。罪狀中寫我們違背律法私自授課，有以教育培養心腹黨羽之嫌。大人若是親自去京郊走一走，看一看，親眼去見見我們所謂的心腹，是否還會這般武斷地下結論？

「我們工坊所收的女工是難民、孤兒寡母或是周圍村裡難以維持生計的婦人；學堂收得是從人牙子手裡買回來的姑娘、家裡養不起扔掉的女孩。大人，不過是區區婦人罷了。」清殊字字鏗鏘，目光透著嘲諷。「大人，這話熟悉嗎？區區婦人罷了！瞧不起區區婦人的是你們，如今害怕區區婦人結黨營私的還是你們。不清不楚地就要以結黨之罪了結此案，憑什麼？憑律法中的哪個字？」

「本官憑的是聖人金口玉言！」方同呈目眥盡裂。

「聖人還說過大武朝當以律法為先，王子犯法與庶民同罪，這句話又是不是金口玉言?!」清殊喝道。

「拿下她！快拿下她！」

清懿看著抽出佩刀的官兵，心下一驚。「椒椒！」

官兵尚未靠近，便被一群暗衛按住，連同最上首的方同呈，也被一處冰涼抵住腰間。

袁兆不知何時出現在他身後，一字一頓道：「讓她說完。」

第九十五章

方同呈勉強撐住身子。「殿下，她說出這般大逆不道的話，傳出去你我都遭殃！您現下還當眾挾持朝廷命官，便是我不追究，自有旁人要借此對您。」

袁兆瞥他一眼。「你既然知道還怕什麼？有什麼事到底都算在我頭上，我不怕，你擔心什麼勁？」

「殿下！」

「我說了。」袁兆眼底閃過不耐煩。「讓她說完。」

清殊見有人撐腰，越發凜然，朗聲道：「我們辦工坊、建學堂，並沒有絲毫出於私心，還請大人收回判決，重新審理此案。我姊姊清白磊落，不容冤屈！」

方同呈著實是陷入兩難，他現在恨不得回到幾天前，把接下這樁差事的自己給剁了。即便有身後的威脅，他也無法真的公然抗旨，只能頹喪道：「聖人親下的旨意，所謂私心與否，沒有證據何來證明？」

「你要什麼證據？給我幾天時間！我給你！」清殊大聲道。

方同呈也窩囊出了火氣。「萬民請命書，妳怎麼給？」

清姝手指緊握成拳，目光和姊姊短暫的交會。她起先想過遊行，也想過請命，可時間倉卒，她只來得及寄出信，並不能確定真的有這麼多人會來。

明明已經快成功了，卻難倒在這一步。

姊姊的眸光溫和，彷彿在說：妳已經做得夠好了。

清姝的心中五味雜陳，眼圈漸漸紅了。

「給我半天，我會去找人來。」

方同呈嘆道：「何必執拗！」

就在她要轉身出門的時刻，衙門外的百姓突然議論紛紛，一齊看向來處。

「好多人啊！」

「呀！還有孩子！」

「看來那姑娘說的是真的，曲家辦的學堂就是在做好事。」

「本來就是啊！我大姨一家就在工坊做事，孩子也在那兒上學。」

「你看領頭的是誰？看著好氣派。」

「不必去找了，我們來了！」

百姓自發地讓出一條道，為首的是裴萱卓，她身後跟著浩浩蕩蕩的隊伍，裡面有相互攙扶的老婦人、有總角之年的孩童……她們都是工坊和學堂的一員。

清懿怔怔地看著她們。

裴萱卓將一道極長極厚的絹帛呈上，緩緩道：「方大人，這是我們織錦堂、玉鼎樓、工坊、學堂一共一萬三千二百七十九人按過手印的請命書，曲姑娘於我們有再造之恩，所作所為沒有分毫出於私心，是非曲直，自在人心。」

方同呈徹底呆住。他原不過是找藉口搪塞，萬民請命書縱觀古今也不過寥寥幾個聖賢有此殊榮，怎知今日叫他碰見了?!

可他心中不由得生出一種震撼，面前站著的都是女人，都是那些曾經不被男人放在眼裡的、作為母親、妻子、女兒、侍妾、附屬品等存在的角色，就是這些角色，在今天擰成了一股繩，竟然爆發出難以置信的力量。

他終於是壓下內心難言的情緒，嘆聲道：「這是聖人的旨意，我無法違背。」

「聖人如此草率下論斷，究竟是我姊姊罪大惡極，還是他連真相都不想聽，不敢聽？」清殊紅著眼眶恨道：「他害怕聽到真相是一群女人妄想讀書習字，妄想經商，妄想翻出男人的五指山，翻身做主人？他隨便將此事定為結黨，無非覺得女人怎會莫名要讀書習字，必然是為男人所利用。總之在你們眼裡，女人除了做一只花瓶、做一頭老黃牛、做一個稱手的器具，別無他用！大人，我不知道你有沒有女兒，如果有，請你回去問問她，如果有的選，你問她是要讀書習字自食其力，還是要待在後宅一輩子指望男人活著！」

方同呈終於支撐不住，軟倒在座椅上，他冷汗涔涔，心中恍惚地覺得，也許這個女子說得沒有錯，聖人潛意識裡是在害怕。

他害怕什麼呢？

方同呈怔怔地看著浩浩蕩蕩的隊伍，看著她們同仇敵愾的臉，答案就擺在面前。

但是，有利劍高懸在天上，方同呈即便再想鬆口，也不敢鬆，他只能求救似的看向袁兆。「殿下，我是進退兩難啊！不如您現在一刀殺了我乾淨！」

聖人諭旨他不敢違抗，但萬民請命書讓他騎虎難下。

就在這當口，袁兆抬了抬下巴，示意他看前方。「救兵來了。」

太監高喊。「奉皇后娘娘懿旨，擢將此案移送至泰華殿處置。」

眾人被這一波三折，峰迴路轉的情形驚得摸不著頭腦，方同呈也愣得說不出話。

太監身旁跟著的是永平王妃盧文君，她環視一周，目光落在清殊身上時，示意她安心，後才開口道：「方大人，還不接旨？」

方同呈巴不得將這燙手山芋丟出去，忙不迭地跪倒。「臣接旨！」

「將他二人的鐵鏈都去掉，好生整理後再行入宮，我奉娘娘懿旨督辦此事，一切有我在，還請方大人安心交給我。」盧文君道。

「好，就按王妃說的辦，來人！」

轉瞬間，清懿恢復了自由身，還未來得及和妹妹說話，便被盧文君用眼神制止。

「現在還不是說話的時候，殊兒，妳帶著她們都退下，等妳姊姊休整好，我便帶她入宮。」

清殊擔憂道：「娘娘，我姊姊會沒事嗎？」

盧文君輕拍了拍她的手。「放心，她一定安然無恙地回來。」

等太監護送著清懿離開，晏樂綾才在清殊眼前揮了揮手。「回神吧，既然皇祖母出手了，這事就妥當了。」

「可是這事也不是一天、兩天了，為何皇后娘娘今天才插手？王妃娘娘又怎會出現在此？」清殊還是不放心。

晏樂綾不知想到什麼，神色黯淡片刻才道：「皇祖母怎麼想的我不清楚，但是孀母為何出現我卻能猜到。妳可知我孀母娘家曾有個嫡親妹妹自縊……」

清殊驚訝。「何人？」

「是盧翩雪。」裴萱卓道：「那個有經世之才，被迫輟學嫁人而後自縊殉道的姑娘，正是王妃的妹妹。」

原來如此。知道曾經的女學這段歷史的眾人不由得默然。

「是的。」晏樂綾嘆道：「也許是不想看到妳姊姊也步上後塵，一向明哲保身的孀母也忍不住出手幫忙。」

盧文君領著清懿行至泰華殿門外便停下腳步，此時門邊已經有趙女官在等候。

「錦瑟姑姑，這孩子我帶來了，煩勞您進去通稟一聲。」

趙錦瑟上下打量了清懿一眼，見她形容整潔，便頷首道：「王妃多禮了，曲姑娘請隨我來。」

清懿跟著趙錦瑟步入殿內。

傳聞中的女學創始者趙女官，看外表果然是個極其剛直的模樣，不苟言笑，一雙利眼彷彿能看透旁人的內心。清懿這輩子沒有上過女學，自然沒有和趙女官見過面，可上輩子，她是趙女官很得意的學生。

「進去之後，娘娘問什麼，妳只管如實答。」趙女官說完，似乎覺得語氣過於生硬，又低聲添了一句。「別怕，妳之前的事，做得很好。」

聞言，清懿笑道：「多謝趙女官。」

經年未見，那位嚴肅的掌教大女官，還是那副外冷內熱的心腸。

臨到暖閣外，清懿忽然道：「您腿上的舊疾可好些？臣女老家有一良方，興許有幾分用處，一會兒我抄錄給您。」

趙錦瑟頗覺訝異，遲疑道：「曲姑娘不曾在學堂唸書，怎麼知道我的老毛病？」

清懿看著這個與記憶中分毫不差的恩師，眸光溫柔帶笑，卻只道：「臣女的妹妹與您有師生之緣，幸得您教誨，回家也向我提過您的舊疾，我這才放在心上。區區藥方，並不貴重，倘若有益於您的身體，也是這方子的造化，還請女官莫要推辭。」

這番說辭並無漏洞，趙錦瑟放下紛繁的情緒。被人關懷的感覺自然十分熨貼，她看得出來眼前的姑娘不是鑽營之輩，待她好，是發自內心的。

「妳妹妹從前見我便如鼠見了貓，她竟在家中提起我。」趙錦瑟莞爾。「如此，多謝姑娘，也多謝妳妹妹。」

抄錄完藥方，暖閣內傳來鐘鳴，趙錦瑟提醒道：「娘娘醒了，進去吧。」

皇后已過花甲之年，再如何保養，髮間的銀絲終究隱藏不住。只是，從前每一次隔著高臺見到這位一國之母，她總是雍容華貴，儀態萬千，讓人忍不住忽略她的年紀。這會兒，她許是休憩完畢才醒來，身上少了華服冠冕加持下的莊嚴，多了幾分尋常老人家的親切。

「不必拘禮，這裡只有我們三個人。」趙錦瑟領著清懿行完禮，皇后擺擺手，示意她起身。隨後手持著一柄西洋花鏡，躬身對著桌上的書卷細看。「本宮老眼昏花，錦瑟，正好妳帶了這個姑娘來，讓她幫我看看這幅畫落款是不是王宗卿。」

「娘娘鳳體康健，哪裡老花了？」趙錦瑟雖這麼應著，一面卻接過花鏡，招手示意清懿上前去。

清懿細看畫作，心中有些遲疑。

皇后笑道：「這是上回過壽，底下人送上來的小玩意兒，說是王宗卿真跡，也不知真假。」

她雖這麼說，可旁人都曉得不可能有人送假畫給皇后，清懿心知這一點，於是垂眸道：「單看印鑒，確實是王宗卿的落款。」

「是嗎？那這幅畫就是真跡了。」皇后對趙錦瑟笑道：「兆哥兒先前還說是假畫，本宮心裡還犯嘀咕，左瞧右瞧也看不出名堂，料想誰也不敢送假的糊弄我。」

清懿溫和道：「不知殿下是如何評定的？」

皇后搖頭笑道：「他能如何評？略瞥了兩眼，便說是假的，本宮再問，這渾小子又不肯開口，只說本宮愛看便當真的看。依妳看，此畫真偽可否分辨？」

清懿垂眸，復又頷首行了一禮，說道：「回皇后娘娘，臣女才學淺薄，難以評定。」

「錯了也無妨，妳只管說。」皇后擺擺手。

「是。」清懿餘光瞥見趙錦瑟的視線，沈吟片刻道：「此畫印鑒為真，但畫作不是真的。王大家早年擅長仕女圖，後因醉心書法與雕刻，便潛心鑽研此道，花體印鑒也由此聞名。他後期的畫作大多以山水寫意為主，不同畫作輔以不同的印鑒，後世常以此辨其真偽。

「這幅畫論工筆確實模仿得維妙維肖，若不是印鑒出現的時期與畫作內容不相符，倒真能以假亂真。」清懿見皇后神情平靜，繼續道：「只是這個漏洞興許是作畫者故意留下的，意在表明他並非刻意偽造。拋開真假與否，作畫者的功力在當今也是數一數二的。如殿下所言，娘娘當它是真跡看也未嘗不可。」

皇后但笑不語，看了清懿片刻才道：「看來送畫的也是終日打雁卻被雁啄眼。」

清懿微怔，不解皇后的意思，她的目光順著後者的視線落在包裹卷軸的錦袋上──那是阮家的潯錦。

一時間，如醍醐灌頂，清懿突然明白皇后為何會出手相助。

皇后也回望著她，眸光溫和。「阮成恩養了一對很好的外孫女。」

「原來娘娘就是提攜我們阮家的貴人。」清懿驚訝。

阮家之所以能依仗鹽鐵發家，就是因為阮成恩曾救過京中一位貴人，從此得其提攜才賺下一份家業。此後阮家偏安一隅，漸漸退出商道，直到曲元德接手。可是全家人包括清懿，從未聽外祖透露過關於那位貴人一個字，所以即便她猜測對方來頭不小，也萬萬沒有往一國之母頭上想。

「貴人？妳外祖是這樣說本宮的？」皇后目光含笑，看著清懿的眼神卻又像透過她在看旁人。「說起來，妳外祖才是本宮的貴人，他幫了本宮太多太多，卻只找過本宮兩次。一次是幫妳母親和離，暗中護她回潯陽，再一次，就是現在。」
清懿尚未消化其中的訊息，皇后又問：「他今年有七十了吧？身子可還好？」
「回娘娘，外祖一向康健。」
「妳外祖母呢？沒記錯的話，她比本宮還小兩歲，如今還好？」
「娘娘好記性，外祖母今年六十有五，身子也還硬朗。」
「那就好。」皇后和藹笑道：「一眨眼，都是半截黃土埋脖子的年紀了，認識妳外祖時，本宮還是妳妹妹那般的年紀。錦瑟，那會兒咱們去做什麼呢？」
趙錦瑟垂首想了片刻，笑道：「那會兒您離家出走，帶著奴婢往舅老爺家去，路上遇到山匪，這才被阮大哥所救。」
「瞧瞧本宮這記性。」皇后搖頭失笑。「妳是不是還嚇哭了？我記得咱們身上的銀子也被人騙了，要不是阮成恩在，咱倆都要被人販子拐了。」
「小姐記錯了，是您哭了，我可沒哭。」趙錦瑟又急又笑。
清懿聽著二人不知不覺間稱呼的轉變，眸光漸漸染上笑意。那興許是很好的一段過往，時過境遷，故人早已兩鬢斑白，一個是端莊威嚴的皇后，一個是不苟言笑的女官，一個是避隱出世的首富，任誰也想不到他們有段奇緣。
「可不能再說了，有孩子在，本宮的顏面可真要掃地了。」皇后擺手笑道：「說了這麼久的閒話，孩子，說說妳的事情，妳的學堂和工坊，或是妳想說的任何事。」

感受到來自長輩的關懷，清懿卸下防備，一五一十地將她這些年所做的一切都說了出來。

泰華殿燃著不知名的熏香，窗櫺外的光線透過薄紗帶來柔和的暖意，輕輕灑向室內。宮人被屏退在外，趙錦瑟默默煮上一壺茶。在裊裊茶香中，皇后凝神細聽，不時輕聲提問。

直到日影西斜，熏香燃盡，皇后的半張臉沐浴在夕陽下，出色的五官依稀能看出年輕時的容貌，她沈默片刻，溫聲道：「從本宮這兒出去以後，妳還想繼續辦學堂、建工坊嗎？」

清懿微怔，轉而神色鄭重道：「想。臣女在做這件事的第一天，便想過有朝一日全天下的女子都能上學，都能自食其力。娘娘既然有此一問，臣女斗膽也想問娘娘一句話。」

皇后望著她。「妳問。」

「娘娘可願做臣女的貴人？」

說這話時，年輕的姑娘微仰著頭，眼底的堅定絲毫未有遮掩。她秀美的臉龐總是給人脆弱易碎的錯覺，只有那雙清冷又明亮的眼睛，能叫人窺探出她堅韌的底色。

皇后忽然想起，很久很久以前，有人也用這樣一雙眼睛望著自己。

第九十六章

那時的皇后還不是皇后，她只是鎮國公的么女，生性活潑，最愛走南闖北、遊歷四方。興許正是因為不願被束縛，得知被指婚給七皇子，她一怒之下便離家出走，因緣巧合遇到了阮成恩。

他們之間，並非是旁人所想的英雄救美之類的俗套橋段。說是知遇之恩，君子之交淡如水倒更為恰當。

大家族的貴女肩上自有要擔負的責任，任性歸任性，該做的卻一樣都不能少。可是就此做一個後宅婦人，平淡一生，她卻不甘心。

那時，她也如眼前這個姑娘一樣，心有凌雲志，為此不惜謀劃一個通天之局，借阮成恩之手在外經營鹽鐵商道，而後在京中建立第一所女子學堂，那是比國公府女學要更早的一所學堂。

她記得，那時她對阮成恩說的是：「為感念阮兄今日之義舉，往後無論我身處何等位置，只要你有難處，必當竭力相助。」

阮成恩那會兒還是個少年郎，被她強行綁在一條繩上，看著她的目光無奈又好笑。「好好好，等妳做皇后，賞我個宰相當當。」

她一口答應。「好！」

年少氣盛，誰知一語成讖。七皇子當真繼承大統，成為如今的崇明帝，而她也搖身一變成為一國之后。

「娘娘成為國母，不是更有權力推行未竟之事？」

因皇后沒有立刻回答她的問題，笑著說起往事，清懿安靜聽到此處，不由得問了一句。

「那時陛下登基不久，根基尚淺，左右群狼環伺，本宮不敢在這個時候留下把柄。學堂沒有繼續開設，商道卻還在延續，妳外祖用這條商道也為陛下解決了不少麻煩。」皇后神情漸漸複雜。「本宮原以為等陛下根基穩固，事情便會有轉機，可惜世事易變。」

「娘娘。」趙錦瑟突然輕聲打斷，這也是提醒皇后慎言。

沈默半晌，皇后卻突然輕笑。「錦瑟，仔細數數，本宮做皇后的日子，竟比在閨中做女兒的時日還長。本宮啊，端莊持重了大半輩子，如今還真不想再說半句、留半句。」

世事易變，位置變了，人心也跟著變。

捫心自問，皇帝是個很好的丈夫，也算得上是個不錯的君王。他們是少年夫妻，白頭偕老，膝下兒女和睦孝順，若是在尋常人家，實在是再美滿不過的姻緣。

可生在帝王家，生活的大半篇章都在書寫爾虞我詐，權衡利弊。她除了是妻子，還是皇后。她的一舉一動不僅關係到君王，還代表了國公府這個強而有力的外戚。她努力了很久，幾乎是用了十數年的時間做一個移山的愚公。

那所成立在昔日好友程國公府上的女學，世上只道是趙女官提議開辦，無人知曉這是皇后最初的夙願。

「起初，我們沒有合適的師長，甚至連學生也招不到，聽到最多的話是，女子為何要上學？」皇后搖頭笑道：「不怪她們如此疑問，倘若我娘親沒有教我後宅之外的見識，興許我也不懂何為文以載道。

「陛下並不支持女學創辦，女人學經世之道，在他看來是滑天下之大稽，他雖不曾言明，可我看得出他的心思。所以我退了一步，只讓學堂教習女子本該學的那些書，這才被默許。」皇后道：「學堂的一應開銷，都是妳外祖出的，如果沒有妳外祖，便沒有女學。所以我方才說，妳外祖該是我的貴人才對。」

前些年，他們偶爾有書信往來，信中提及近況。

譬如他娶了一個十分漂亮的妻子，就是有點孩子氣；某年，他喜得閨女，取名叫妗秋；又是某一年，他在信中問有沒有贅婿的好苗子，替他物色物色，惹得她啼笑皆非。

相比之下，她在信中極少提及近況，因為皇城生活實在寂寥。年輕時候的壯志凌雲，到中年所謂的大權在握，卻反而活得像個傀儡。女學漸漸步入正軌，這已經是她力所能及的全部。

就在這時，阮成恩逐漸退出商道的經營。

她沒有問為什麼。皇帝知道商道的存在，也感受過商道的好處。臥榻之側，帝王不允許這條商道為旁人所占，哪怕是自己的妻子。

阮成恩是個通透智慧的人，選在最恰當的時機急流勇退，將權柄移交到曲元德的手上。

曲元德以為是自己尋得皇帝作靠山，殊不知，是皇帝先選中了他。權力博奕成為她生活的全部，即便是在最親近的人的身邊，她也不能做到坦誠相待。而至於年輕時的志向，隨著歲月蹉跎，漸漸失去色彩，變成樹梢上泛黃的楓葉，風一吹，就落了。

直到今天，看到姑娘眼底的神采，皇后才回憶起許多年前的自己。她不是皇后，是鎮國公么女岑扶搖，文武雙全，名滿京城。父親為她賜名扶搖，是大鵬一日同風起，扶搖直上九萬里的扶搖。

「清懿，」皇后突然喚她的名字。「妳做得比我好。」

清懿怔住，忽而跪拜叩首，緩緩道：「臣女聽我們學堂的裴老師講過一堂課，她為學生講了一個疊羅漢的故事，臣女今日再將這個故事講給您聽。

「勸學中有言，不積跬步無以至千里，不積小流無以成江海。所謂青出於藍，冰寒於水，是有前人造化在先。長階非一日築成，若無娘娘當年的女學，便沒有趙女官培養出的老師；沒有裴萱卓這樣的老師，臣女便做不成今日的學堂。所謂薪火相傳，未有火種，何來傳承？」清懿眼尾泛紅，眸光鄭重。「娘娘，倘若沒有您，便也沒有今日的我，世間因果從來如此。」

皇后愣怔良久。

爐上茶已煮沸，廬山雲霧的香氣繚繞，窗外夕陽徹底落下，餘留淺淡的昏黃。最終她像尋常人家的祖母一般，慈祥地拍了拍姑娘的頭。

「去吧，只管去做妳想做的，從此，有本宮做妳的貴人。」

從泰華殿出來時，太陽已徹底下山。

趙錦瑟派人將清懿送出宮，內城之外，她甫一下車，便接到熟悉的擁抱。

「姊姊！」清懿進去多久，清殊就等了多久。

見到清懿平安出來，身後的碧兒、翠煙、裴萱卓等人，都徹底放鬆下來。

眾人齊心協力度過了難關，劫後餘生的滋味令人百感交集。

「都回去休息吧。」清懿看著一張張熟悉的臉，忽然鄭重鞠躬行禮。「今日之恩，清懿沒齒難忘，多謝諸位。」

「姑娘，快莫要再說這種話，折煞我們了。」翠煙眼圈泛紅。「從前您為我們籌謀的種種，雖隻字不提，可我們都不是沒心肝的人，早就銘記在心。

「有句話我們都想和姑娘說，從前您凡事都自己扛著，收回商道也罷，把我們都送走也罷，把我們安頓得好好的，全然不顧自己，此後萬萬不可如此。您是我們的主心骨兒，沒有您，就沒有諸位姊妹的今天，姑娘凡事當以自身為先。」

清懿沈默良久，眸光溫潤。「好。」

回到流風院，許是因為連日疲倦，清懿額頭有些發燙，喝完清殊端來的藥，昏沈睡過去後才覺舒服。

清殊悄悄關上房門，回頭道：「好了，姊姊睡下了，妳要和我說什麼？」

丫鬟青蘿面色有些掙扎，跟著清殊走到院中的涼亭裡，猶豫許久才道：「四姑娘，奴婢想起關於項府大小姐的一些事情，要和您說。」

青蘿是數年前清懿出事那次被隨手救下的項府丫鬟，可那時她受了刺激什麼也不記得，什麼也不肯說，眾人只好作罷，由趙鴛領到工坊過活。如今將養這麼多年，總算恢復了常人的模樣，前不久還自告奮勇參與了營救清殊的事情。

清殊對她有印象，思索片刻道：「妳說。」

白日裡，因為皇后頒布懿旨宣告此案審理完畢，遂將曲家一干人等無罪釋放，曲府門前的封條也被揭下。袁兆遠遠瞧著人群裡的清懿正在和姊妹們說話，於是並不上前打擾，只默默去將曲元德和曲思行接回來。

曲思行數日內瞭解到自家父親和妹妹背地裡一個比一個厲害，簡直被這些驚雷砸得昏頭。見到袁兆後他還沒回神，隨口邀請對方留宿，結果人家一口答應下來，讓他都傻了。

「袁兄不回去，長公主豈不擔心？」曲思行想了一個理由試圖挽回。

「哦，無妨，知道我活著就行。」袁兆已經蹓躂去挑房間。「我看這間不錯，坐北朝南，甚好。」

曲思行只得看著他自在的背影無語。好在兩個光棍生活簡單，並不講究，既擇定房間，曲思行也由得他去。

袁兆四處散步，遠遠眺望了一眼流風院的屋簷便打算歇下。這時，院門突然被敲響，響聲還略顯急切。

打開門，正對上清殊嚴肅的神情。

「袁先生，我有話要問你。」清殊俐落道：「你是不是知道項連伊有系統？」

袁兆倏然抬眸，目光帶著些許銳利，沈默片刻才道：「進來說。」

就在一刻鐘前，青蘿說曾聽過項連伊和一個名為「系統」的東西對話，此後才被她找了由頭搓揉，現在想來就是殺人滅口。

作為現代人，清姝也算閱網文無數，她很清楚「系統」是什麼。這代表項連伊掌握了更高更強的力量，由此推斷，多年前姊姊莫名出事且找不出蛛絲馬跡，未嘗不是系統的功勞。

「袁先生，我不想繞彎子，之所以想開門見山地說，是因為我看得出來你和我一樣都在關心著姊姊。」清姝道：「項連伊有系統，我懷疑姊姊那次馬車出事和這次商道案發，都與她有關係。如果她掌握著這種超然的力量，那就必須找出應對的方法，否則我們就是案板上的魚肉。」

袁兆頓了片刻，道：「我並不知系統為何物，但我聽明白了妳的意思。項家女，確實有玄妙之處。」

清姝皺眉，問道：「你是何時發現的？姊姊出事那次是你出手相助，倘若你早有預料，又為何不直接告訴我們她身上的異處？還有，亭離山遇到的老和尚，究竟是何方神聖？你到底知道多少內情？」

一連串的問題直指關鍵，袁兆這才正眼看向這個年紀不大的姑娘。他也算看著這個孩子長大，只記得是個活潑跳脫的性子，如今才知她原也有冷靜睿智的一面，和她姊姊如出一轍。

前世，清懿的身邊並沒有這個妹妹，這一世，興許是清懿改變了她早夭的命運，才讓妹妹得以長大。但是清姝方才口中的「系統」，讓他不由得心生疑竇，這個妹妹，真的是原本就早夭的那個嗎？

「回答妳之前，還請四姑娘先回答我一個問題。」袁兆道。

「你問。」

袁兆目光藏著探究，緩緩道：「妳來自何方？」

倘若是尋常人問，清殊一定會回答潯陽，可她心裡清楚，袁兆問的不是這個。清殊愣怔數息，像是下定某種決心，平靜道：「另一個世界。你可以理解為數千年後的未來。」

袁兆沈默許久，可清殊卻沒有在他眼中看到質疑和震驚，反倒是一種猜測成真的平靜。

「到你了，你究竟知道多少秘密？」清殊問：「我姊姊重生了一次，那袁先生你是否也是如此？」

袁兆這回沒有遲疑，直接道：「是。」

「項連伊的能力，究竟是今生才有，還是前世便存在？」

袁兆垂眸，迎著少女注目的視線，他像是想到什麼，眼底閃過晦暗。

「前世便有。」

短短瞬間，清殊如醍醐灌頂。在清殊已知的訊息裡，姊姊前世在後宅備受折磨，經歷許多苦難，那些找不出痕跡的陷害，在此刻都有了答案。

一時間，她壓抑不住憤怒。「那你既知道是項家女的手段，又為何眼睜睜看著我姊姊受苦？你既然薄情寡義，如今又何必做出這副模樣？」

袁兆眼睫低垂，無人知曉他眸中的沈暗。

隨著少女一聲聲的指責，前世的記憶如雪花紛飛，一片一片鑽入腦海。是新婚夜莫名突然降下的長公主旨意，原本的娶妻變成納妾，他去宗祠親手改譜牒，手指被利刃割得鮮血淋漓，她的名字卻怎麼也刻不上。

從那夜陡然詭異的情形開始，他發現背後好像有一隻看不見的手在推動著所有人走向既定的命運。可他不信怪力亂神，更不信所謂命運安排。

兩年時間裡，他幾乎是拚命地籌謀，完成老師遺願後，力求在朝廷漩渦裡脫身。但是項天川似乎能料到他的每一步棋，直到變法失敗，袁兆也找不出誰是叛徒。直到某天，對方突然找上門，想要以婚約為籌碼展開和談。

那時第一次，袁兆注意到了項家女，項連伊。

他不記得自己做過什麼讓姑娘家誤會的事情，所以更不明白此女執念從何而來。

項連伊見到他時，眸光夾雜著難以言喻的光亮。「袁郎君可還記得我？那年我第一回進京，途中馬車壞了，遇到山洪，幸得您相助。」

那時，他記得自己十分直接道：「抱歉，不記得了。」

其實他說了假話，他過目不忘，自然記得某次的偶發善心。因為姑娘的遭遇讓他無端想到清懿，舉手之勞的事情，不值一提，更不想因此讓姑娘誤會。

項連伊的眼神卻平靜得有些異常。「無妨，日子還長著，郎君總會記得我的。」

袁兆緩緩皺眉。那種詭異的被操縱感，就在這一刻重新席捲而來。

此後，一次、兩次、三次……數不清多少次的偶遇邂逅，袁兆不是拎不清的蠢人，對於男女之事，他沒有尋常男子一貫的拖泥帶水，更不會憐香惜玉。可對方卻如附骨之蛆，讓每一次的意外避無可避。

那是袁兆第一次產生疑竇——他覺得自己像棋盤上的棋子，抑或是話本裡墨字寫上的人物，生出自我意識，卻無法違抗操縱者的意志。

在清懿問他為何如此疲憊時，他想要說出內心的懷疑，卻猛然發覺……他一個字也說不出口。關於命運、關於天道、關於棋子之論的懷疑，他通通說不出口。

這一刻，來自於未知的詭異塵埃落定，好似毒蛇在暗中窺伺，被陰鷙的目光鎖定後的森森寒意籠罩著他。

袁兆將自己關在無人的房間，安靜思索了許久。面前擺著棋譜，是困龍局。

從七歲起，因為找不到對手，他便喜歡自己和自己對弈，又或是挑戰前輩遺留的殘局。

博奕之人，玩的是心智。無法宣之於口的秘密，卻可以在心裡反覆揣摩。如果他是棋盤中被困住的龍，一舉一動都在周圍棋子的窺伺中，那麼誰是執棋者？執棋者的目的是什麼？

倘若他是棋子，那麼這個世界就是這個棋盤嗎？那又是誰造就的棋盤？

每一次感受到意志被強行扭轉，推動的結局都是以項連伊目的得逞告終。

至少可以推斷，項家女擁有所謂的「神力」。

這種神力從何處獲得，又為何會被賦予此種神力？她與棋盤的創造者是同一陣線嗎？如果是同一陣線，他的意志又為何與項連伊相左？

倘若寫話本的人一開始的設定就是袁兆與項連伊天生一對，那就不會有清懿的出現。

袁兆心中無可抑制地生出戾氣。他的情感，他的血肉組成活生生的人，而不知名的操縱者卻想改變他的意志。

「砰」的一聲，棋盤被掀翻在地，他倏然起身，推門走了出去。

屋內，棋子散落，困龍不復存在。

在假意順從操縱者後，袁兆漸漸摸清規律。

「神力」並非萬能，它只會在某一個時間節點粗暴地判定結果。

譬如，操縱者下達一定要讓袁兆娶項連伊為妻的旨意，那麼其中種種彎彎繞繞它都不管，只要最終目的達成。

又譬如，他無法對操縱者下殺手，每當他生出殺心，意志便彷彿觸碰到了禁忌，會陷入黑暗很久。等下一次蘇醒，他便會發覺這段時間自己的身體被「神力」意志掌控，旁人發現不了端倪。

袁兆反覆試探「神力」的規則，逐漸判斷出，操縱「神力」的項連伊並非萬能。這個世界既有「神力」產生，那麼也許就存在著「創世神」，那位「創世神」與項連伊並不像一路人。

也許，這就是破局關鍵。

袁兆無數次地在黑暗中思考，在規則漏洞外尋找可能存在的「創世神」，內心壓抑著無數秘密，沒有人傾訴，也不能宣之於口。

唯一的慰藉是見到清懿。只有她在身邊，袁兆才覺得自己有片刻喘息的機會。

她很聰慧，似乎察覺到了不對勁，袁兆卻什麼也不能說，只是握住她的手。「無論將來發生什麼，看見什麼，聽見什麼，請妳信我，再等一等我，好不好？」

命運的車輪無可違背地向前滾動。

和項連伊成親的那一夜，腦中翻滾的意志拉扯像是將人撕碎。侯府張燈結綵，滿眼的鮮紅，他無端地想起清懿穿著紅嫁衣的模樣。除了項連伊，誰也不知道，大婚之夜的新郎官在另一處小院裡吹了一晚上的冷風。

這也是第一次，他公然對抗「神力」，且成功了。

第九十七章

回到聽雨軒，袁兆撂下一句話。「那邊與妳井水不犯河水，別把主意打到她身上。」

這是項連伊掀開蓋頭後，聽到的第一句話。

她愣住半晌，緩緩笑道：「郎君說什麼？我聽不明白。」

袁兆面無表情地看著她，沒有重複，轉身便離去。

餘留項連伊的笑容漸漸消失，衣袖中的手指掐進掌心。雙方都是聰明人，她知道他意識到了自己的異樣，而現在是表明他的底線，只要不觸碰到底線，他也不介意隨波逐流；可如果觸犯底線，那就魚死網破，大不了掀翻棋盤。

良久，項連伊冷笑。「真不能小瞧了古人的腦子。」

他是最聰明的棋子，深知自己是棋局的中心，並在初次違抗意志成功後公然借此談判。而項連伊也確實被拿捏住了七寸，倘若對曲清懿下手，逼急袁兆，徹底做出打亂棋盤的事情，那麼她也會被系統抹殺。

項連伊緩緩勾起唇角，可惜，男人不明白後宅的手段。他護得住曲清懿一時，護不住她一世。殺人的刀，並不一定要見血。

起初，袁兆以為自己將清懿保護得很好。他單獨闢出院子安置她，但凡送進這裡的丫鬟、婆子還有一應吃穿物件都是精心挑選過的，外面的風言風語傳不到這裡，可他發現，清懿還是逐漸消沈。

袁兆不常來，因為每每出現，總是不可避免帶來危機，就像府中蹊蹺失蹤的侍妾們，誰也找不出疑竇。

每月偶爾來一次，他總是儘可能地拋開疲憊，告訴她輕鬆的軼聞，或者送一些東西。有次，皇后賞了一件極好的狐裘，清懿雖笑著收了，可袁兆敏銳地感覺到她沒有看上去那麼開心。

應該說，這麼多年來，她很少真正開心過。

私下叫來她身邊的丫鬟芬兒，對方支支吾吾道：「那件銀狐裘，郎君也送了一件給世子妃嗎？」

袁兆緩緩皺眉，緊攥的指節微微發白——他從沒有送過什麼給項連伊。

而在他看不到的地方，對方利用「神力」製造的假象還有多少呢？

心中猛然生出急切的情緒，他迫切地想要找到曾經出現過的和尚，那是他唯一想到的擁有不尋常之處的人。

然而清懿離他越來越遠了。是那天她帶著懇求的一句「和離」，也是她逐漸黯淡的眼神，和不願靠近的手。

袁兆意識到了這一點，可他沒有任何辦法，就像無法徒手抓住一道自由的風，他幾乎是懇求她不要走。

再等一等吧，再等一等，他想。

自此袁兆越發忙碌，他一面要操心朝堂政局，推行土地改革，壯大寒門勢力為己用，以此制衡項黨；另一面，他私下將所有暗衛都派去保護清懿，即便自己萬一發生不測，至少可以保全她。

所以在陷害事件發生時，袁兆沒有一絲一毫疑心清懿的清白，但那些污言穢語喋喋不休，讓他的殺心抑制不住。

手起刀落，天地才終於安靜了。

暗紅色的鮮血靜靜流淌，蜿蜒成一條小溪橫亙在二人中間。

清懿站在對面看著他，眼神淡漠，袁兆幾乎被那道眼神灼傷。

世人皆道袁郎是個光風霽月的君子。而在這道冷靜又漠然的目光注視下，那層看似完好的人皮漸漸褪去，將他壓抑的戾氣、殺念、占有慾照得一覽無遺。

隔著咫尺之距，袁兆好像看見，她眸光裡倒映著地獄羅剎的面容。知道他是一個和尋常男人沒什麼不同的、卑劣骯髒的小人，她會失望嗎？

見到程奕，她是不是想起年少時光，是不是恍然驚覺他早就不是當初認識的袁兆？是不是在後悔……當初沒有走？只是這樣想想，內心的嫉妒和醜惡就悄悄占據了全部內心。

他生來貴胄，自視甚高，看似待人溫和實則是個極傲慢清高的人，這世上沒有人比袁兆更瞭解自己的目無下塵。可在這一刻，他近乎生出低到塵埃裡的自卑，他害怕看見她眼中的疏離與厭惡。

床帳裡，他蒙住她的眼睛，輕聲問：「如果我們有了孩子，會不會好一些？」

清懿沒有說話，沈默一直蔓延。良久，只聽到他極輕的嘆息。

「罷了。」黑暗裡，他自嘲。「用孩子綁住妳，那我就是個徹頭徹尾的混蛋。」

他想，至少別讓最後那點情意被消磨殆盡。

關於項連伊的能力，他漸漸知道規律，「神力」不可隨意施為，需要冷卻時間。

在陷害清懿之後，她有很長的時間不能再次使用。而袁兆就是要趁此良機對項黨發難，即便項連伊有後招也只能先用來圍魏救趙，不會波及清懿，等項連伊招數用盡，便是項黨倒臺之時。沒有項天川，失去「神力」的項連伊也只是一塊任人宰割的魚肉。

背後的規則不許他起殺心，可是規則不懂人心，要一個人求死不能，有無數種手段。

袁兆漠然看著棋局，突然落下一字，絞殺大龍。屆時她再想積蓄後招脫困，傳說中那位有神力的和尚也已經找到了，不日就要進京。

身為棋子又如何？手握天道，也有必須遵從的規則。有規則，就會有漏洞。恰好，他最擅長下棋，更擅長在蛛絲馬跡中尋找漏洞，一擊必殺！

他計劃得很周全。再有幾天，就真正自由了。

那時他想，等到一切事情塵埃落定，他就將從前不能說的真相統統告訴清懿。他將未來都想好了，按照和曲思行的計劃，先是將計就計，讓曲思行假裝中項黨圈套，被誣巇謀逆，再由袁兆為首的臣子檢舉項黨數年來的累累罪行。

走在入宮的路上，袁兆莫名覺得心中不安，沒來由地慌亂。

「殿下臉色不佳，是沒有休息好嗎？」下屬問。「怪不得殿下疲累，我想著今日要做的事，心裡都激動得睡不著覺呢。」

眾人言語紛亂間，袁兆心臟跳得越發厲害，他甚至沒有心情回應，撂下一句「我先回府一趟」便往回走。

那天所有人都看見一向端方的袁郎腳步惶急，最後近乎飛奔。

他到底疏忽了什麼呢？他想不出來，心裡卻只有一個念頭，他要回去看看清懿！

寒風吹在臉上如刀割，步履匆匆地踏入侯府。袁兆的神經如一根繃緊的琴弦，在看到那抹輕飄飄的身影倒下時，終於斷裂。

即便時隔兩世的光陰，袁兆回憶起那一幕，幾乎是將疤痕再次撕開，鮮血淋漓。

清殊不知什麼時候淚流滿面，哽咽得說不出話。既是為姊姊受過的苦難，也有那麼一絲憐惘，是為眼前這個男人。即便是隻言片語，也足以讓清殊拼湊出故事的原貌，她甚至不敢再問下去。

看著愛人死在懷裡，世上最難言的苦，盡數被他嚐盡。那是怎樣的滋味？

袁兆閉上眼，道：「不提了，都過去了。」

真的過去了嗎？看似平靜的外表之下，每一塊肌肉都緊繃著，袖中的手指緊握成拳，是極力克制某種隱隱要爆發的情緒。

這是他潛意識的反應。就像受過極重創傷的人，再次提到記憶裡的恐懼表現出的扭曲和抗拒。算無遺策的人，唯獨沒有算到她的愛。

袁兆以為那天的沈默是抗拒，原來是她在心灰意冷後還是願意相信他最後一次，想要交托一生的愛。

她懷孕了。那是他們期待很久的孩子，得知這個消息，難怪項連伊不顧項家一黨的死活，也要將最後的招數用在她的身上。

看著她大口大口地吐血，鮮血染紅了裙襬，也染紅了他的眼睛。那一刻，袁兆想要祈求滿天神佛，怎樣都好，要他以命換命，付出什麼都行，救救她吧，什麼情愛，什麼太平盛世，通通都不要了！

「我求求妳，妳別走，清懿，別丟下我……」他的聲音發著抖，逐漸泣不成聲。「我只有妳了。」

十年歲月，無數風雨飄搖，在外不論遇到什麼事都能扛住的人，脆弱得像個孩子。看著她在懷裡沒了聲息，他的喉頭像被一隻手掐住，只能發出無謂的嚎啕，和不成聲的懇求。

時隔兩世的江夏城裡，清懿說：「你現在不甘，無非是因為我死在你懷裡。」

是啊，死在他的懷裡。

她那麼平靜地說出這個事實，袁兆卻想起無數被噩夢驚醒的夜晚，他親眼看著愛人死亡，卻無能為力。

後來的袁兆，幾乎活成了一個瘋子。外表完好，內裡腐爛，早就死透了。

屠盡項黨後，見到和尚的第一面，他狠狠掐住對方的脖子，是要將人掐死的力道。

和尚拍打他的手，不斷掙扎。「我能……救……」

袁兆眸光陰鷙，殺心更重。

「救？」他咧開嘴笑，眼中笑出水光。「我曾經求了你，求了這世上所有的神佛，你們都不曾救她。我現在殺了你，給她陪葬吧。別著急，我自己也會去死。」

和尚當真快被掐死，手中極力舉起一個福袋。

曾經，他們在江夏城裡遇見過一個特別的和尚，那日和尚送了他們福澤深厚的箴言，清懿背著他送給和尚一個福袋還禮，針腳細密，繡著卍字紋，是她的繡工。

袁兆怔怔看著福袋，手中力道漸鬆。

和尚撿回一條命，卻並沒有跑遠，他定定看著袁兆通紅的眼眶，閉眼唸了一句「阿彌陀佛」，而後緩緩道：「袁郎君，節哀。」

袁兆的力氣像被抽空，聞言只是輕笑。「師父曾說我們福澤深厚，恩愛一生，看來你說的不準。」

聽到這句話，和尚鼻翼翕動，竟是在流眼淚。「對不起，是我來晚了。」

袁兆抬頭看他，和尚的悲慟真切地寫在臉上，不似作偽。

「你們都是我創造的人物，你和曲姑娘，本就該是我說的那樣，可是一切都被改變了。」

後來，在和尚的敘述裡，袁兆漸漸明白，這個世界只是一本「小說」，也就是他們所理解的話本。主角是心懷大志的皇太孫晏徽揚和來自鄉野、不受寵的項家嫡女項連伊，講的是他們相知相遇、攜手同行，成為一代明君、賢后的故事。而袁兆和清懿、乃至其他所有人，都只是故事中的配角。

「所以，在你筆下，她應該是怎樣的人生？」袁兆聽見自己的聲音帶著微微顫抖。

和尚垂眸。「她少年艱辛，遇到你之後，漸漸開拓眼界，你們雖遇到了一些阻撓，卻也一起踏過，此後……」他原本絮絮的話語，在看到袁兆逐漸泛紅的眼，聲音不自覺地低沈下去，那句「此後恩愛一生」消失在喉頭。

「這就是她的一生……」袁兆的脊梁彷彿被重物壓彎，他捂住臉，眼淚從指縫中流出，聲音沙啞地笑。「這才是她的一生。」

和尚的眼眶濕潤，哽咽道：「項連伊違背主線任務，一意孤行，打亂所有的劇情，我那時不知是她，等我發現劇情徹底被改變，已經來不及了。」

和尚的眼淚大顆大顆地掉，袁兆不知他是為何而傷心，只知那無法言說的痛苦蔓延到四肢百骸，叫人求死不能。

「就因為是棋子，就因為旁人有操縱棋局的能力，所以棋子的命就不是命？」他低低笑了一聲，齒間壓抑著情緒。「你們自詡有逆天之能，為了一己私慾，隨意改變他人命格……可笑的命格，可笑……」

真相如此荒謬。他們是命運卑賤的螻蟻，所謂鴻鵠壯志，姻緣邂逅，不過是旁人寫下的幾行文字。她是如此盼望著去看世間的大好河山，而他當年立下的宏願，乃至於芸芸眾生的千萬種人生，到頭來，算什麼？

「我在寫出你們的時候，是真心希望你們有很好很長的一生。」和尚的眼淚順著臉頰滑落。「那次在江夏見到你們，我很開心。」

那是他第一次真切地感覺到，原來自己賦予了他們生命。他們是如此鮮活可愛，出現在書本之外，是活生生的，有血有肉有靈魂的人。

「袁兆，」和尚抹了一把臉。「把你的無字白玉拿出來。我有唯一能夠改變結局的機會，但是需要付出代價。」

袁兆定定看著他，連代價是什麼都沒有問。「我願意。」

第九十八章

長階高聳入雲，袁兆一步一叩首。

耳邊迴響起和尚的話。「無名山頂就是這個世界的出口，我就來自於那裡。回溯時間需要力量，你要懷著誠心一步一叩首去到山巔，我會在那裡等你。」

四千九百三十一級臺階，登上山巔那一刻，袁兆額角鮮血蜿蜒，渾似厲鬼。

渾濁間透著一絲清明，他用殘存的理智問：「接下來要怎麼做？」

不知是不是錯覺，和尚的面容好似成熟許多，看上去已是二十來歲的年紀。

和尚沈默片刻，突然道：「袁兆，你要想好了。溯洄一次，只能讓曲清懿重生，而你……

「我是說，現在的你，擁有這一世記憶的你，會永遠消失。那個時間裡出現的『袁兆』，是另一個你。」他頓了頓。「所以，你想好了嗎？是否要用你這一世的生命，去換她的來生……」

去換一個未來沒有「你」的來生。

袁兆唇角微揚，扯開一絲笑，笑意卻未至眼底。他摩挲著無字白玉，沈默很久才開口。

「她擁有這一世的記憶，可以避開發生過的不幸，這就夠了。」

最後兩個字，嗓音沙啞得不像話。

「你甘心嗎？」和尚問。

袁兆沒有回答。

因為答案再清晰不過，沒有人會甘心的。可是再如何不甘心，比起她能重活一世，順遂過一生，就不值一提了。

良久，他閉上眼。「開始吧。」

無字白玉放置在光芒中心，猛然爆發出駭人的光圈，隨即一圈一圈向周圍擴散，直至去向天邊盡頭。

就在袁兆的身體漸漸透明的瞬間，和尚像是終於下定決心，眉宇中的掙扎化為平靜，隨後是一聲嘆息。「算了，我不入地獄誰入地獄。」

他替代袁兆的手，伸向光圈中心。

若有人在身旁，一定會驚訝於和尚在短短瞬間衰老，徹底變成一個老頭。

待到光芒漸漸熄滅，才聽到他自言自語。「來世，看你們自己的造化，尤其是你，醒不醒得過來，誰都說不準。

「唉……」他發出長嘆，蹣跚著走遠。「誰讓我是甜文作者呢？還是捨不得他們受苦啊。」

來到這一世，斗轉星移，江夏城的雲彩和前世沒什麼不同。袁兆睜眼打量著周遭的一切，柳風在一旁小心試探。「郎君？」

神思漸漸歸位，腦海中最後的畫面還停留在那團耀眼的光暈。

他聽見自己聲音乾澀。「現在是哪一年？」

柳風驚訝道：「郎君糊塗了？現下是崇明五十二年啊。」

「崇明五十二年……」他重複，旋即低聲笑了起來。

那日，江夏城樓之下，他一步步走向山匪包圍的馬車。

風從曠野吹來，天光透過車簾照在轎中人的臉上，眉目如畫。他不敢洩漏一點聲響，連呼吸都屏住，害怕這又是易碎的夢境。

直到她半夢半醒間的一聲輕喚。「袁兆。」

這一聲「袁兆」，和記憶裡的每一聲重疊。他才恍然，這不是夢。

「我在。」他聽見自己平靜的聲音底下暗潮洶湧，極力壓抑著，怕她察覺人皮之下的潰爛。

「我在。」他輕聲重複。

我回來了。

聽完前世的故事，清殊哭得兩眼發腫，良久她想到什麼，問道：「既然和尚說你們都是話本裡的人，那我又是誰？」

袁兆想了片刻，說道：「焉知話本之外是否還有話本呢？興許妳的另一個世界，也是個話本，歸根究柢……」他頓了頓，看向清殊道：「妳是這個世界送給清懿的禮物，因為有妳，她過得很幸福。」

清殊聽得鼻子發酸，咕噥道：「算你會說話，姑且認你做姊夫一號吧。」

氣氛轉變得太快，袁兆不禁無語。

「對了，你說你摸清楚了規律，是不是意味著現在的項連伊正好是系統冷卻期？」清殊想到重點。「那麼我們得趁著這個機會弄她。」

袁兆眸光漸冷，手指在珠串上摩挲。「刀早就磨好了，若不是妳姊姊出事，項黨這會兒已經下獄了。」

摩拳擦掌的清殊愣住。「你們高智商的人都是走一步、看一萬步的嗎？」

袁兆撐著頭，瞥她一眼，似笑非笑。

其實早在隨清懿入獄時，他就已經做好了準備。倘若清懿願意走，那他轉頭就把項黨種種罪證送上；她不走也無妨，不過是陪她走一遭牢獄，阮成恩那幅字畫還是袁兆送到皇后手上的。

他知道皇后一定會出手，屆時項黨只是多蹦躂幾天。退一萬步講，即便真的有意外發生，無非就是死在一起。

袁兆的目光落在溫潤的珠串上，神色淡淡。死在一起算什麼苦難？這是他上輩子求之不得的事情。

不知他內心的思緒，清姝又想了許久，才試探問道：「我還有一個問題……」

「妳說。」

清姝垂眸，掩飾心底的不安。「上輩子的晏徽雲是什麼結局？」

袁兆沈默片刻，似乎在斟酌措辭，遲疑道：「不知道。」

「不知道的意思……是他就像這次一樣了無音信，還是遭遇不測？」

袁兆想了想才道：「那時和現在不同，他出征是因為叔父戰死，隻身前去雁門關，後來確實杳無音信，但也沒有噩耗傳來。」

見到清姝逐漸灰敗的臉色，袁兆又道：「沒有消息卻不一定是壞消息，雲哥兒的性子我瞭解，他這樣的人，沒那麼容易死。」

清姝立刻抬頭。「你別咒他。」

做出去雁門關的決定，是清姝深思熟慮後的結果。如今姊姊身邊有袁兆在，皇后也答應做靠山，起碼身家性命得到了保證。

項連伊在系統冷卻期，短時間翻不出浪花，不等她翻身，袁兆應該已經能把她踩死。工坊、學堂過了明路，逐漸走上正軌，除了晏徽雲相關的事，家裡還真沒有她可以操心的。

和姊姊說了自己的想法，清懿沒有立刻答應。

「去那麼遠的地方，那邊還在打仗，我怎麼放心得下？」

清姝早有準備，蹲在姊姊面前，仰頭道：「我和樂綾郡主一起去，淮安王府調派兵馬趕赴雁門關，跟著軍隊，我們不會有危險。」

清懿不是執拗的人，她思索片刻才嘆道：「妳長大了，有自己的想法，姊姊不是想攔妳，是捨不得妳。」

「我知道。」清姝眼圈泛紅。「姊姊是我最親的人，為了妳，我也會保重自己。只是……如果晏徽雲真的有意外，我怕將來會後悔。」

不是除卻巫山非雲也，而是在接受過對方毫無保留的愛意後，要回報相同的努力和感情，才可以說不留遺憾。

清懿沈默一會兒，摸了摸妹妹的臉，輕聲道：「去吧，別讓自己後悔。」

次日一早，清姝換上騎裝，跟著樂綾一塊兒出城與大軍會合。

清懿遙遙目送，直至看不見那抹雪白的身影才往回走。因為身體尚未養好，路過水窪差點滑倒，幸好被身後的胳膊扶住。

「昨兒的人參養榮湯沒喝？」

清懿沒有回頭。「苦，沒喝。」

昨天清殊一回來便將項連伊的蹊蹺竹筒倒豆子，說個乾淨。清懿何等聰明，結合前世種種異樣，拼湊出了完整的真相，只是時過境遷，枯草地長不出花，她也早就沒了風花雪月的心思。感情上的事，不是像話本裡，誤會一解除，彼此疏離的兩個人立刻就能和好如初。

清懿也不是拿喬、耍小性子，她是真的不想再與誰糾纏在一起。

見識過更壯麗的事業，誰還會拘泥於兒女情長？

袁兆深知這一點，心裡卻沒有不滿。從前世的殘破，能補救成今生的模樣，他已經很滿足。

路過城樓，正巧遇見二丫拎著飯盒，看到清懿她趕緊打招呼。「曲姑娘！」

清懿笑道：「好巧，二丫是來做什麼？」

二丫臉一紅，抬了抬下巴，努努嘴道：「喏，給我那口子送飯呢。」

年初，二丫和守城門樓的新兵蛋子張大成婚了。

清懿想著要送點什麼，隨手摸了摸發現忘了帶錢袋子。彩袖、翠煙那幾個丫鬟如今都是獨當一面的管事，她身邊還未找到合適的人，這回只有袁兆跟在身邊。

旁邊遞來一只錢袋，未經清懿的手，逕自遞到二丫面前。

「曲姑娘的一點心意，賀你們新婚之喜，還請笑納。」

二丫愣了愣，旋即爽快收下，臨走時笑道：「姑娘下回路過東門口，記得來我家坐坐，喝杯薄酒再走。還有世子殿下也一起來！」

看著她走遠的背影，清懿笑容溫和，意有所指道：「現在還覺得我們活在戲臺上嗎？你看這世上的芸芸眾生，哪個不是有血有肉。」

袁兆輕笑。「是在教育我？」

「不敢當。」清懿搖頭道：「只是想反駁你先前說的謬論。真正的螻蟻活在我們腳下，每日不知疲倦地搬運，於牠而言，我們隨手就能碾死牠。而我們之於更上層的『創世神』來說，也是螻蟻。可就因為有比自己更為強大的存在，螻蟻就沒有活著的必要了嗎？

「螻蟻尚有扛起數倍於自身重物的志氣，我們為何要因為這個世界的虛無而去否定自我？」她緩緩道：「我站在哪裡，哪裡就是真實存在的。」

袁兆定定看著她很久，勾起一抹笑。「妳說得對。」

站在她的身邊，他才真切地感受到活著的滋味。

休整數日，袁兆開始著手布置對付項黨的事宜。

自從北境開放通商，各路商賈紛紛參與。因為皇帝這招以退為進，項黨吃了暗虧。明面上雁門關通敵案被遮掩過去，與此同時，他們也失去了一條生財之道。

隨著以鳳菱莊為首的勢力不斷壯大，程善均手底下經營的商道早被擠壓得失去生存空間，單靠著曲雁華在苟延殘喘。

自清懿入獄後，曲雁華也被疑心，強制退出了商道經營。如今扶持晏徽霖一派的財路已斷絕，從而影響到軍需糧草。北燕撕毀和談條約，夜襲雁門關，致使守將晏徽雲失蹤，未嘗沒有項黨狗急跳牆，暗中為之的結果。

而袁兆現在要做的，就是再添一把火，燒得他們無路可退。兵不血刃的最好方式就是讓對手自取滅亡。

次日一早，一封檢舉項黨歷年來累累罪行的文書呈到御前，樁樁件件證據分明。出頭的是新科探花，那位打馬遊長街的裴家郎君，裴松照。

從前並不是沒有這樣的時刻，清高文臣嫉惡如仇，試圖扳倒項天川的人如過江之鯽。可是，從數年前袁兆以王孫貴胄的身分當庭狀告，結果不了了之後，群臣便不敢輕舉妄動。他們讀懂皇帝的信號：他並不想清算項黨。

今日，老邁的皇帝捧著那封文書讀了很久，在收到明確信號前，官場老油條們不敢輕易站隊。

直到皇帝放下摺子，沈聲說了一個字。「查。」

鴉雀無聲的大殿頓時黑壓壓地跪了一片，他們終於明白，這是變天了。

項天川入獄那日，身上還穿著一品官員袍服。他曾是當年殿試被聖人欽點的狀元，做過翰林編修，當過封疆大吏，後來位極人臣。一朝大廈傾塌，分毫不願露出醜態。

奉旨押解他的是新晉能臣曲思行，一同來做監令欽差的是曲元德。

路過曲元德的身邊，項天川突然笑了。「曲兄，沒想到當年新科前三甲，竟是你活到最後。也是巧，狀告我的是裴家後人，逮捕我的是你曲家人，究竟我這半生的對手兜兜轉轉還是你們倆。」

曲元德垂眸，仍是那副平淡的模樣。

項天川看著他。「是我被雁啄了眼，以曲兄之才怎會庸碌至今？可笑我竟信你是傷仲永，泯然眾人矣，誰知你是韜光養晦，只等我三十年河西。」

曲元德抬眸，眼底帶著倦意。「天川兄，不是誰都想在宦海沈浮，進了官場，你我都是輸家。」

聽了這話，項天川駐足許久，半晌才扯開一抹笑。「是，今日輸家是我，明日步後塵的焉知是何人？自我貪戀權力那一刻起，早就注定了這個結局。」

「元德兄啊……」他突然喟嘆。「崇明二十四年，你、我、裴蘊金榜題名，榮登三甲。瓊林夜宴，打馬遊街，何等風光。

「一個狀元，」他指著自己，又指了指曲元德。「一個榜眼，都不如棄官歸隱的探花郎。」

最後一聲嘆息近乎自言自語，昔日權臣戴上鐐銬，走進囚車，項府大門在他身後關閉。高懸的旭日落下，殘陽如血，一個時代就此落幕。

第九十九章

幽暗的牢獄裡，獄卒打著燈籠走在前面。清懿忽視兩側監牢裡眾多打量的目光，徑直往最裡面走，直到看見女子的背影才停下腳步。

「找我做什麼？」

清懿沒有興趣痛打落水狗，更不會特意為了看人笑話興師動眾跑一遭。早在三日前，項連伊就不斷託人傳信，想要見清懿一面。

向來高傲的女人此刻蓬頭垢面，臉上掛著平靜的笑。「妳來了。」

清懿抬眸。「我以為妳會更想見袁兆。」

項連伊噗哧笑出聲，笑了許久，才擦了擦眼角道：「是啊，我也以為是這樣，可不知道為什麼，比起他，我更想見到妳。」

在清懿開口前，她又道：「別急著走，到這個地步，我再不甘心，只會顯得自己輸得太難看。」

清懿注視她片刻，突然道：「妳究竟為了什麼？」

機關算盡兩輩子，到頭來竹籃打水一場空。都不是蠢人，很多話沒必要說透。項連伊聽出她話語裡沒有嘲諷，當真是為她的選擇而不解。明明擁有淩駕於世界之上的能力，卻為了一樁姻緣執著至此；如果說她真心愛袁兆，今時今日她最想見的又不是他。

項連伊輕笑著搖頭。「為什麼？我也不知道。妳就當我是個瘋子吧！」

她呢喃，似哭似笑。「曲清懿，我就想問問妳，做好人累嗎？誰都不知道妳為她們犧牲了多少，在妳入獄的時候，妳幫過的人興許為了苟且偷生寧可棄妳於不顧，妳做聖人的時候，沒有一絲一毫的不甘嗎？」

她連聲詰問，可清懿知道，對方需要的並不是自己的答案。

「我為了什麼？」她扯開嘴角。「也許只是好人當膩了，想做一個自私自利的瘋子。」

九百九十九次賢后，九百九十九次捨小家為大家。九百九十九個角色的一生，不過是書本上的文字，可只有她真切嚐過為了成聖成賢究竟要付出什麼代價，有時是為大局犧牲自己的婚姻，有時要丟棄自己的孩子甚至是生命……

「項連伊本該過怎樣的一生呢？」她緩緩道：「年少失去母親，長大後扶貧濟困，直到水災中為救一個乞丐落下傷病。這番善心與大義吸引了皇太孫晏徽揚，可是書本上說的愛，就當真是愛嗎？也許感動欽佩是真，但項家的名頭也未嘗不占了幾分。

「讀賢媛集長大的姑娘，處處恪守德行，唯獨不會問自己想要什麼。晏徽揚長相、人品、出身無一處不好，他來求娶，似乎沒有拒絕的理由。嫁入皇家，她要犧牲的更多，是相敬如賓的美談底下逐漸消失的情意，是在權力鬥爭裡失去的孩子，為了大局，為了賢德，她要以德報怨。貴妃害了她的孩子，她要感念稚子無辜，好生將他撫養長大，直至繼承大統。這樁事蹟傳為美談，民間為她刻碑，史官著書立傳，可她卻僅僅是一筆帶過的皇后項氏。」

項連伊閉上眼，因為情緒激動牽連著呼吸急促，停頓很久，她才輕輕喘息道：「一代賢后，可笑的賢后。民間傳說的三寸金蓮，道貌岸然的文人誇它、讚它，誰也看不見女人腳下的鮮血淋漓。

「其實我不是『項連伊』，或者說，我不是任何人。」她的力氣像被抽乾，眼底光芒黯淡。「時間太久了，我忘了自己叫什麼，但……至少是個女人。

「我當了好久的『項連伊』，數都數不清。我過著那群賢后的人生，走一遍她們曾走過的路……」她鼻翼翕動，看向清懿，眼底似有淚光。「系統告訴我，要按照她們的足跡走，否則世界會崩塌，我不完成任務，就回不去原來的世界。

「可是時間太久了，我分不清自己究竟是誰。我活了一遍又一遍，卻覺得自己死了一遍又一遍。如果是她們的執念召喚我來，那我做的這一切，是不是又將她們再次殺死？」她眼角滑落了一滴淚。「這本是我最後一個世界，我想回家，可是來到這裡的那瞬間，好像聽到了『項連伊』在向我求救……只有我知道，『項連伊』有個意中人，可她一生緘口不言，至死都埋在心裡。

「我是個瘋子。」她的哭聲很低，逐漸地嗚咽。「我早就該瘋了……」

與其說是為袁兆而瘋魔，不如說是溺水之人隨手抓住一根救命的稻草。知道那不是救贖，可她快要崩裂的人生需要找到支撐的錨點。

清懿靜靜看著她，心中沒有任何暢快的滋味。

京城的夏日已盡，秋風漸起。去往北地的官道上，越往北行，風沙越烈。

五日前，晏樂綾和索布德已先行一步趕赴雁門關，清殊跟著剩下的隊伍駐紮在三十里外的小城裡。

前方遲遲沒有消息傳來，傳信的兵卒去了三撥，只說郡主沒有找到世子的蹤跡，不願回來，執意再找。清殊心中更不安，可她知道這個時候自己過去也無濟於事，不如想想晏徽雲有沒有可能會在其他地方。

當時北燕夜襲關隘，守城的兵士鏖戰數日才擋下。晏徽雲當機立斷，點了數百騎兵主動出擊，果真發現了北燕等候在數里外的大軍。因為及時切斷了敵軍的糧草供應，再加上調兵及時，這次雁門關才得已守住，北燕也退了兵。

可是，晏徽雲卻在此戰中失蹤，一起的還有十數名親兵。

清殊盯著窗外的夜空出神，直到懷裡的小東西動了動。

「餓了嗎小兔子？」清殊摸著胖兔子的耳朵，將牠放在瓷碗邊。「吃吧。」

也不知道為什麼，臨行前，清殊鬼使神差地將這隻來歷非凡的兔子帶來了。知曉這個世界是書中世界後，她對自己的穿越產生了懷疑——那個所謂的現代世界，就一定是真實的嗎？

看著兔子嚼動青菜葉子的神態，清殊不知不覺趴在窗邊睡著了。

半夢半醒間，她聽見有人在叫自己。「小施主。」

她睜眼，只見是那個慈祥的老和尚。

「是你？」清殊倏地站起身，忽然想到什麼，忙道：「師父，你可以像上次找我姊姊那樣，再幫我找一次人嗎？」

老僧笑咪咪地看著她。「在回答妳之前，我要先問問妳，妳從何處來？」

清殊愣怔片刻，想起當時在寺廟前，他也有此一問。

這會兒，她無端覺得失落。在她以為的「來處」，從小無父無母，像棵堅韌的小草一般長大。而這個誤打誤撞的武朝，是她擅自闖入的異世界。深究到底，她沒有來處，也沒有歸處。關於這個問題，那時她怎麼回答的已經忘了，只記得老僧說：「此心安處，即是妳的來處。」

清殊的心漸漸安定，沈默片刻才道：「這裡就是我的來處。」

老僧意味深長地看著她。「妳想好了？倘若妳決定留在這裡，就再也回不去當初那個世界。」

捫心自問，在最開始那幾年，清殊確實想要回到現代，重新過上有空調、有冰箱，人人平等自由的生活。可是隨著時間的推移，她與這個世界的羈絆越來越深。在這裡，她有親人，有朋友，有愛人，有事業和理想，有無數快樂回憶。

清殊摸摸兔子的毛，緩緩道：「我想好了，我要留在這裡。現在，你可以告訴我他的下落嗎？」

老僧沒有立即回答，沈吟片刻道：「妳是這個世界的變數，我也不能全然確定妳會找到他。在原本的劇情裡，晏徽雲沒有明確的結局，去試試吧。」

說罷，他抬手在胖兔子身上拍了拍，小東西很有靈性，立刻便跳上窗臺。

「跟著牠去吧。」

隨著老僧的低語，清殊從夢中醒來，睜開眼就和胖兔子大眼瞪小眼，原以為是荒謬的夢，小兔子卻跳上窗臺，立著耳朵回頭看她。

一瞬間，清殊福至心靈，倏然站起身。

朔風呼嘯，滾燙的鮮血迸濺在乾涸的土地上，很快滲透，消失無蹤。最後一顆頭顱被扔在地上，滾動兩圈，停在少年的腳邊。

「這幫蠻子都是屬狗的，數不清第幾波人了，還好主子早有預料，不然咱們真在睡夢裡被人抹脖子。」光頭大漢惡狠狠道。

另一邊的大鬍子性子沈穩。「主子砍了他們的大王，現在恨不得喝咱們的血，且有得糾纏。」

光頭大漢「呸」了一聲。「摘了北燕大王的腦袋，弟兄們死了也值！」

「行了，少說兩句，還嫌血流得不夠快？」大鬍子斷了一條胳膊，艱難地用剩下的紗布按住光頭受傷的腹部。

一直沈默的少年將軍終於開口。「把水喝了，一會兒你帶著金虎往北走。」

大鬍子的手頓住。「主子什麼意思?!」

光頭立時嚷嚷。「我不怕死！我的傷不重！」

「閉嘴！」少年冷冷打斷，他沒有廢話，隨手扯下一塊布纏住傷口。「最遲今晚，蠻子就會找到這裡，三個人走一個也活不了，分頭行動。」

晏徽雲的話沒人敢反駁，哪怕現在他就是個光桿司令，手底下剩兩個兵，還都是傷殘。

光頭還想再說，大鬍子卻搖頭示意他閉嘴。說是分頭行動，可大鬍子知道，主子這是要為他們拖延時間，至少爭得一線生機。主子最不愛囉嗦的做派，更不願將生離死別渲染得悲哀沈重。

於是就像往常，大鬍子揹起光頭，躬身拜別，沈聲道：「主子保重。」

不出所料，大鬍子走後兩刻鐘，四周傳來窸窣聲響——有人找到了這裡。

晏徽雲閉著眼靠在大樹後，手邊是一柄出了鞘的劍，劍身鋒利，然而已缺失一角。與之相對的是它身旁躺著的完好無損的劍鞘，花紋古樸大氣，線條流暢光滑，看得出主人很愛惜。

他閉著眼，握劍的手微微收緊，神情卻淡漠得像是沒有發現周遭異樣。

黑暗裡，北燕死士看著周圍橫七豎八的屍體，不由得越發警惕。駭於殺神的威名，誰也不想當出頭鳥，枉送性命。

彼此對峙間，不知是誰先動的手，只聽風聲簌簌，短短瞬間，同伴的頭顱滾落在地，而不遠處的少年將軍，緩緩睜開了眼。

死士被激起了血性，一擁而上。一個、兩個、三個……秋天的北地樹木寥寥，慘澹的暗黃被鮮血染上一層豔麗，分不清是誰的獻祭。不知過了多久，少年將軍被一把利劍貫穿胸腹，噴湧的鮮血染紅地上的枯枝敗葉。

死士帶著恐懼與興奮的面孔無限放大。

這不是晏徽雲第一次和死亡擦肩，只是沒來由的，他預感自己真要交代在這裡了。少年成名，桀驁不馴；十七歲時抗旨援邊境，大捷而歸；如今千里夜行取敵營首領頭顱……他晏徽雲這一生活得挺像樣，就是有點遺憾，陪伴那個小姑娘的時間太短了。

記得賽馬場上，清殊穿著一身雪白的騎裝在馬背上馳騁，颯爽如流星。他們同乘一騎，杜衡香氣縈繞鼻尖，他貼在她的耳邊說：「看好了，我只教妳一次。」

逐風飛馳如閃電，利箭劃破長空——就在此刻，像是與記憶中的畫面重合，一枝利箭劃破夜空，伴隨著少女的嬌喝。

「晏徽雲！這次換我來救你！」

天將破曉時分，不遠處少女神采飛揚，頭髮在風中列列而舞，騎著駿馬奔馳而來。最後的死士被一箭穿心，她的身後跟著數千援軍。

晏徽雲靠著樹幹，鮮血順著傷口蜿蜒而下。少女的身影越來越近，他幾乎以為這是幻覺，愣怔良久，才動了動乾澀的嘴唇。「曲清殊。」

少女翻身下馬，像一顆熱烈的小太陽，帶著無比耀眼的光芒衝向他。

「是我。」臨到跟前，她頓住向前的步伐，小心翼翼地避開他的傷口，輕輕抱住他。

「我找到你了。」

恰在此時，夜色乍破，黎明已至。

晨光照耀著相擁的身影，一如從前每個溫柔的清晨。

第一百章

今年是個暖冬，已是臘月末，京城尚未下雪。潯陽那邊照例送來了節禮，一併帶來的還有一個好消息：翠煙和白玉麟成婚了。

眾人又驚訝、又歡喜，尤其是彩袖，好半晌都沒回神，拉著茉白問：「妳們回潯陽滿打滿算才一年，怎麼悄悄就把大事辦了？那人就是上回和她一塊兒進京的？長相不錯，人品如何？」

茉白被她問煩了。「好姊姊，我腳都沒沾地，妳容我歇歇。翠煙姊姊也到了年紀，遇到合適的嫁了便嫁了，她還說要幫妳留意個嘴皮子索利的，好說與妳。」

這是故意拎出多年前的玩笑話臊她，彩袖笑罵。「小蹄子，也敢拿姑奶奶我開玩笑，小心我給李貴穿小鞋！」

「呸！好好的，提他做什麼？與我又不相干！」茉白頓時臉紅，跺跺腳就跑了。「不和妳說話了，我去找綠嬈！」

廚下已聚了好些姑娘，三三兩兩地站在一塊兒，切菜的切菜，掰蒜的掰蒜，湊做堆說說笑笑。

見茉白來，紅菱笑道：「瞧她，臉紅得像猴屁股，遇著哪個情郎了？」

「好啊，妳也來笑我！」茉白氣得就要去撓她，紅菱連忙躲閃。

碧兒夾在兩人中間，笑得喘不過氣，她手裡還舉著一根芹菜，忙道：「好妹妹，冤有頭、債有主，行行好，先把我放了。」

趙鴛把芹菜接過來，避到角落裡和綠嬈一塊兒站著偷笑。

「這是四姑娘還沒回來，不然屋頂都要掀了。」綠嬈小聲笑道。

玫玫安靜地站在角落裡偷吃糕點，聽見「四姑娘」才回頭，慢吞吞道：「四姑娘快到了，聽崔嬤嬤說的。」

因為晏徽雲傷勢太重，清殊陪他在北地將養了一段時日才啟程回京，原以為趕不上除夕，沒想到正卡著日子回來了。

聽了這話，眾人俱是一喜。有四姑娘在的除夕，最熱鬧有趣！

如今齊聚一堂的姑娘們都掌管著一方生意，廚下的吃食早不歸她們負責，只是過年除夕的，大家都想自己動手做年夜飯，不然總覺得沒滋沒味。

「大姑娘說今天咱們得留一道菜給她做。」說話時，彩袖拎著一條魚進來，路過茉白時輕擰她。「躲這裡鬧呢。」

綠嬈接過魚刮鱗片，一面笑道：「今兒我都不用做了，二姑娘、三姑娘還有妳們幾個，一人一道菜，晚上都不必愁了。」

一大早，曲府上下就出門赴各家的過年宴，到了半晌午才回來，一起的還有曲雁華和程習真、程習茜她們。曲雁華是第一次和大家過年，國公府奶奶過慣了場面煊赫的宴會，見到這場面有些不適應。

報名做飯的人多了，彩袖乾脆打發人騰出正廳，擺上一應廚具，煎炸炒的擱在偏房，避免油煙；臨時做的麵食、蒸燉的湯糕全擺在堂前。

眾人燉湯的燉湯，捏麵團的捏麵團，有說有笑。

曲雁華坐在側邊的小花廳裡，偏頭問清懿。「妳這是要親自下廚？」

「我好久沒做，手藝興許生疏了，練一練手，大夥兒吃個熱鬧就是。」清懿整好衣裳，開始料理綠嬈遞來的鱸魚。

程習真看得眼熱，拉著程習茜上前。「我們光坐著沒趣，從前都是吃現成的，這回也嚐嚐自己的手藝。」

程習真姊妹倆都不是四體不勤的人，雖是高門貴女，但基本的廚藝尚可，小露一手還真難不倒她們。曲雁華躍躂著看看這個，看看那個，也生出幾分興趣。

「妳那麵團乾放著是做什麼？」她問道。

彩袖笑道：「還能有什麼？我們四姑娘千里迢迢傳信來，說是得給她發好麵團子，等她回來包湯圓。」

清姝在信裡知道她們要一起做飯，歸心似箭，急得不行，掐著日子趕回來。好在今年不算冷，從城外進京的路上，她催著晏徽雲道：「咱們騎馬吧，再晚她們都吃上了，我還要包湯圓呢！」

晏徽雲傷勢還沒好全，聞言道：「妳淨想著吃，就不想著我還帶傷呢？」

清姝又心虛、又嘴硬。「你看你，我又沒說要你帶我，本姑娘現在高低是個女中豪傑，騎馬帶帶你不成問題好嗎？」

說罷她翻身坐上逐風的馬背，豪氣干雲地揮手。「來！上馬！」

世子爺威風這麼多年，今天頭一遭跟個小媳婦似的坐在馬背後面。

清姝心裡惦記湯圓，簡直拿出了當初騎射比賽的勁，一路風馳電掣的。晏徽雲用沒受傷的胳膊攬住她的腰，腦袋擱在她肩上，很自覺地做一個掛件。

清姝被壓得肩膀疼。「說你胖你還喘上了是不是？現在別裝柔弱啊！」

晏徽雲冷哼，理也不理。「胳膊沒勁，渾身都沒勁，妳看著辦吧。」

「少來，別以為我沒看見，你昨天都快徒手打死牛了。」

清姝推開他的頭，沒一會兒他又靠過來，伴隨著一聲冷笑。「那妳把我扔下去。」

清殊被他這副受氣媳婦的模樣逗樂了，沒忍住笑道：「一會兒就路過王府，你好意思嗎？」

晏徽雲瞪眼。「誰說我回王府？」

清殊忍住上揚的唇角，故意問：「喲，過年不回家回哪兒啊？」

晏徽雲輕眯眼，瞧著她那明知故問的得意小表情，只覺牙根癢癢。

說是這麼說，清殊到底是嘴上玩笑。就算晏徽雲不在意，她也不可能路過淮安王府不打招呼。撇開二人的關係不提，就說在王府的那段時日，王妃和許太監對她多有照拂，大過年怎麼著都得去走一趟。

許南綺早在接到信的那天便數著日子盼人回來，而晏樂綾跟索布德早一日到，聽見外頭的動靜都出來迎接，於是便一同目睹晏徽雲老大的個子，堂而皇之地趴在人家姑娘背上。

許南綺剛想罵兒子，就見清殊在招手對她笑。「娘娘！」

「哎！」許南綺立刻多雲轉晴，打發人牽馬的牽馬、擺宴的擺宴，自己牽著清殊的手走在前頭，噓寒問暖，絲毫不顧後面的兒子。「妳怎麼穿這麼少騎馬，快快喝碗薑湯祛寒，過年除夕不要凍病了才好。」

晏樂綾嗑著瓜子，嘲笑道：「人一走，你傷就好了是吧。」

晏徽雲索利下馬，毫無受傷的模樣，他翻了個白眼。「吃妳的吧。」

許南綺忙著張羅，清殊一度被各種吃食堵著張不開嘴，沒來得及說自己要回去吃年夜飯，就聽外頭傳來熟悉的聲音。

是永平王府一家來了。

晏徽容風風火火地往裡走，顧及著長輩在場，還算正經。等王妃們去到外廳談天，他便繃不住了。「好啊，妳和阿堯一個、兩個都不打招呼就往北地跑，要不是過年我都見不著妳呢！」

清殊正忙著親親抱抱小樂綰，抽空敷衍道：「給你帶了禮物，自取去。」

「我稀罕那點東西嗎？」晏徽容嘴上硬氣，手上卻誠實地在包袱裡扒拉，一面道：「我想著打兩件新首飾送人呢，京裡的式樣老氣，妳畫兩張圖送我如何？」

「呿，想送給裴姊姊是吧？」清殊一面應著，一面給樂綰戴上一個小鐲子，笑咪咪道：「這是送給小郡主妳的，喜不喜歡？」

樂綰高興壞了，小手不停地摸。「喜歡！」她急著跑出門炫耀，一不留神就撞上了正好進門的人。

袁兆一把扶住小姑娘，笑道：「忙著去哪兒？」

「哥！你看！」樂綰舉著小胳膊。

袁兆十分捧場。「喲，真好看，我們有沒有？」

樂綰立刻縮回手，有些警惕。「哥，你是男的，不能戴。」

旁邊傳來一聲笑。「聽見沒，你想戴就自行去買，少惦記。」

晏徽雲吊著繃帶掛著胳膊，擦著袁兆當先擠進屋裡，往清殊身邊一站就盯著晏徽容。

後者被他看得背後發涼，忙放下擱禮物的包袱往袁兆身邊湊。「嘖嘖，雲哥，我這個弟弟在你面前是沒有半點地位了。」

袁兆斜靠著門，睨他。「你有過地位嗎？」

晏徽雲瞥他一眼，嗤笑。「大年三十沒揍你，夠有地位了。」

清殊看著兄弟三個打嘴仗，總覺得到場的人太齊了。永平王府和長公主府都是家大業大的，大年三十各自有賓客宴請，結果今天商量好似的湊在一起。

清殊越琢磨越不對，忽然福至心靈，故意問道：「兩位殿下都是來淮安王府過除夕嗎？」

晏徽容剛想回答，又想到什麼似的，含含糊糊道：「啊，是吧，也不是。」

清殊狐疑的目光從他身上移到袁兆身上。

袁兆隨意往榻上一坐，撐著腦袋懶散道：「曲姑娘去哪兒過年啊？」

清殊差點樂了。「我當然回家去。」

「嗯，那我們跟妳回家過年吧。」

「哦，這樣是吧。」清殊隨口一應，忽然回神。「什麼?!」

晏徽雲不悅皺眉。「是沒飯吃還是沒水喝啊，回你們自己家去。」

晏徽容朝清殊作揖，小聲道：「行行，好吧，妳又不是不知道，我這一年到頭都見不著裴姑娘，好不容易知道她去曲府過年，妳就當提前送我生辰禮物行不行殊妹？」

清殊無語。「好嘛，年都沒過你就把來年的生辰禮惦記上了。」

晏徽容的小心思昭然若揭，袁兆這個老狐狸的更不必提，用腳想都知道他打什麼主意。清殊的回家之路頓時多了三個包袱。

向王妃告辭的時候，清殊本想勸晏徽雲留下。大過年的，把人家親戚和兒子都帶走是怎麼回事？可她還沒開口，就見晏徽雲眼神銳利，大有「敢把我丟下我就鬧給妳看」的意思。

晏樂綾也湊熱鬧。「殊兒，那不然我也去妳家怎麼樣？」

清殊哭笑不得。「郡主姊姊，我是來王府運人的嗎？」

再怎麼樣也不能把王府搬空了，不然只能把王爺和王妃夫婦一同帶去。

好在許南綺早有預料，笑咪咪地送清殊上馬車，叮囑道：「除夕就在家過，明兒大年初一記得過來，有大紅包。」

清殊感動得無以復加，情不自禁地抱了抱許南綺。「謝謝王妃娘娘，我明兒一定來。」

另一頭，曲府上下翹首引領地等著清殊回來，結果買一送三，還附帶幾個貴客蹭飯。清殊管不了那麼多，一進門就花蝴蝶似地遊花叢，姊姊、妹妹喊個不停。

「彩袖彩袖！我的麵團呢？」

彩袖笑道：「早好了，只等著您呢！」

清殊加入了熱鬧的做飯陣營，那邊兄弟三人去了偏廳，裡面早有曲元德和曲思行在。

曲思行和袁兆私交甚篤，並不拘臣禮，開玩笑道：「這是哪陣風把幾位殿下吹來了？」

清懿正和曲元德商量完正事，一出來就見到他們，也頗覺意外。

袁兆的目光淡淡地滑過，又像是沒在看她，面不改色地扯謊。「四姑娘盛情難卻，只好來府上叨擾了。」

這般厚臉皮，晏徽雲、晏徽容詫異地一齊看向他。清懿低聲輕笑，不理會這幾個男客，只往堂前去繼續做那道沒做完的清蒸鱸魚。

這頭的姑娘們也在悄悄說話。

「淮安王世子和袁郎君來我倒是猜得出意思，永平王世子又是什麼意思？」綠嬈好奇。

紅菱輕嗤。「管他們什麼意思，我倒心疼這飯怎麼就讓他們白吃了。」

碧兒笑道：「就妳促狹，咱們這麼多菜，自己家吃也是吃，添幾雙筷子的事。」

紅菱心性早與往日不同，很有些脾氣。「憑什麼啊？他們君子遠庖廚，就付工錢讓廚娘做與他們吃。本姑娘經營生意的手，做的菜也是給姊妹吃的，既不出力做飯，就不許吃。」

「說得好！」一旁的清殊哈哈大笑，手上還沾著麵粉就往偏廳跑。「給！擀麵的任務就交給你了！」

看著遞到面前的擀麵杖，晏徽雲還沒反應過來就伸手接了。他倒不是有什麼「君子遠庖廚」的臭毛病，只是才踏進門就聽見滿屋子姑娘的聲音，實在叫人頭皮發麻。

晏徽雲面無表情地擀麵，清殊包完湯圓就包餃子，一個個形狀飽滿，像只小元寶。

「你也包一個，可以放銅錢，喏，這有洗乾淨的。」清殊把餃子皮和餡碗都遞給他。「一會兒要是吃到有銅錢的餃子，就可以許願。」

晏徽雲接過餃子皮，學著清殊的手法包餃子，從小被誇到大的人難得有些笨拙，一個個餃子包得像大船。

清殊笑彎了腰。「你包的都你吃吧，這也太大了。」

晏徽雲不樂意了，少爺脾氣上來，冷笑道：「我每個都包了錢，妳一個都別吃。」

「你不讓我吃我偏要吃！」

兩個人包著包著就開始吵架。

另一頭，晏徽容心不在焉地聽著兄長和曲思行談話，心思早飛向熱鬧的大堂。裴萱卓不大會做飯，於是只在清蘭身邊打下手，幫她切菜洗菜。

正好乾淨的水用完了，她正要去提新的，前面便衝來一個人，毫不費勁地提起水桶，咧嘴笑道：「好巧啊裴姑娘，我來幫妳吧。」

裴萱卓有些意外在這裡見到晏徽容，殊不知人家是好不容易等來獻殷勤的機會。

她愣了片刻，微笑道：「好巧。」

晏徽容向來擅長交際，此刻卻像楞頭青似的看著她的臉發呆，好半晌才回神道：「我……我來幫妳吧。」

裴萱卓有些好笑。「我本就是幫二姑娘打下手，沒什麼好幫的。」

晏徽容立刻道：「無妨，我也來打下手，燒水洗菜我都行。」

還別說，晏徽容當真做得有模有樣，讓人挑不出半點毛病。

綠嬈和清蘭悄悄嘀咕道：「我算是瞧出永平王世子是什麼意思了。」

清蘭和她相視一笑。

清懿笑看著她們插科打諢，吵吵鬧鬧，手上慢條斯理地處理配菜，她做菜的風格如同做事一般細緻文雅。

尋常時節，清懿下廚的次數並不多，這道清蒸鱸魚算是拿手菜。自從某次清殊嚐過後驚為天人，她便時不時就拎出來做一做。處理完蔥薑蒜，總覺得還少點什麼，清懿環視一圈，還是想不起來，直到旁邊一隻手遞來一碗紅椒碎末。

袁兆不知什麼時候來到廚下，應該已經站了好半晌，面前是他嫻熟處理好的菜，看樣式是準備做一道五味杏酪鵝。

清懿目光微頓，旋即接過紅椒，繼續手上的動作。

袁兆算得上會做菜，從前他一向喜歡在她下廚的時候湊熱鬧，偶爾學了一、兩招便賣弄，有的滋味一般，卻也練出了幾道拿手菜，五味杏酪鵝便是其中之一。

「有花椒嗎？」

清懿抬眸。「有。」

「嗯。」

二人彼此默契地交換配料，隨著香味漸起，某些溫暖的回憶也被喚醒。是某天午後廚下飄來食物香味，他獻寶似的掀開蓋子，叫她嚐一口，問味道好不好。那時她恰好生病，嚐不出來，但莫名覺得應該是極好的滋味。

袁兆突然挾起剛出鍋的菜，吹涼了送到她嘴邊。「嚐嚐。」

清懿垂眸。「我自己來。」

他順勢將筷子遞給她，嚐了一口，果然好吃。記憶裡的五味杏酪鵝，應當也是如此。

袁兆唇角微彎，顯得心情很好。

此時，最後一道菜出鍋，彩袖喊道：「諸位，開飯啦！」

清殊第一個回應。「太好了！我肚子早就餓了！」

各人的拿手菜一一送上桌，今夜是仿流水席打造的長桌，眾人圍席而坐，原想著給幾位男客另外分一桌，卻因菜量有限不好分席。

曲思行本還想說抱歉，一轉頭看到三兄弟各自熟門熟路地找位子，比自己還像自家人，那點歉意立刻消失得無影無蹤。

清殊第一個吃到銅錢，她看準了一艘「大船」，果然一戳一個準。

「我要許願啦！」清殊高興道。

清懿又挾了一個餃子到她碗裡。「許吧，吃到銅錢的人，許願都能實現。」

「好！」清殊閉上眼睛，過沒兩秒就睜開，繼續吃下一個。

晏徽雲看她。「許了什麼？」

清殊搖頭。「說出來就不靈了。來，你也吃一個，別惦記著我的願望了。」

「哼。」

晏徽雲作弊式的包餃子，幾乎讓願望都進了她的碗裡。剩下兩個大胖餃子，一個被眼疾手快的清殊挾住放到姊姊碗裡，另一個在袁兆和晏徽容兩面夾擊中被前者挾走了。

清懿許完願，輪到袁兆，他先問：「妳許了什麼？」

清懿輕笑。「我想要的都已經有了，沒什麼好許的，就想著今年冬日尚未下雪，不如看一場初雪。」

袁兆靜靜看著她，柔和的目光悄悄地落在她身上。

許完願，清懿似是隨口問了一句。「你許了什麼？」

袁兆但笑不語。

酒足飯飽，眾人開始找樂子，有的打馬吊，有的占花名，好不熱鬧。

忽然，不知是誰掀開窗戶朝外看了一眼，驚呼道：「下雪了！」

清殊臉上還貼著小紙條，聞言鞋都忘了穿，跳起來道：「真的嗎？我要看雪！」

晏徽雲一把攔住她，強行給她穿好鞋才拎著人出門。

除夕之夜，豐年瑞雪，是吉祥徵兆。眾人都往院中走去，屋簷下的燈籠泛著柔和的暖光，照在每一張歡欣雀躍的臉上。

鵝毛大雪紛紛揚揚，自空中飄落，清懿伸出手，接住一片雪花，看著那片晶瑩在手中融化，消失不見。

她又問：「你許了什麼願望？」

這回，身旁的人沒有沈默，他笑道：「我許願，妳的願望都能實現。」

萬家燈火連成一片，團圓之夜人團圓。

——全書完

2024年4月出版

炊出好運道

文創風 1252～1254

鍾記小食肆暖心開張，一勺入魂，十里飄香～～
天馬行空的無國界創意料理不只暖胃，更能療癒身心。
裊裊炊煙中，煨煮出美味的幸福——

不負美食不負愛／商季之

穿越成富商養女，鍾菱的生活看似養尊處優，舒心快活。
誰知某天殘疾落魄的親爹突然找上門認親，
富貴轉眼成空，這劇情走向太曲折了吧！
不安之下，鍾菱選擇了不認祖歸宗，繼續當她的千金小姐，
豈料卻成為權力鬥爭下的犧牲品，淪落身首異處的下場。
人死了之後，她才看透誰是真心對自己好……
追悔莫及的鍾菱萬萬沒想到，
她的穿越人生竟能重新開局一次，回到命運分歧的那一日——
這一回，她選擇和老父回鄉，打算用一手好廚藝養家。
鍾菱憑藉敏銳的味覺和無限創意，嶄新吃法大受好評。
一手打造的小食肆便是她的小天地，
從街頭小吃糖葫蘆到經典國宴名菜雞豆花，
不論甜的鹹的，哪怕菜單上沒有，小食肆應該都點得到。
顧客品嚐料理時幸福的笑，彷彿能療癒一切——

2024年4月出版

吃貨動口不動手

文創風 1250～1251

她還小，只能靠賣萌嘴甜來攬客，
不過……開始賣自家月餅前，
她能不能先來一碗隔壁攤的豆腐腦？

背有家人靠，躺好是王道／覓棠

投胎前說好是千金小姐，投胎後卻成了清貧戶的小閨女，
姜娉娉深感被騙了，幸好仍擁有在現代的記憶，便決定藉此改善家計。
不過一切還輪不到她這個只會吃奶的小娃娃，爹娘已考慮好一切，
親爹的木匠手藝了得，不用將收入全數上繳後，生活自然好了起來。
等到二哥能聽懂並翻譯她的呀呀之語，她又獲得了狗頭軍師的助力，
在大人們做事時撒嬌指揮，為家中的事業發展，指出更多可能性。
而多虧家人對她的突發奇想能包容且肯嘗試，因此家裡的經濟越來越好，
她也樂得當一條鹹魚被寵愛，發揮小孩子想一齣是一齣、賣萌的天性。
然而太過安逸，災難就會悄悄來臨，誰想到她會傻得被拐子帶走呢？
想到爹娘她開始害怕，沒哭出來全因為旁邊的孩子們哭得更大聲，
唯獨一個叫做顧月初的男孩異常冷靜，讓她也平靜下來思索現況。
若是就這樣乖乖被帶出城，恐怕她爹和官差是追不上他們的，
但他們這群小不點，該怎麼樣才能從惡徒手中逃脫呢？

若無相欠，怎會相見／茶榆

2024年4月出版

沖喜是門大絕活

看著書冊上筆畫複雜的字體，他確定自己一個字都認不得，
雖說他有心識這古代文字，可翻開書本才看幾眼他就覺得頭暈眼花，
他從不是個會委屈自己的，既不知該如何解釋秀才成了文盲，
那麼最好的方法就是趕緊棄文從商，先改善家裡的條件，
畢竟一個吃隻雞都要靠老人掏棺材本的農戶，賺錢才是當務之急吧？

文創風 1246 1

因為站錯隊，姜家在新皇登基後慘遭清算，一家子被流放北地，
流放路上，為了替生病的母親籌措診金，姜婉寧以三兩銀子將自己賣了，
她一個堂堂大學士家千嬌百寵的千金小姐，突然間成了替人沖喜的妻子，
夫君陸尚出身農家，年紀輕輕就中了秀才，若非病弱，或許早成了狀元，
除了身子不好，他還有一點不好，就是太過孤僻冷漠，對誰都少有好話，
想當然，她這個買來的沖喜妻更得不到他善待，每天只有無止盡的辱罵，
於是她忍不住想著，他怎麼還沒死？可當他真死了，她的處境卻沒改善，
相反地，因為沒了沖喜作用，她時時面臨著被陸家人賣去窯子裡的威脅！

文創風 1247 2

詐屍了！死去的夫君陸尚詐屍了！
夜深人靜，姜婉寧獨自在四面透風的草堂裡為病死的夫君守靈之際，
夫君他居然推開棺材蓋，從棺材裡爬出來了！
若是可以，她想頭也不回地逃出去，跑得越遠越好，最好一輩子不回來，
無奈她雙腿早跪麻了，只能邊哭邊四肢並用地往外爬著，
正當這時，身後一聲「救救我」讓她停下了逃跑的動作，
她擦乾眼淚，戰戰兢兢地上前查看，這才發現陸尚他居然復活了！
所以說，她這個沖喜妻莫名其妙發揮絕活，真把人沖喜成功了……吧？

文創風 1248 3

不對勁，真的很不對勁！陸尚自從活過來後，就像變了個人似的，
他不再是以前那個自私涼薄的人，不僅對奶奶好，對她這個妻子也好，
最令她不解的是，鄰人求他給孫子啟蒙，他嘴上應下，轉身卻丟給她教，
她學富五車，給孩子啟蒙實在是小事一樁，甚至教出個舉人都不是問題，
問題出在夫君身上啊，因為他復活後突然說要棄文從商，成立陸氏物流！
要知道，一旦入了商籍，之前的秀才身就不作數，且家中三代不准科考，
可他卻說，飯都快吃不起了，還想那麼多往後做甚？
……好吧，既然他這個真正有損的秀才都不著急，她急啥？要改便改吧！

文創風 1249 4 完

「我不識字了，妳能教我認認字嗎？」做生意得簽契約，文盲這事不能瞞。
姜婉寧錯愕地看著陸尚，每個字她都聽得懂，但合在一起她卻無法理解，
什麼叫不識字了？他不是唸過好多年書，還考上了秀才，怎會不識字呢？
他說，自打他重新活過來後，腦子就一直混混沌沌的，
隨著身子一天好過一天，之前的學問卻是越來越差了，
最後發現，他開始不認得字了，就連自己的名字都不會寫了！
因為怕說出來惹她嫌棄、不高興，所以他便一直瞞著不敢說，
看他低著頭一副小媳婦模樣，她不禁自責沒能早些發現，實在太不應該！

文創風
1279

攀龍不如當高枝 4 完

國家圖書館出版品預行編目資料

攀龍不如當高枝 / 小粽著. --
初版. -- 臺北市 : 狗屋出版社有限公司, 2024.07
冊 ; 公分. --（文創風 ; 1276-1279）
ISBN 978-986-509-542-0（第4冊：平裝）. --

857.7　　113007935

著作者	小粽
編輯	林俐君
校對	沈毓萍
發行所	狗屋出版社有限公司
地址	台北市104中山區龍江路71巷15號1樓
電話	02-2776-5889～0
發行字號	局版台業字845號
法律顧問	蕭雄淋律師
總經銷	知遠文化事業有限公司
電話	02-2664-8800
初版	2024年7月
國際書碼	ISBN-13　978-986-509-542-0

本著作物由北京晉江原創網絡科技有限公司授權出版

定價290元
狗屋劃撥帳號：19001626
網址：love.doghouse.com.tw　E-mail：love@doghouse.com.tw